那一方土地，
那祖祖辈辈讲给我们的故事，
我们不该忘记。

放缓脚步，
去故事里闻一闻乡土气息，
重拾遗失的美好记忆。

中国民间文艺家协会 组织编写

总主编/罗杨 本卷主编/沙蠡

云南 丽江

永胜卷

《中国民间故事丛书》总编委会

总 顾 问 ｜ 冯骥才
总 主 编 ｜ 罗 杨
副 总 主 编 ｜ 周燕屏
执 行 总 主 编 ｜ 王润贵 刘德伟

 《中国民间故事丛书》云南省编委会

顾　　问 ｜ 赵廷光　李鉴尧　杨知勇　张文勋　李缵绪
　　　　　　刘辉豪
名誉主编 ｜ 李仕良　段　斌　左玉堂
主　　编 ｜ 杨利先
副 主 编 ｜ 张福三　王明达　王四代　钱　勇　龚正嘉
　　　　　　杨海涛
编　　委 ｜（以姓氏笔画为序）
　　　　　　王四代　王明达　刘　怡　孙　敏　李　昆
　　　　　　杨利先　杨海涛　和尚庚　赵官禄　罗新元
　　　　　　张亚平　张福三　唐似亮　钱　勇　殷海涛
　　　　　　龚正嘉

《中国民间故事丛书》丽江市编委会

总 顾 问 | 和自兴　王君正
顾　　问 | 何金平　李世碧
主　　编 | 沙　蠡
编　　委 | 牛相奎　王川蓉　王海林　张建华　张安琨
　　　　　张赛东

《中国民间故事丛书》永胜县编委会

主　　任 | 沙　蠡　张建华
编　　辑 | 王川蓉　牛相奎　何顺学　刘芝英　李惠文
　　　　　杨冬梅　和江全
摄　　影 | 木华栋　谭元怀　周荣新　和江全　陈春缘

↗ 永胜县城图
→ 永胜三川风光
↓ 永胜六德乡他留田园风光

中国民间故事丛书·云南丽江·永胜卷

← 永胜县群山远景
← 世界三大盛产螺旋藻湖泊之一的永胜程海乡蓝藻生产基地
↓ 永胜永北镇省级文物保护单位灵源箐

- ↗ 永胜县金官坝水田
- → 永胜永北镇红石崖古地震遗址——天坑
- ↘ 永胜六德乡他留山古城堡遗址——古井

中国民间故事丛书 云南丽江 永胜卷

← 山寨
← 金沙江河谷
↓ 永胜六德乡他留田园风光

↗ 永胜县羊坪乡山寨风光
→ 永胜县羊坪乡羊坪水库风光
↓ 永胜民居四合院

↖ 永胜六德乡 2006 年 7 月首届他留文化节

← 他留粑粑节

↓ 永胜六德乡青春棚中谈恋爱的他留男女

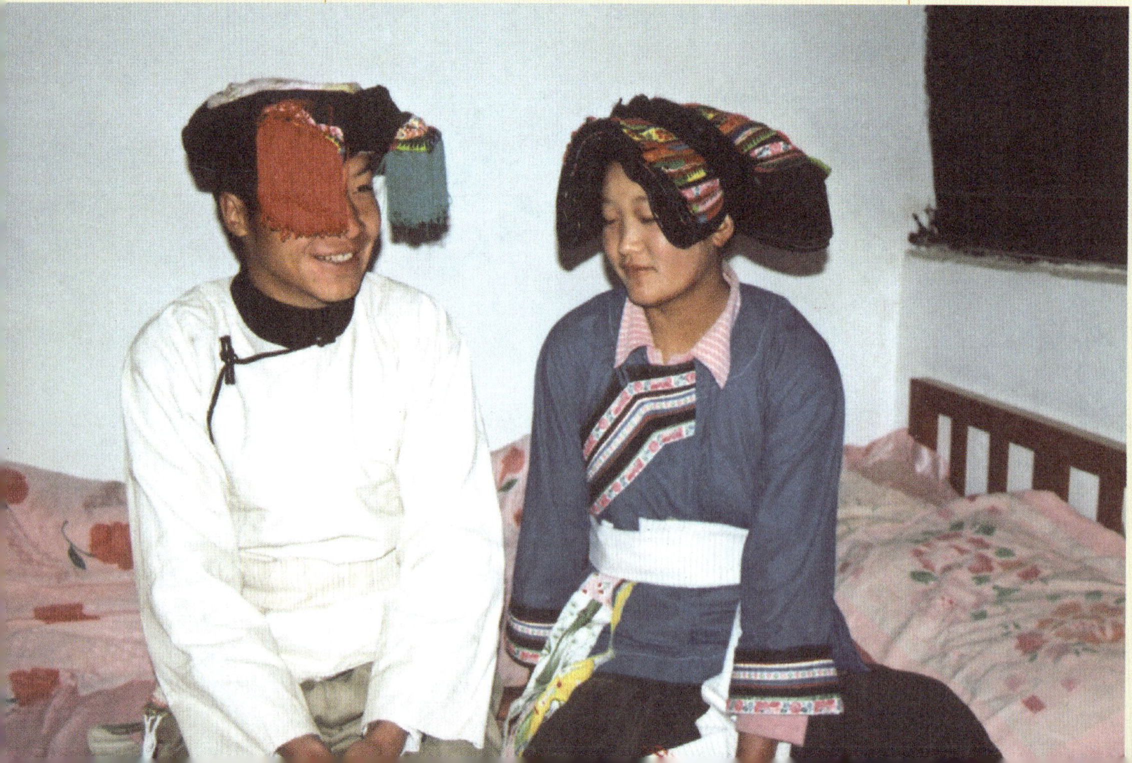

↑ 永胜六德乡他留妇女在他留文化节上制作传统火草麻衣

→ 永胜六德乡他留妇女制作传统粑粑

中国民间故事丛书 云南丽江 永胜卷

← 傈僳族少女在参加他留文化节时打跳

↓ 永胜六德乡营盘村他留山他留人在迎亲路上

↑ 永胜程海乡金兰彝族村传统八月十五刀杆节

→ 永胜六德乡他留妇女在他留文化节上展示传统织布手工艺

中国民间故事丛书·云南丽江〈永胜卷〉

↖ 外国记者在他留山寨
↓ 永胜六德乡他留人墓地及城堡

人类不能没有故事（序一）
罗 杨

故事，是人类对历史的记忆，它记叙和传播着社会的文化传统与价值观念，引导着社会性格的形成，构建着社会的文化形态。具有五千年文明底蕴的古老中国，是一个充满故事的国度，有着悠久的讲故事的传统。那些"夸父逐日""嫦娥奔月""精卫填海""愚公移山"等神奇的故事，至今仍散发着迷人的魅力，澎湃着感人的生命张力。作为先人创造和遗留下来的宝贵文化财富，民间故事中充满了民族的智慧和生命的记忆，它传承了朴素的文化血脉，是民族文化得以认同的载体。

我们每个人都是听着故事长大的。那些爷爷奶奶、爸爸妈妈讲给孩子们的故事，对于生命尊严的守护和价值观的养成，甚至比上学读书带来的影响力还要绵久和强大。民间故事中蕴含着的历史文化、理想信仰、价值观念、情感道德、生活知识等丰富内容，具有精神娱乐、知识传播和教化启蒙三重作用，不仅给人以知识和智慧，也给人以启迪和力量；不仅传播着社会价值理念，也构建着美好的精神家园。

纵观中华民族的文明文化史，我们的祖先讲着"女娲补天"的故事，开创了华夏民族的创世纪元；伟大领袖毛泽东讲着脍炙人口的故事"愚公移山"，带领中国人民推翻了三座大山；改革开放大潮中，我们又讲着春天的故事，跨入了豪迈的新时代。一个有故事的人生是辉煌的人生，一个有故事的民族是充满希望的民族。故事，始终伴随着我们的民族走向成熟，也伴随着我们的国家走向强大。

伟大的民族不能没有故事，强大的国家不能没有故事，复兴的时代不能没有故事。那些美妙动人的民间故事，在世代的传承中，已经内化为我们的民族精神，融入中华儿女的品格中。然而，在文明更迭、社会转型的年代，很多优秀的民间故事正面临着失传的危险。把祖先留下的精神遗产抢救下来、保存下来，完整地交给后人，是几代民间文艺工作者的责任和使命。为此，中国民间文艺家协会把对民间故事的抢救和传承作为一项长期工作延续了半个多世纪，并将《中国民间故事丛书》列入中国民间文化遗产抢救工程重点项目，常抓不懈。

除了中国，哪个国家还能有如此丰富的故事，并有如此众多的故事传承人和听众！作为一种民间文学样式和娱乐方式，民间故事或许会被人们冷落，但我相信，作为中华文明的血脉，民间文化的基因始终流淌在亿万人民的血液里，它的根不会断。

人类没有故事将会平淡无奇，世界没有故事将会索然无味。随着社会发展和文明进步，我们越来越需要倾听那些本真的、自然的，充满着文化多样性魅力的故事。让我们把祖祖辈辈流传下来的美好故事世世代代地讲下去，让中国的崭新故事向人类倾诉更多的精彩。

2014 年 4 月

（作者系中国民间文艺家协会分党组书记，驻会副主席）

金沙丽水玉龙雪（序二）

沙 蠡

　　民间故事在世界的每一个角落。作为文化艺术甚至生产生活的种种表现，它不仅给人们带来愉悦和激情，还将长期地作为某种重要的工具，为人类提供教育和慰藉。可以说，只要人类存在一天，民间故事在世界的任何角落就能找到热心的听众。真正的民间故事不是偶然抄录下来的故事，它是在广大人民群众中经过长期流传与提炼并体现了多数人情感的故事。《中国民间故事丛书·云南丽江卷》（四卷本）的编纂工作，在中国民间文艺家协会和丽江市委、市政府相关领导的重视和关心下，经过丽江市文联千方百计的努力和坚持不懈的工作，终于如期完成，并将由知识产权出版社出版。这些故事都是民族文化中的奇珍异宝，所以，正如有位哲人说的：当任何故事的存在历史被勾画出来时，这种地区图将提供界标来澄清这些故事从一地到某地漫游的线路，与此相关的人们的共同与差异、发展与变化等也就自然而然地显现了出来。这是打造文化旅游名市、构建和谐丽江、全面推进丽江建设小康社会进程中的一项重大的文化遗产抢救工程；它的编辑出版，对真正加固"文化立市"的基础，夯实"文化遗产"的内核以及开发丽江文化资源，促进丽江社会的发展和弘扬民族文化都将产生积极而深远的影响。

一、丽江市基本情况和历史、文化

民间故事是一种集体传承的艺术。斯蒂·汤普森指出，理解世界民间故事的途径，需要由历史、地理、人类和心理诸多学家的劳动提供所有可能的手段来完成。鉴于这一点，我们要更准确地理解丽江民间故事的风格和精神，必须对其民族历史、风俗、自然环境、社会环境等进行全方位的认识和了解。

丽江市在云南省西北部，位于世界自然遗产"三江并流"的核心地带，这里山川壮丽，风景秀美，是中国唯一拥有世界文化遗产、世界自然遗产和世界记忆遗产三顶桂冠的地级市，目前正成为"中国最令人向往的10个小城市"和"地球上最值得去的100个城市"之一。它北邻迪庆藏族自治州，西接怒江傈僳族自治州，南连大理白族自治州，东靠四川省攀枝花市和凉山彝族自治州，市委、市政府所在地距省会昆明580千米。丽江市辖一区四县，即古城区、玉龙纳西族自治县、永胜县、华坪县、宁蒗彝族自治县。总面积为21219平方千米，其中山区面积占90%以上。目前全市总人口为113.76万人，除汉族外，人口较多的有纳西族、彝族、傈僳族、白族、普米族等10个少数民族，少数民族人口有66.9万，占全市总人口的58.8%，可见丽江是一个以少数民族为主体的地级市。丽江地跨北纬25°59′～27°56′，东经99°23′～101°31′。地貌类型复杂多样，山峦、河谷、湖泊、盆地纵横交错。丽江地势由西北向东南倾斜递降。境内有属横断山脉的老君山、玉龙山、小凉山三大山系纵贯南北，海拔3500米以上的高山就有42座。丽江盆地北端玉龙雪山主峰扇子陡为全市最高点，海拔5596米，华坪县金沙江畔腊乌渡为全市最低点，海拔1015米；两地直线距离不到200千米，高低悬殊竟达4581米。长江上游金沙江从丽江市西北端玉龙县塔城乡入境，至南端华坪县腊乌渡出境，三次大拐弯，曲绕全市615千米。金沙江沿线河谷，雨量充足，土地资源丰富，是丽江水稻、甘蔗、烤烟、热带水果、冬早蔬菜的主要产地。波澜起伏的山峦之间，分布着111个大小盆地，当地人称它为"坝子"，面积近200平方千米。这些坝子土地肥沃，水源丰富，气候温和，人口集中，是主要的产粮区。境内的天然湖泊主要有永胜程海、宁蒗泸沽湖、玉龙拉市海等。多样的地貌，不同的海拔，形成了境内气候差异明显的典型"立体气候"，使丽江兼有亚热带、温带、寒带三种不同气候，空气清新，景色宜人，非常适合旅游和休闲度假。随着旅游业的发展，神奇的丽江正日渐成为人们梦幻成真的"香格里拉"。

丽江在漫长的历史过程中，给后人留下了异常丰富的文化遗产，历史文化积淀极其深厚。它是古代中国"南方丝绸之路"和滇藏"茶马古道"上的重要通道，同时也是国家旅游局规划圈定滇川藏大香格里拉生态旅游区的重要门户，是人们进入大香格里拉地区的最佳途径或者说是必经路站。目前，在大香格里拉生态文化旅游圈中，丽江正在发挥着某种重要的示范作用。

远在唐代，在今玉龙县塔城乡境内的铁桥就已是滇藏交通的咽喉。清顺治十八年，达赖喇嘛干都台吉曾派遣邓几墨勒携带方物到永胜互市茶马。后来永胜的茶市移至丽江，马帮要先到丽江向官府买"茶引"，然后再到思茅（普洱）购买茶叶远销藏区，每年贸易量达5万担之多，丽江从此成为普洱茶的一个主要集散地。"二战"期间，在这里中转集散的就有南方产的茶、糖、丝织品、日用器皿，藏区的毛皮、山货、药材和经藏区驮来的英国毛毯、卷烟，以及本地产的酒、粉丝、麻布、毛皮制品、铜器、银器等。这条茶马古道，南起西双版纳，经过思茅（普洱）大理、丽江、德钦，再经过西藏的邦达、林芝到拉萨，全长近3000千米。然后继续南下，经江孜、亚东出境后，入锡金，下印度，直达噶伦堡，并延伸到加尔各答以及尼泊尔、斯里兰卡等国，曾经成为一条名副其实的重要国际贸易通道。它之所以形成，除了丽江这个地方的区位优势和特产外，更为实质的内因作用不能不是"民族文化"这个重要内涵：纳西、藏、白三个民族的生活地域唇齿相依、互相渗透，不同的文化相互交织、影响，于是他们一起和睦相处，同呼吸共命运，并一直共同活跃在茶马古道上，形成了"马蹄踏出辉煌"这样一种独特的历史文化。

这还因为，丽江是我国西南地区开发较早并具有悠久历史文化的地区之一。据考古发现，早在五百万年前就有旧石器晚期智人"丽江人"在此活动。据一些文献记载，南宋宝祐元年（1253年），世居丽江的纳西族首领木氏先祖阿琮阿良（麦良）因在金沙江奉科宝山等渡口迎接元世祖忽必烈"革囊渡江"南征大理时有功，次年被忽必烈授予"茶罕章管民官"等官职。而后至元十三年（1276年），这里改为丽江路军民总管府。明洪武十五年（1382年），阿琮阿良第四世孙阿甲阿得被朱元璋赐姓为"木"，并封为世袭土知府。清顺治十七年（1660年），设丽江军民府由木氏任世袭土知府。到了清朝雍正元年（1723年），丽江府实行"改土归流"，由朝廷改派"流官"来任知府，并降木氏土司为通判。民国二年（1913年），丽江废府设县。至民国三十年（1941年），设立云南省第七行政公署和丽江县政府。新中国成立后，设丽江专员公署和丽江纳西族自治县人民政府。2002年12月26日，经国务院批准，撤销丽江地区设立地级市丽江市。

纳西族地方的东巴文化是世界上独树一帜的灿烂文化。东巴文化起源于古老的东巴教，它是纳西族的原始宗教，以信奉万物有灵、多神崇拜为特征。在纳西语中，东巴是"智者和诵经者"的意思，因为东巴掌握古老的象形文字，熟悉经典，能歌善舞，善于主持各种宗教仪式，是纳西族传统文化的重要传承者。东巴文化主要包括纳西族象形文字、东巴古籍、东巴祭祀仪式和与祭祀有关的法器、绘画、音乐、舞蹈等。这种如图画似的文字，被纳西人称为"森究鲁究"，意为"木石上的痕迹"。2003年8月30日，东巴古籍文献被联合国教科文组织列入"世界记忆遗产"。

除此而外，永胜他留人的他留文化以及宁蒗泸沽湖畔摩梭人的民族风情等，都是与自然景观相映生辉的重要人文景观，其历史文化内涵独特多样。另外，纳西人的传统节日"三朵节"，永胜县他留人的"粑粑节"，华坪县花傈僳人的"阔时节"，以及宁蒗小凉山彝族的"火把节"，宁蒗普米族的"吾昔节"等民族传统节日，也是丽江文化丰富多样、极富独特性的重要体现。这充分说明，优秀的民间文学不仅可以让人接触到先进的思想、高尚的艺术趣味，还有促进历史发展等重要的作用。

二、丰富多彩的民间文学资源

无论是荷马的史诗，或是莎士比亚的《威尼斯商人》，抑或是歌德的《浮士德》等世界上各种不朽的艺术作品，有哪一部辉煌巨著不是主要依据民间传说或是得益于优秀的民间文学而成为文化瑰宝的！由此不难得出这样一个结论，那就是丰富的民间故事资源，同样也是文学艺术不可或缺的重要营养和来源。所以，伟大的诗人普希金一向认为："民间文艺是一切文学的基础。"

丽江的民间文学作品浩如烟海，香胜鲜花。这是因为丽江是一个有"金生丽水"之说的美丽神奇的地方，提起它，人们首先想到的是雄踞在古城北面的玉龙雪山。它南起白沙玉湖，北至大具虎跳峡，东界鸣音公路，西邻虎跳峡。这座高5596米的大雪山终年冰封雪盖，四季白雪皑皑。它是横断山脉云岭山系的最高峰，共有大小山峰八九十座，其中海拔5000米以上的雪峰有十三座，俗称"玉龙十三峰"。它自古以来就是一座名山，唐代南诏王异牟寻拜封云南五岳，就将玉龙雪山封为北岳，并在山下建庙，庙内大殿供奉雪山化身"三朵神像"。所以它又是纳西人心目中的一座神山、圣山，其保护神"三朵"就是玉龙山的化身，并由此引出了许多关于它的美丽传说和神话故事。人们通过取其形貌，或摄其声色，赋予这座神山以活生生的灵性，并借助想象幻化出种种形象来解释和颂扬玉龙山，可见地方传说是中国重要的民间传说之一。不仅是这座神山，另外还有老君山。老君山，顾名思义就是太上老君的山。传说这是太上老君炼丹的地方，仅就它的名字来看，这里的许多景观就应该与道家和道教文化有密切关联，史书称它为"滇省众山之祖"。它位于丽江古城区（原大研镇）西南125千米处。老君山景区由北向南，景区方圆715平方千米，是世界自然遗产"三江并流"的重要组成部分，被誉为"仙山瑶池、杜鹃王国"。据专家考察，这里的杜鹃有74种，每年春夏之交，老君山上的杜鹃花红得像火，艳如云霞，争奇斗艳，给人以山花烂漫之感。这里有丰富的植被、珍稀的动植物和冰蚀湖，还有奇异的丹霞地貌、九十九龙潭，以及一天可以看三次日出日落的黎明风景区，它们是产生《飞人洞的传说》《普米情人节的传说》等动人故事的丰厚土壤。除此之外，还有位于丽江玉龙县石鼓境内的"长江第一湾"。说到石鼓，传说是远古时期金沙江流到这里后，由于没有出口，江水日日上涨。大禹来到这里治水，经过勘察，决定在东北方向的雪山处疏浚江水，从此，金沙江一直南流到此突然来了个大拐弯，形成了"江流到此成逆转，奔入中原壮大观"的奇景，并由此诞生了《金沙江姑娘出世》《金沙神女与石鼓青年》等传说。可见，壮美的风景同样是民间故事诞生的土壤，再加上夸父追日、孔明点将、元跨革囊、贺龙擂鼓、红军渡江等种种传说与史实，更为这些奇山异水增添了无数人文内涵，并进入人们的精神生活中，使人们积极向上，富于幻想和创造。

当然，丽江之丽应当包括秀美的泸沽湖。宁蒗县境内的泸沽湖，除了美在它的圣水和仙岛以及那里的动植物和周围的山川外，更在于它独具民族风情的阿夏走婚风俗。那青山环抱，景色迷人的泸沽湖以及摩梭风情如一泓鲜活的甘泉，为人们创造出了一个取之不尽的艺术梦幻之海。另外还有以丽江大研古城为代表的民居建筑，在广泛吸收汉、白、藏等民族建筑文化的同时，把本民族的建筑文化和审美意识融入其中，形成了许多具有纳西特色的三坊一照壁、四合五天井、前后院、一进数院等地方特色浓郁的"纳西四合院"，并被建筑学界称为"民居博物馆"。特别是丽江古城科学的选址，高超的规划设计水平，奇妙的水系利用，浓郁的民族风情及独特的建筑艺术，合理的人居环境，形成了人与自然和谐相处的美学意境。丽江的不胜枚举之美，怎能不产生诸多奇妙的故事、传说和神话？所有这一切，都为丽江产生优秀的民间文学提供了丰富的土壤和条件。可见民间故事是一种活着的人民文学，同时是一片未知的美轮美奂的艺术森林。

所以，一个传说或一个故事总是为一定的地域所拥有，它们总是被限制在某些乡土和某些角落，才成了地方本土的文化财富，后来才引起社会学家、人类学家、民俗学家及文学艺术家的种种兴趣。从这个意义上说，研究对民间故事的记忆和遗忘，可以增加人类的整个智力和审美活动，它是人类文化史的一个重要组成部分。鲁迅先生曾说过，《山海经》是保存中国古代神话与传说最多的典籍。日本学者盐谷温氏亦有此见解，他在说到中国的书中多保留有神话传说，欲求小说的先驱，则不能不先推《楚辞》的《天问》和《山海经》。那么在丽江，我们的祖先有那么多保存完整的历史传说、故事，我们还不敢肯定这就是我们丽江本土的"山海经"吗？

三、丽江民间故事的特点

民间的"作品"常常成为后来各种文学体裁的祖先，尽管它与文人文学相比，少了以工匠的手法来刻画艺术的形式之美和技巧之美，但它们活泼自然、粗疏壮健。所以后代纯粹诗人的作品，尤其是那些独创性的伟大诗篇，都与民间口传文学有相当联系。配希科夫曾经在谈到歌德的《浮士德》受民间文学影响时指出："欧洲的戏曲家绝不轻视勤劳人民的口头传说——口头的故事诗，他们利用吟唱诗人和职业诗人的谣曲。"事实证明，我国的屈原、英国的莎士比亚、俄国的普希金，他们那种永不磨灭的诗的光芒，无不闪耀着民间文学的光彩。

一个地方的民间故事是当地各民族人民的精神创造。丽江（县）的民间文学最早开始于一些诸如长诗、歌谣、东巴经等原始的口传文学，其中最主要的首先是神话故事等，反映了这一地区纳西先民对与自身休戚相关的周围环境事物的观察、体验、思考和想象的漫长历史过程。神话，在产生它的原始时期是一种重要的文化，是人们对于环境的心理活动的结果。于是，以东巴经为主体的带有纳西特点的东巴神话就占了很大一部分，如《创世纪》《人类迁徙记》《叶古年的传说》《人类和术族的故事》等即是这一方面的代表。这是因为纳西人有自己的信仰——东巴教，他们相信"万物有灵"，崇尚"图腾崇拜"，他们在自我意识发展过程中为弥补自己的局限，寻找思想的依托而产生了一些虚构但很传统的故事。虽然这些故事奇异、模糊但都基于他们生存的一种事实。他们是想获得一种超自然的力量，达到感召自然和推动人事等目的。其中《创世纪》神话是这方面的典型，这部气势磅礴的创世史诗主要讲了远古时候天地混沌，阴阳混沌，树木走路，石头说话。故事中的女人生了三个儿子，分别成了藏族、白族、纳西族三兄弟，体现出一种对民族团结的强烈向往。还有如《阿普三赕的故事》等，这是一种与早期图腾崇拜的观念紧密相关的精彩故事，这类故事试图让人们掌握开启某种与《芝麻开门》类似的神秘之门的钥匙，它的作用是让人们鼓起实现所有愿望的某种力量，具有十分虔诚的信仰背景和魔力境界。在漫长的历史进程中，这些故事对当地民族无疑起到了一种奋争向上的感召作用。在这方面，同样是生活在老君山一带傈僳族的《牛皮口袋里出来的人》和《南瓜里面出来的人》以及宁蒗彝族的《开天辟地》《洪水朝天》《统格萨·甲布》，永胜汉族地区的《造天地日月》《洪水冲天》《兄妹成亲》，华坪彝族水田人的《石龙镇宝》《青香情侣》都属于这一方面的"神话化"内容。可见解释宇宙天地和人类的起源，同样是丽江各民族神话共同的一个主题。马克思在《摩尔根〈古代社会〉一书摘要》里指出："过去的现实"往往反映在荒诞的神话形式中。事实也的确如此，虽然这类神话有些几乎是冥想的、诗意的，甚至有些幼稚和荒诞，但它毕竟是人类宇宙学说的发端，他们的创举和壮举推动了时代和社会的进步，为生活在丽江山山水水之间的各民族带来了福音和希望之光。

其次是风物、习俗、地名传说类较多，这可能与丽江一区四县秀美的自然风光和奇特的民俗风情有关。在这一类故事中，由于每个县的景点很多，因此形成了许多丰富多彩的与景点有关联的传说。它们的发掘整理，不但展现了各县丰富的民族文化资源，而且为提升丽江的知名度及吸引力注入了新的活力和内容。如《古城玉龙卷》中《玉龙雪山的传说》《玉龙雪山和文笔山》《象山和狮子山的传说》《宝山石头城的传说》《石鼓的传说》《金沙江姑娘出世》《拉市海》等，《永胜卷》中《龙的传说》《出米洞的传说》《程海的传说》《灵源箐的传说》《梓里江桥的传说》等，《华坪卷》中彝族水田人《神奇的龙洞湾》《龙潭明珠》《龙宫洞的传说》《轿顶山的传说》《蜂子岩的传说》《亲情寨的传说》和《公寨母寨的传说》以及《宁蒗卷》中《永宁坝和泸沽湖女神山的传说》《龙女》《猪槽船的来历》《拉母与打史》《找神水》及《火把节的故事》等，既把丽江各族人民早期生产生活的习俗、风俗通过民众的口头文学加以解释，同时又借这些山川风物反映或颂扬了当地各族人民勤劳、勇敢及团结友爱的精神，在思想上具有健康积极的意义。因为只有一切有生物和无生物都被人们"人格化"了，许多神秘的、惊心动魄的自然现象才能用这种离奇的故事来叙述它和解释它。这些用拟人化的手法描述事物来历的方法具有顽强的生命力，表达了先民们始终不渝地追求幸福的坚韧精神。而在《龙女树》里，更把主角龙女刻画得深明大义，她不仅贤惠，而且更有为民族友好相处架桥的高尚情操。它用浪漫主义的笔调，表达了民族和睦友爱的主题。因为木天王听说"北人"（普米族先民）和纳西人聚居的宁蒗泸沽湖边永宁是个好地方，想并吞作为自己的领地，但他不想武攻，就写了一封亲笔信，派使者去拜会北王，愿两家联姻。然而，木天王的女儿"龙女"见北王子长得英俊，又和蔼识礼，就爱上了他。虽然最后他们的爱情成了悲剧，但故事代表了民间的心声，用艺术和真诚赞美了龙女和北王子忠贞的爱情。在这一类故事里，我们通过不同的社会习俗和生活体验来感知这里的异地文化，它们是丽江这个地方的另一种特殊地域的文化，可见民间传统在这里有决定性的影响，从这里，我们不难发现东巴文化、纳西文学的种种痕迹。他们之所以很早记录了这些故事，不仅是因为他们对这些故事很感兴趣，而且这些故事在有形无形之中与人们的生存生活紧密相关。同其他更广大的文化因素一样，故事在这里一直流传下去，也就越来越发展成了一个相当可观的具有艺术性和真实性的叙事材料库。

可以说，如果乔叟、歌德和萨克雷到丽江，我们不必怀疑，他们一定会把丽江的种种传说、故事一一写进他们的世界文学名著之中。丽江凭着自身独特的自然风光和四季宜人的美妙气候，让荷马似的民间艺人为这里的山山水水和一草一木赋予了种种美好的传说，这些传说是特殊的童话，是对千姿百态的上苍馈物的答谢与赞颂。如《古城玉龙卷》中《狐狸与公鸡》《乌鸦和青蛙》《骄傲的马樱花》；《永胜卷》中《老虎怕青蛙》《公鸡喝水》；《华坪卷》中《金银和鱼虾的来历》《草的来源》；《宁蒗卷》中《聪明的小白兔》《大灰狼钓鱼的故事》等动植物寓言、童话，不仅通过多样化的主题和表现手法解释了某些物种的起源，更证实了关于"所有通俗故事中，动物都起了巨大作用"这一论断。而那些与节日、风物有关的传说如丽江的《祭天要用什么样的猪》《喂麦达的传说》《咒朵节的来历》；宁蒗的《小凉山彝族不接吻的由来》《猪槽船的来历》《火把节的故事》；永胜的《灶神的传说》《永胜传奇》；华坪的《民族英雄蛮王的传说》《南阳团山堡的传说》等，则记录了一些与民族命运紧密相连的重大事件，尤其包含着历史的事实之断片，体现了当地少数民族的某种道德观念和对未来的种种美好向往。说到民间故事的功利性特征，《传说的构成》的作者根奈认为，对原始民族来说，最重要的是那些动物故事，因为动物故事的强大吸引力是来自图腾动物和与图腾有关的种种仪式，而且这些故事所反映出来的历史观念、道德观念和文学观念都具有异常重要的价值，并印证了"传说是架通历史与文学的桥梁"这一重要事实。

第三类是以生产、生活为主要内容的故事，这一类似乎特别多，尤其以永胜、华坪两县的汉族地区为主。它们反映伦理道德，一般思想倾向都是强烈的、鲜明的，然后常常通过简洁、精粹的形象，讽俗喻理，有极强的现实性。如《永胜卷》中《贪心和尚》《人为财死，鸟为食亡》《钱福的故事》《心里有鬼》《陈百万的三个小故事》《重男轻女》等，故事似乎有意识地批判自私、贪婪，同时又赞扬和期待诚实、互助等美德。这与当地民间永胜人"讲古话""讲瞎话""讲经"的传统有关。这些都是广泛涉及社会现实生活但又属于具有一定幻想色彩的口头创作。《华坪卷》这方面的内容显得更多并更见当地汉族人民的机智与传统美德。如《吃亏得福，占强降祸》《天不绝无路之人》《买卖客》《煮鬼》《吞鬼》《冤魂不散》《嫌穷爱富》《媳妇》《不到黄河心不甘》等，有的讽刺抨击，有的赞扬夸奖，在艺术夸张的、极富浪漫主义色彩的叙述笔调中，斥恶扬善，表达了人们对假、丑、恶的鞭挞以及对真、善、美的讴歌。从这些故事的情节可以看得出来，它们不仅具有吸引力，同时趣味性和可读性也很强。它们传播很广，不仅有文学艺术的性质，而且首先具有民间故事的机智、幽默和风趣。特别是像斗鬼、除魔的故事，如《煮鬼》《吞鬼》《冤魂不散》等篇章，讲述了发现鬼、识别鬼到揭露鬼和与鬼斗争的全过程，显得有声有色，触目惊心，从中可以看到人们敢于同邪恶作斗争的自信，也同时充分表达了当地人民的聪明才智。另外，《古城玉龙卷》《宁蒗卷》这方面的故事同样体现了类似的主题，如《金钟的故事》《酒丹》《两兄弟分家》《放猪栽桃》《穷渔郎与仙女玉菊》(《古城玉龙卷》)、《人不可貌相、海水不可斗量》《三弟兄学艺》《独儿子格茸》《从悬崖上背回父亲》(《宁蒗卷》)等，同样也体现了纳西族、彝族两地不同民族的道德观，教育人们要勤勤恳恳，把一切都建立在劳动上，用自己的汗水去换取幸福，把劳动创造财富、劳动赢得幸福的真理形象地剖析给人们。我们读了，犹如在豆棚瓜架下亲耳倾听民间某个出色的艺人娓娓讲述一样。

第四类是机智人物故事和笑话类，这一方面的内容亦占了一定比例。民间故事和传说，大都是被压迫的下层人民的创作，它首先是表白他们的社会体验和观察，表白他们的社会意识和意欲的。这些故事，通过讽刺和批评自私自利、贪婪吝啬、欺骗虚伪等恶习和不道德行为，表现各民族劳动人民的生活乐趣和幽默、机智的民族性格。人们的兴趣集中在了一个聪明人和一个愚蠢人之间所形成的鲜明对比上，这类故事非常普遍，如《永胜卷》中的《夹舌子》《俩老庚》《一颗麻子讨媳妇》《李老汉买布》，《华坪卷》中的《憨女婿拜年》《考女婿》《香香屁》《吹牛女婿》及《宁蒗卷》中的《猪要吃糁》《肉当菜》等，虽然故事短小但为人们所喜闻乐见。尤其在这一类机智故事中，更具有健康、积极意义的典型，如《古城玉龙卷》中的《阿一旦的故事》等，它们由许多既各自独立，又相互连贯的小故事组成。阿一旦虽然不是任何意义上的原型人物，但经过人们一代代的口耳相传，反复加工和提炼，变成了艺术典型。他已经是人民的愿望和理想的典型化身，也是人民智慧力量的化身，而他的对立面，是同样典型化了的木老爷，代表着统治阶级。其中如《公喜·母喜》《拿鱼去》《最后考一次》《怎样拿钱》等集中体现了阿一旦的斗争艺术。这就是说，劳动者和人民群众的智慧，一直是笑话和机智故事的主题，这些主人公虽然弱小，但他们那副平实的双肩上扛着的却是一颗机灵的脑袋，所以，叙述的笑话都显得较为新颖。这些机智人物的机灵敏锐，随机应变，常常能使他们在困难中脱险，在急中生智，老练、沉着地应付着千变万化的事态,在尖锐复杂的斗争中,他们总是巍然直立,有理有据,有说有笑地击败对手,这些故事情节,启发人们心灵开窍,从智慧中得到自信。在这些民间的创作里,不但表现了中国过去重要的社会关系和生活,也表现出了人民高度的智力。这些故事、传说,在结构上都很单纯,在词语上也很浅显,可是它们具有相当强健的艺术力。换句话说,它不是那种平庸无意味的作品,它们不但本身长存不朽,而且长久地成为后来纳西文学创作的种子或酵母。这就使我们想起了托尔斯泰为什么晚年对民间故事不但十分赞赏,自己还拿来仿作。同时也明白了高尔基为什么早年就利用民间故事、传说作为创作题材,甚至到了晚年还在对这种民间创作的艺术在社会史上的价值一再提起,这也就是为什么巴尔勒的《最好故事》和格林兄弟的《格林童话》不断地要被剧作家们、艺术家们和音乐家们所采用的神秘原因。

总之,丽江民间故事涵盖了神话、传说、寓言、童话、笑话、有关风物、习俗、动植物故事、劳动、生产、爱情故事及机智人物故事等,门类齐全,涉及面广,通过它,我们能够看出丽江各地人民优秀的精神文明成果。

四、有关丽江分卷的编辑说明

民间故事的编辑、出版是一项工程浩大的工作,更何况此次丽江市民间故事的编辑较为规范,体例科学,不同于以前的收集整理。而丽江市文联人少事多,再加上丽江市除了原丽江、宁蒗两地(县)以前曾整理过纳西族民间故事(20世纪60年代由丽江地委宣传部编辑、上海文艺出版社出版的《纳西族民间故事》;1988年由丽江地区文化局、民委、群艺馆编的三卷本包括丽江和小凉山民间故事的《纳西民间故事集成》)外,永胜、华坪以汉族为主的两县在此之前是一片空白,这就给难度很大的这项工作增加了更大的难度系数。由于在收集前无任何第一手基础资料,因此编辑成册后一定还有许多优美传说故事遗失、断代于民间,这是很遗憾的。因为一方面有的具有口述天分的民间故事讲述人、传承者已作古,而另一方面,由于经费、人员等诸多因素的限制,不具备一两次就把这两县所有民间故事收集囊括到手并纳入其中的条件，所以这两县的字数要求也没有达到30万字。而丽江（县）则因为内容较多较长，已超出了30万字。但为了统一标准，规范体例，有很大一部分就不再收入其中，只力求做到保留其精华的要求和目的。

民间故事的收集、记录方法是如实地把民间的艺术传达出来。为了能够原汁原味忠实地传达出原貌和挖掘出民间创作的思想和固有的艺术价值，我们力求遵循科学性。所以在编选过程中，丽江市（4卷本）严格遵照丛书编选原则，忠实地保持了口传文学的特点和突出了地方民族色彩，尤其在同一题材，但记录不同，版本不同，说法不同，内容大同小异的情况都没有把几个故事综合整理，而是一并收入、比较，并在必要的地方作了注释或加以说明。如《古城玉龙卷》中《石鼓的来历》和《石鼓的传说》《龙女树》和《龙女和樵哥》《金钟的故事》和《金窝的故事》《火把节的来历》（一）和《火把节的来历》（二），《永胜卷》中《金葫芦的故事》和《葫芦笙的来历》《程海的来历》和《程海的传说》《鸡饥鼠暑》和《饥鸡暑鼠》，《华坪卷》中的《二十四个望娘滩》（一）和《二十四个望娘滩》（二），《边凹岩石的传说》和《边凹偏岩洞》《两脚儿刨土》和《考女婿》《老变婆》（一）和《老变婆》（二）、《香香屁》（一）和《香香屁》（二）、《狐狸精的传说》和《毛狗精的故事》，《宁蒗卷》中《聪明的兔子》和《聪明的小白兔》《洪水朝天》（一）和《洪水朝天》（二）等，在同一的故事上，都可以让人感到异样的情态和色彩，所以特意放在一起，并在涉及方言土语、风土习俗时尽量作了保留，使故事体现求"真"即科学性，尽量避免其中的再创作和整理。当然，更主要的是"民间文艺的类同性，是一个很有趣味的特点。不管它是散文的神话、童话，还是韵文的民谣、俚谚等，大都是一个作品，同时或异时，在同一个地域或许多地域的社会中，往往存在和它相同或相近的东西。甚至与时代相隔千年以上，地域相距数万里，都会有这种现象"（钟敬文语）。所以为便于研究，尽量作了不同的保留。

在编辑过程中，丽江市委主要领导对这项重要文化工程极其重视，特别是市委副书记何金平、宣传部长李世碧多次过问、具体支持此项工作，从而带动了宁蒗、永胜、华坪的县委主要领导出来直接过问此项流传百世的工程，三个县的宣传部在市委有关领导和市文联的具体部署下，积极配合，多方协调，为我们的收集、记录、汇总编辑工作提供了很多支持和方便。正是这样在各方的共同努力下，市文联才能够团结各县文艺、文化工作者积极参与，乐于奉献，上山下乡，遍访村村寨寨的民间艺人，他们付出了辛勤的劳动。我虽然不是这方面的行家里手，但身为文联主席，同样深感责任重大，为此，虽然是在身患严重眼疾期间，但绝不敢有一丝一毫的倦怠和懒慢，只得不顾疾病折磨，利用早晚和周末、节假日等一切可以利用的休息时间去查资料，带头收集整理。在市文联几个屈指可数的同事千方百计的拼搏下，终于保证了丽江市各县卷本的顺利完稿（《古城玉龙卷》直接由市文联一手完成）。在此我应该向所有支持参与这一重要抢救文化工程并一直指导、关怀我们工作的中国民间文艺家协会主席冯骥才先生，副主席、党组书记白庚胜先生致以崇高的敬意和衷心的感谢！与此同时，也要向永胜、华坪、宁蒗三县的宣传部以及宁蒗、华坪的文联和永胜文化馆的同志们致敬！

  民间故事的重要意义就在民间。民间故事虽是一种口述文学，但它的艺术性和科学性是不言而喻的。它是人类珍贵的非物质文化遗产，在丽江这样一个充满故事的地方，民间故事必然对神奇的丽江起到种种奇妙的作用。为了有效保存、保护这些珍贵的文化艺术资料，使之更好地为社会服务，我们不遗余力、千方百计地完成了此项工作，因为它功在当代，利在千秋。"由对象本身和社会的条件看来，要求民间文艺研究向着系统的科学之路迈进，并不是笔者个人的大胆或好事，而是一种客观的必然需求。像树上的果子到了一定时期必然要落下来，这种对象的研究到了今日，也自然地要求成为一种系统的科学。"钟敬文先生早在1935年《民间文艺学的建设》一文中这样说过，如今在70年之后，它确确实实已成了一种必然。

2006年6月27日

中国民间故事丛书
云南丽江·永胜卷 | 目录

神 话

- 003 造天地日月（彝族支系他留人）
- 004 洪水冲天（彝族支系他留人）
- 005 兄妹成亲（彝族支系他留人）
- 006 弟兄分家（一）（彝族支系他留人）
- 007 弟兄分家（二）（彝族支系他留人）
- 007 死亡与鼠（彝族支系他留人）

传 说

- 013 "刀杆节"的来历（彝族）
- 014 出米洞的传说（一）
- 014 出米洞的传说（二）
- 015 "马鞍山"的由来
- 018 花石头的传说
- 018 诸天寺
- 020 迪里坡
- 021 程海的传说（一）
- 023 程海的传说（二）
- 023 程海的传说（三）
- 025 程海的来历
- 026 程海湖的由来
- 026 热河"大石头"传说
- 028 龙的传说
- 029 金江的墙
- 029 鬼打鬼的传说
- 030 神奇的绵鱼荡
- 031 月亮岩的传说
- 031 平坝陷落成海
- 032 龙潭水的传说
- 033 姊妹石的传说
- 034 金葫芦的传说
- 035 烧犁头的传说（彝族支系他留人）
- 036 梓里江桥的传说
- 036 梓里铁索桥的传说
- 038 龙门的来历
- 038 葫芦笙的来历
- 039 手镯的传说（彝族）

040	母鸡河的传说	061	蚂蚁子姑娘的传说（傈僳族）
041	将军桥	062	灶神的传说
042	白龙洞的传说	065	片角水冲村的传说
042	壶山摩崖石刻观音像	066	珠坠河成
044	点香火的由来	068	永胜传奇
045	救兵粮树传说	070	鸡为什么不吃黑豆
045	"阿弥陀佛"的来历	071	文方鸟甲
046	上坟习俗的由来	072	干鱼庙的传说
	（彝族支系他留人）	073	留金石
048	贪心和尚	074	竹子做的灵位（彝族）
048	石堆堆和天星桥的传说	075	三个一（梅树殉情的传说）
049	江心石上有金窝		（彝族支系他留人）
050	磨刀砍的传说	077	巴长马（彝族支系他留人）
051	滑叶档的传说	078	朱家天子万万年
052	少妇买饼		（彝族支系他留人）
053	人为财死　鸟为食亡	080	大力士的传说
053	杀家打子（彝族支系他留人）	081	望夫石
054	鸡叫山的传说	082	守孝的习俗
055	鸡叫山的由来	083	上刀山　下火海
055	月亮石的传说（傈僳族）	084	天葬的死婴
056	大石头的传说（彝族支系他留人）	084	哥哥鸟
058	仙人经过涛源地区传说	085	花围腰
	蚊子在两头	086	掏米洞的传说
	风沙不进屋	087	云台山的树影（傈僳族）
	墙头不需盖	088	金官街的来历
059	灵源箐的传说	089	金牛洞的传说
060	草鞋上带来的江沙	090	金海马的传说
060	石匠把水凿小了	091	芮关山的传说

故 事

生 活 故 事

- 095 金船的故事
- 096 瘾
- 098 "屋檐水,点点滴"的故事
- 099 背架
- 101 丁郎刻木(彝族支系他留人)
- 103 赶马哥
- 104 一颗麻子讨媳妇
- 106 儿孙自有儿孙福
- 108 飞麻雀的故事
- 109 心里有鬼
- 111 "话说"
- 112 "拾金不昧"的故事
- 113 天不算高
- 114 走马皇帝的封赠
- 115 重男轻女
- 116 贼的来源(彝族支系他留人)
- 116 让他三尺又何妨
- 117 钱福的故事
- 122 剐死文大爷 吓死谢屠夫
- 124 长工巧治刁财主
- 126 能媳妇
- 127 憨姑爷(一)
- 128 憨姑爷(二)
- 129 憨姑爷(三)
- 129 三两金子四无福(彝族支系他留人)
- 130 陈百万的三个小故事(彝族支系他留人)
- 131 亡人魂
- 132 他留的银子 崀峨的房子(彝族支系他留人)
- 133 洗衣女
- 134 裙边嫂的故事
- 出,还是进
- "公鸡生蛋,牯牛下崽"
- 137 张公有百忍
- 139 两弟兄分家(彝族支系他留人)
- 140 赊三不如现二
- 141 大力士王鄂的故事(傈僳族)
- 144 阿赤格不那(树果卡麂子)(彝族支系他留人)
- 145 猎人的故事
- 146 子土司惨死之谜
- 147 牛皮圣旨
- 148 仙人马脚迹
- 149 灵药

- 150　木匠的故事
- 151　鸡饥鼠暑
- 152　饥鸡暑鼠
- 152　阿依楚屏（彝族）
- 153　睡迷糊了（彝族支系他留人）
- 154　西天问活佛

幻想故事

- 157　三姐妹
- 159　两老表
- 162　小姑娘和老变婆
- 165　王老大遇怪
- 165　深山遇怪
- 166　鬼推磨
- 167　雪压竹梢头点地
- 169　玉蝴蝶
- 170　罗文秀才的故事
- 171　独脚鬼的由来
　　　（彝族支系他留人）
- 172　独脚鬼为什么会吃人（一）
　　　（彝族支系他留人）
- 174　独脚鬼为什么会吃人（二）
　　　（彝族支系他留人）
- 175　人和苍蝇的故事（一）
- 176　人和苍蝇的故事（二）
　　　（彝族支系他留人）
- 176　老变婆（一）
- 178　老变婆（二）
- 179　老变婆的故事
- 180　鬼怕恶人

人物故事

- 182　刘慑的故事
　　　白鹤含书
　　　奏免金课
　　　手得"无"字
- 184　白鹤衔书
- 185　滇西才女高玉柱
- 188　征联择偶

动物故事

- 190　蜈蚣毙蛇
- 192　蛇肚割福（彝族支系他留人）
- 195　煮蛇成银
- 198　竹子和蛇（彝族支系他留人）
- 198　人和蛇的故事（彝族支系他留人）
- 200　老虎怕青蛙（彝族支系他留人）

201 鸡同鸭讲（彝族支系他留人）
202 公鸡喝水
203 简单与复杂
204 虱子与跳蚤
204 水牛和骡子的故事
　　（彝族支系他留人）
205 戴头套的狼和狐狸
206 青蛙和老虎
207 人变猴与人学猴
　　（彝族支系他留人）
207 猴子埋儿尾朝天
209 人变石蚌（彝族支系他留人）

机智人物故事

210 土锅换骑马（彝族支系他留人）
211 亚邪偷马（彝族支系他留人）
213 偷富人家（彝族支系他留人）
215 背石磨入海（彝族支系他留人）
217 结古的故事（彝族支系他留人）
218 亲吻姑娘们（彝族支系他留人）
220 我是你爹(一)（彝族支系他留人）
221 我是你爹(二)（彝族支系他留人）
222 干事抬轿（彝族支系他留人）
225 交换耕牛的故事
　　（彝族支系他留人）
226 十男九闻　罐子滚偏坡
　　（彝族支系他留人）
228 捅蜂包的故事（彝族支系他留人）
229 石洞逃生（彝族支系他留人）
230 梅花公鸡（彝族支系他留人）
231 亚邪偷羊（彝族支系他留人）
233 十二个婆娘（彝族支系他留人）
234 二百八（彝族支系他留人）
235 赌摸姑娘（彝族支系他留人）
236 打县太爷（彝族支系他留人）

笑 话

239 夹舌子
239 我还在这里
240 地里长出马鹿
240 懒汉的故事
240 俩老庚
241 皮匠娶公主
242 无病呻吟
243 馋媳妇
243 猎人和他的儿子（傈僳族）
244 涂嘴用的肥肉（傈僳族）

245	四姊妹	249	挖水趣事
245	洪先生打蛇	250	没有这玩意儿
246	鹦鹉学舌	250	丈母娘考女婿
247	净重五十斤	251	少管闲事
247	放屁王	251	如此教导
248	李老汉买布（傈僳族）	252	翻手之间
249	买酒和火柴（傈僳族）	253	生怕后悔

中国民间故事丛书

云南 丽江

永胜卷 神话

造天地日月（彝族支系他留人）

讲述：兰兆才 彝族 74岁 农民 小学
记录：杨如刚
2005年12月采录于永胜六德乡他留山

亿万万年前，没有天地日月，世界像一个无声无物孤寂的大洞。

七作星（北斗七星）是七兄妹，就商量着说：

"让我们来造天造地造日月吧！"于是他们就进行分工。

三个哥哥造天，两个妹妹造地。

两个妹妹是女人，干活细致，丝毫不敢疏忽，她们一刻不停歇地忙碌着。

三个哥哥是男人，他们无所畏惧，干活很随心，一边吹牛一边工作，干一阵玩一阵。

时间到了，天地终于造好了。可是由于两个妹妹不停干活将地造宽了，相反三个哥哥却将天造窄了。天盖不住地了，没办法只好把地抓拢来，天终于盖住了地。但是原本一马平川的大地却耸起了高山，凹下了深谷。

天地造好了，没有太阳和月亮，世界像一块黑暗寒冷的大石头。七作星还剩下两兄妹（一说是两姐妹），就商量着说：

"让我们来做太阳和月亮吧。"

妹妹对哥哥说：

"夜里出去，我胆子小，我害怕。可是白天出去，我年轻，看我的人多，我害羞，怎么办呢？"

哥哥就拿出一根针来插在妹妹的头发上说：

"这回好了，你白天出去，人们不敢看你了。我夜里出去。"

哥哥夜里出来就成了月亮。

妹妹白天出来就成了太阳。

哥哥是男人，贪玩，爱开玩笑，有时玩昏了头，忘记出来当值，有时磨磨蹭蹭、慢慢吞吞地出来，这样人们有时看不见月亮，有时是下半夜才看得见，有时只看见一条缝，那是他在开玩笑呢！

妹妹是女人，细心踏实，天天出来当值。人们仰头看的时候，感到光芒刺眼，看不清她的真面目。这是因为她把哥哥给她的针抛撒了下来，扎人们眼睛的缘故。

天地日月就这样造好了。

洪水冲天（彝族支系他留人）

讲述：陈金云 彝族 61岁 祭司 不识字　　陈新发 彝族 66岁 农民 小学
　　　海政华 彝族 60岁 农民 不识字
记录：杨如刚
2005年12月采录于永胜六德乡他留山

远古时候，七兄妹造好了天地日月，接着又造出了人和动植物。

人和所有的动物都是老庚、亲家和朋友，他们互相通话，和睦相处，幸福生活。

人和所有的动物都会返老还童长生不死，结果大地上人和动物越来越多，多得已经无法住下去了。

这时候天空中出现了九个太阳，大地被烤成了一团火。水被晒干了，人们再也无法忍受饥渴，就向务敌[①]去祈求。务敌就派天龙王来降雨。

天龙王抬出一桶水，先用木勺一勺一勺地往下洒，可是水落到地上马上就干了。天龙王就将整桶水倒下来，大地上发起了洪水。洪水越涨越高，擦到了天边，世界成了水世界，一片汪洋大海将人类都淹死了。

只有两兄妹躲进一个房子大的葫芦里得以逃生。

饿了，他们就吃葫芦里的瓜子，没日没夜地漂浮着。

高高的山顶洪水淹不了，那里有动物。可是火山又爆发了，烧成了一片火海。接着天空中出现了七个太阳，把天下都晒化了，连石头都晒化了，只有钻到岩洞里的动物能活下来。

有一只穿山甲没命地逃跑，它打了一个又长又大的洞，从大地的这一面打到了大地的另一面，跑出去逃生了。

洪水从这个洞里落下去流走了，洪水终于退去了。

---

① 务敌：他留语，意为宇宙的主宰，兼指人间的帝王；一说是务苏，生殖女神。

大海出现了，海龙王拿着一把筛子筛水，不干净的水筛出去，干净的水重又均匀地筛回到山林里来。

山林里的水又从穿山甲打的洞穴里回归到江河大海里，大海里的水又被海龙王筛回到山林里，这样，山林里的水总是取用不尽，绵绵不绝。

不知在汪洋里漂浮了多少年月，洪水退去，两兄妹从葫芦中爬出来逃生了，他们就是今天人类的始祖。

兄妹成亲（彝族支系他留人）

讲述：陈文明 彝族 90岁 祭司 不识字
记录：杨如刚
2005年12月采录于永胜六德乡他留山

上古的时候，洪水泛滥，有两兄妹躲进葫芦中逃生。洪水退去，当他们从葫芦中爬出来时，茫茫大地只活着他们亲兄妹二人，朝夕相伴，相依为命。

这可怎么办呢？

他们就去向务苏（一说务敌）请求让亲兄妹俩成亲。

务苏就用三样东西来考验他们。

务苏叫两兄妹分别背着一扇磨走到山顶上，面对面同时往山谷放，磨滚到山谷底，上磨和下磨整齐地合在了一起，务苏就说：

"天意允许你们亲兄妹成婚。"

接着务苏又叫妹妹站在一个山顶上，手里竖起一根针。哥哥隔着深大的山谷，从另一个山顶上将线扔过来，线直直地飞来准确无误地穿过了针眼，务苏就说：

"天意允许你们成亲。"

最后务苏叫两兄妹分别从两个山谷放火，火烧起来，变成两条火龙，火烧到山顶合成了一条火龙，务苏就说：

"既然天意允许，你们就成亲吧。"

这样，亲兄妹就成亲了。

亲兄妹成亲后，过了好多年都没有孩子，后来妹妹终于怀孕了，生下一个血饼。

兄妹俩拿着它，走过平原、河谷、高山，一路上把它抹在石头上和树枝上。

有一天，兄妹俩来到一个山口，突然云雾弥漫，狂风大作，雷电交加，紧接着倾盆大雨砸下来，不知过了多久，风停了，雨住了，云雾慢慢散开。只见两兄妹走过的地方，一个个的村落出现了，炊烟袅袅，鸡鸣狗吠，人影幢幢。

现在的人类就是这样产生的，人类又一次来到大地上。

弟兄分家（一）（彝族支系他留人）

讲述：海春发 彝族 86岁 农民 不识字　　海春德 彝族 96岁 农民 不识字
　　　海政刚 彝族 87岁 农民 不识字
记录：杨如刚
2005年12月采录于永胜六德乡他留山

自从有了人类，大家就住在一起。

村子里有一户人家，生下五个弟兄，相传他们是务敌的孙子。

这五个男孩爱好不同，性格各异，气质不同。老大喜欢骑马，整天混在马群里。老二喜欢牧羊。老三喜欢打鱼种田。老四喜欢到平坝做生意。老五是幺儿子，勤恳诚实最孝顺父母，留在父母身边干活，侍候老人，形影不离。

四个哥哥整天东奔西走，不肯顾家。长大后父母就分家让他们独自过。大哥赶着马群去了高山，后来成了藏族的祖先。二哥骑着马赶着羊群去了坡谷，后来成了纳西族的祖先。三哥骑着马拿着种子和鱼钩去了湖边，后来成了白族的祖先。四哥骑着马带着口袋去了平坝，后来成了汉族的祖先。老五是幺弟最有孝心，留在父母身边，就是今天他留人的祖先。

弟兄分家（二）（彝族支系他留人）

讲述：海春发 海春德 海政刚
记录：杨如刚
2005年12月采录于永胜六德乡他留山

有一户人家有三个儿子，他们是务敌的孙子，三个儿子性情、气质不同，喜好各异。

老大喜欢骑马，整天骑着马在山林里奔跑。老三喜欢到平坝做生意，一去几年几月不归家。只有老二为人忠诚厚道，最孝敬父母，留在家里整天帮父母干活。

有一天，父母终于分家让他们独自过，先对老三说：

"你喜欢就去平坝吧！"老三去了平坝，成了汉族的祖先。

母亲指着老二对父亲说：

"他最孝顺贤明，把他留下来吧！"

结果老二留了下来，成了今天的他留人。"他留"的名称也是这样来的，意为母亲的话"把他留下来"。

老大最调皮，分家时心不在焉，父亲对他说：

"高官由你做，好马由你骑。"

可是他却听成了"高山由你坐，跑马由你骑"，结果他骑着跑马高高兴兴地跑进了高山，后来成了今天凉山彝族的祖先。

死亡与鼠（彝族支系他留人）

讲述：兰绍章 彝族 81岁 祭司 不识字　兰金成 彝族 65岁 干部 高中
　　　兰新平 彝族 30岁 农民 初中
记录：杨如刚
2005年12月采录于永胜六德乡他留山

远古的时候，人是长生不死的，人和猴子是亲家、老庚、好朋友，他们能相互通话。

有一个老倌在山崖边种了一片荞地，夏天荞子开花，白茫茫像下大雪，秋天结满了沉甸甸的籽粒。

山崖上住着一群猴子，总是下山来偷荞子吃。老倌去看荞地，猴子们一哄而散，飞一样跳到山崖上。

老倌多次劝猴子不要偷吃，猴子们总是不听，还对着他做鬼脸，嬉笑嘲弄他。老倌心里很生气，打定主意要收拾收拾这群猴儿。

这一天，天还没亮，老倌早早来到荞地，悄悄躺在地中央，不一会儿就饥肠辘辘了。他顺手摘下一把荞粒嚼吃，乳白的浆汁和黑的粒壳涂得满嘴唇都是。

天亮了，猴子们下山来了，站在山崖上四面一望，见没有人，就你推我挤纷纷攘攘跑进荞地偷荞籽吃，走到地中央突然看见老倌一动不动躺着，吓了一跳，猴子们合计说："哎呀，我们真是太大意了，原来这个老倌早就死了，看他的嘴巴都生蛆了（猴子误把老倌嘴唇上涂的白荞汁当成了蛆）。我们把他扔到山谷底去吧。"猴儿们七手八脚抬起老倌，准备把他扔下深谷。

由于躺在潮湿的地上时间长了，肠胃不舒服，老倌忍不住放了几个响屁。猴子们感到十分奇怪，说道：

"背时了，这个老倌死了好几天，还会'嘟嘟嘟'打屁呢！"

抬到山崖顶正准备往下扔，老倌突然站起来大吼一声，猴子们吓得四处乱蹦，不幸一只小猴子失足掉下山崖摔死了。人和猴都感到十分悲伤，大家商量着为它举行盛大的葬礼安葬它，把它装进上等木料做成的棺材里，给它穿上七层麻布衣服。人们杀牛杀羊杀猪杀鸡，还捕来鲜鱼。

村子里所有的人都来参加，邀请所有的猴子都参加，又是敲锣打鼓，又是吹芦笙唢呐，还要打跳，跳"耶——耶——耶"的集体舞，人来人往，场面十分热闹。

猴子们来做客，板凳上有灰尘，就用尾巴一摇扫去灰尘，恰巧被人看见了，人就笑猴子做客不雅观，尽出洋相。猴子们感到十分难堪，窘迫难耐，急火攻心，情急之下连屁股都急红了，从此以后猴子就再也不到人的家里来做客了。

这也是猴子屁股红和"猴急"的来历。

人和猴子火烟冲天、锣鼓喧天大办丧事，惊动了天上住的务敌，他不知道出了什么事。务敌就派乌鸦下来打听消息，调查情况。

乌鸦来到人间，人和猴子都喝醉了酒，呼呼大睡。锅边掉着许多碎肉，乌鸦贪吃碎肉在锅边转来转去，忘记了回上天报告，结果乌鸦全身都被抹黑了。

这就是为什么乌鸦全身都是黑色，而且会预卜死亡。

现在他留人听到乌鸦叫就推测死亡会发生，这是因为乌鸦是务敌首先派下来凡间充当死亡信使的。

务敌又派雉鸡下来调查。

雉鸡来到人间，看见罐子里有许多酒，香气四溢，雉鸡贪吃好酒，忘记了回上天报告，结果雉鸡喝多了酒，把脸喝得通红。

这就是雉鸡为什么会脸红。

务敌又派喜鹊下到凡间调查。

喜鹊来到人间，看见村子周围长满了参天大树，枝繁叶茂，景色十分迷人，喜鹊从这根树枝跳到那根树枝，心里琢磨着在哪里搭窝才最好，也忘记了回去报告。

这就是喜鹊为什么总喜欢在村子周围的大树上搭窝。

务敌又派黄莺下来调查。

黄莺来到凡间，房屋后面有一片荔枝林，荔枝熟得正好，黄莺贪吃荔枝，一头扎进了密林也忘记了回去报告。

这就是黄莺为什么老是喜欢在人们的房屋后面啄吃水果。

乌鸦、雉鸡、喜鹊、黄莺由于自己的贪吃贪玩，忘记了回上天报告的时间，回不了上天，永远留在了人间。

最后务敌派金老鼠下来调查。

金老鼠来到凡间，从棺材的木楔钉那里咬开一个洞钻进棺材，原来人们在为一只小猴子办丧事。

金老鼠调查清楚了事情真相赶忙回上天汇报：

"乌鸦贪吃碎肉转锅边，雉鸡醉酒大红脸，喜鹊登枝忙搭窝，黄莺嘴馋钻密林……人为小猴办丧事热闹得很。"

务敌一听，吃了一惊，说道：

"啊，我不知道，人类原来是喜欢死亡这件事情的，以后就让他们会死亡吧，就让他们像今天一样热闹隆重地办丧事吧。"

从此，人类就会死亡了，有正常的老死，有非正常的死亡，死后就给他举办隆重热闹的葬礼。

他留人的丧葬礼仪隆重热闹程度超过结婚、生子等其他礼仪。

金老鼠查清了缘由，务敌奖赏它说：

"你有功劳，可是你去过人间，不能再住在天上，我允许你和人一起同吃同住。"

这样，金老鼠再次返回人间，现在有人的地方就有老鼠，这是因为有务敌的特许。

中国民间故事丛书

云南 丽江

永胜卷 傳說

"刀杆节"的来历（彝族）

讲述：周菊英 女 64岁 小学
记录：张正光 34岁 中专
2005年11月采录于永胜程海镇

关于"刀杆节"，在彝族民间流传着一个生动感人的故事。

传说在明朝正统年间，云南边境常受外敌侵犯。有个兵部尚书叫王骥，受朝廷派遣，率领兵马来到云南边远的彝族居住地区。

王尚书进驻边境之后，在当地百姓的配合、支持下，赶走了入侵的敌人，收复了被敌人侵占的土地。

为了防范敌人再次侵犯，掠夺彝族人民，也为了防范土司的叛乱，王尚书"三征麓川"，在边境地区设立了哨卡，同老百姓共守疆土，保障了彝族人民生命财产的安全，使他们在边境繁衍生息，过上了安定日子。

王骥还引导彝族人民开垦山地、保护森林、饲养牲畜，使生产得到发展。王骥深谋远虑，从防范外敌的长远着想，让彝族青壮年习武练勇，日夜操练兵马，决心使边境变得民富兵强。

但是，朝廷内的奸臣却借机诬陷，告了王尚书的黑状，说他在边境招兵买马，企图反叛朝廷。

皇帝听信谗言，突然把王骥召回京城，并在农历八月十五日，用毒药害死了他。王骥被害死的消息传到云南边疆的彝族山寨，百姓们深感悲哀和愤恨，个个怀着满腔怒火。他们没有忘记王尚书的恩情，立誓要为他申冤。

可是，在那个山高皇帝远的地方，彝族人民的悲愤根本无法申诉到朝廷。

怎么办呢？他们想：王尚书被害死了，可是他的爱国精神永远留存，彝族人民一定要继承他的遗志，种好庄稼，养好兵马，练好闯火海、上刀山的武艺，绝不让外敌侵占一寸国土。

为了纪念王骥，并展现彝族人民保卫边防的决心，大家就把每年农历八月十五日中秋佳节这天定为"刀杆节"，世代流传至今。

出米洞的传说（一）

讲述：李秀莲 女 87岁 农民 不识字
记录：杨学韬 55岁 教师 本科
2007年2月采录于永胜梁官镇

很久很久以前，芮官山天王庙香火极旺。那里有一个出米洞，不管有多少人来朝山进香，来多少人出米洞就出多少米，总是够来的人吃。后来，有一个小和尚嫌出的米少，就找来凿子，把出米洞凿大些，想让那出米洞出更多的米。但出米洞凿大后，就不再出米了。

听说，当年托塔李天王收养一个修炼成精的白鼠做了干女儿，可是，她野性不改，偷偷下凡来到三川坝，天王盛怒之下，便把她镇压在三川坝东边山、天王庙的出米洞下面。那出米洞的米，就是这只白鼠精率领众鼠从四郡八乡富豪人家的粮仓里偷来的。洞被凿之后，白鼠精也不知去向。

又听说，天王庙旁的石崖上，写着一个斗大的字，只要有人能读出这个字，出米洞又会重新出米。可是，至今都没人读出这个字来。

出米洞的传说（二）

讲述：王灿林 52岁 干部 中专
记录：李丽萍 女 27岁 干部 中专
2005年10月采录于永胜梁官镇

梁官镇东边山的半山腰上有一座寺庙，叫天王庙，寺庙里景色优美，香火旺盛。

传说在很久以前，这个庙里有一个洞，洞里面会出米，人们叫它出米洞。

当时这个庙里住着一个和尚，洞里每天出的米刚好够他一个人吃，不多也不少，要是哪天庙里多来几个人，洞里出来的米也会跟着增加，反正够人们吃。碰着饥荒年景，人们就到庙里讨饭吃，靠着这个出米洞，人们度过了一个又一个饥荒年景。

为此,当地的老百姓们对这个出米洞充满感激之情,经常到庙里朝拜菩萨,天王庙也因此而香火旺盛。

这样过了很多年,寺里的和尚起了贪念。和尚想,这个洞里每天都会出米,里面一定藏着很多的粮食,于是他找来锤子和凿子,想把洞凿大一些看看,谁知洞口凿开之后里面却什么也没有,而且从此以后,出米洞里再出不出米了。

当地的百姓知道后,非常气愤,赶走了这个和尚。

"马鞍山"的由来

讲述:谭宛成 81 岁 教师 中专
记录:刘红 女 31 岁 干部 大专
2005 年 10 月采录于永胜金官镇

金官坝子周边有一个村子,背靠村子有一座青山,远远望去,好像一副马背上的马鞍搁在那里。尤其是在风大的时候,那山仿佛顺风朝前移动似的,这里的人叫这座山为马鞍山。

关于它,还有一段奇特的故事哩……

从前,在一个村子里住着一家穷苦人,这家有个孩子叫兆儿。兆儿的父亲有一次上山砍柴跌到山箐箐里摔死了。兆儿的母亲因伤心整天哭泣,把眼睛给哭瞎了。

孝顺的兆儿为挣钱给母亲治眼睛,十三岁就学着他父亲的模样,腰间挂把砍刀,肩上扛根扁担进山砍柴。

每天早上,星星照着他上路;白天他以山林为伴,以野果为食,砍好柴就挑到城里去卖;再买回点米和盐艰难地打发着日子。

有一天,他在城里卖柴的时候,听说城里有位高明的医生有祖传秘方,专治眼病,再瞎的眼睛,只要让他看看,点上几滴药水,都会复明,但是看病要收很多的钱。

兆儿回到家里,赶忙把这个消息告诉母亲。

母亲听了既高兴又忧愁,瞎眼有药医了,但药钱无处找呀!母亲只好一声接一声地叹气。

兆儿安慰母亲说:"母亲莫愁,我一定砍好多好多柴,卖钱为您治眼睛。"

从此以后兆儿更加勤快了，不管是晴天阴天，不管风雨雷电，他都天天上山砍柴。

山上的树叶青了又黄，黄了又青，一年又一年地过去了，兆儿砍的柴堆得像一座座小山，他终于卖柴积攒得一些铜板。

这天，母亲让兆儿换上件干净衣裳，把铜板放在小口袋里，让兆儿进城去。

兆儿高高兴兴地带上一点干粮进了城，他在城里找了大半天才找到那个医生家。

医生家红漆大门上有一对铜狮子头，狮子口中叼着一对黄铜门环。

小伙子"噹噹噹"敲了几下门环后等待着。

"吱呀——"一声门开了，伸出颗瘦干巴的头来。

只见那头上大嘴一咧，露出两排大黄牙：

"你找哪个？"

兆儿说："我找沈大人，想请他老人家帮我母亲治眼病。"

"你母亲的眼睛害哪样病？"瘦猴问。

"眼睛看不见了。"兆儿悲伤地回答。

瘦猴转动着他那圆溜溜的小眼睛说："要先交钱。"

"我有。"兆儿说着就打开小口袋，"请看，我有这么多钱。"

瘦猴伸出手指扒扒铜钱，撇撇嘴说："哼，全是金子还差不多，这几个铜板还想治瞎眼睛？"

兆儿哀告说："求求你，这些铜板是我砍了好几年的柴才换来的。"

瘦猴闭上眼睛说："你好好回家伺候你母亲，就莫指望她能看见太阳了。太阳嘛，烤在身上暖和就行啦。凭你这几个铜板休想请动我家老爷！小伙子，再去砍二十年的柴吧！"他瞟了兆儿一眼，"砰——"关了大门。

兆儿回到家里，不敢把这瘦猴说的话告诉母亲，只说再攒些钱就可以医治了。

附近的一座柴山被他砍光，只剩下一些小树了，他不忍心再砍，又到另一座山上去砍。

他砍光了一山又一山，山山岭岭都留下他的脚印，都洒满了他的汗水。

有一天，他实在太累了，想歇歇气，就在这个时候，飘来一阵清香。一看，前面忽然出现了一座山岭。山上白云飘动，林涛起伏，仙鹤起舞。他以为自己在做梦，咬咬手指头，觉得很疼。他相信眼前的一切都是真的，一下子来了劲头，便飞快爬到那座山上。看见大棵大棵的松树，他举起刀就砍。

但他使完全身力气也没砍倒一棵,只好垂头丧气地坐在草地上。

突然,他面前白光一闪,出现了一位白胡子老爷爷。老爷爷说:"小伙子,你来干什么?"

兆儿把他家的遭遇和他想为母亲医治眼睛的心愿说了一遍。最后,他胆怯地说:"我现在只想回家。"

老爷爷说:"你既然来了,我就会帮助你的,要把你母亲的病治好才对。"

老爷爷说完手杖一挥,在他手上便出现了一个小瓶子,老爷爷把小瓶子交给兆儿说:"这里面装有从千年灵芝上采摘下来的露水,能医治你母亲的眼睛。但必须点滴灵芝水七七四十九天,且要来这座山岭四十九次采摘四十九棵人参的四十九片叶子,每天用采摘下的新鲜的人参叶沾灵芝露水滴在你母亲的眼角上,你母亲的眼睛就能复明了。这个过程对采摘人参叶的人来说是很辛苦的,你能做到吗?"

兆儿说:"只要能治好母亲的眼睛,我什么都愿意做。"

于是,他谢过白胡子爷爷,找到一棵人参,摘下一片叶子,带上千年灵芝露水赶忙回家了。

从此,兆儿每天小跑似的来回在家与山岭的路途中,天还没亮就去白胡子爷爷住的那座山岭采摘人参叶,天黑之前赶回家为母亲滴灵芝露水,不管天阴下雨,一如既往。

有一天,他赶路的时候脚下踩空了,掉进了一个大深洞里,摔昏了。他昏睡了半天才醒过来,一看四周,光滑如壁,怎么也爬不到洞顶,急得要命,只好唉声叹气干着急。

他正愁没着,眼前忽然白光一闪,白胡子爷爷又出现了,他和蔼地说:"小伙子,别着急,你的孝心让我感动,我会再次帮你的。"

只见老爷爷嘴里念念有词,老爷爷手上便出现了一个小小的马鞍子。老爷爷把小马鞍子往兆儿面前一放,马鞍子"忽"的一下变大了,老爷爷说:"你坐在马鞍上,闭上眼睛,它会带你到山岭上去的。"

兆儿闭上了眼睛,一会儿,听到白胡子爷爷说:"你可以睁开眼睛了。"

兆儿睁眼一看,呵,自己已经在山岭上了,白胡子爷爷就站在面前,老爷爷说:"以后的日子你就不用来回跑腿了。现在,你找来一棵人参插在马鞍上,然后坐稳马鞍,再次闭眼就行了。"

兆儿找来一棵人参插在马鞍上,坐上马鞍闭上眼睛,只听耳边风声直响。隔了一会儿,耳边风停了,他睁眼一看,白胡子爷爷不见了,再一看,他脚下踩的是一座形如马鞍的山,山坡上长满了人参,坡脚底下就是自己的家。母亲坐在家门口正焦急地等着他回家呢。兆儿赶忙采了人参叶,连蹦带跳地跑回家去了。

以后的日子,兆儿每天一出门就能采到新鲜的人参叶,经过兆儿悉心的照料,他母亲的眼睛又重见天日了。

兆儿把山上有人参的消息告诉了村里的乡亲们,乡亲们上山采了人参到城里去卖,生活都变得好起来了。

从此,人们为了感念兆儿和赞扬他的孝心,就把这座长满人参的山叫作马鞍山了。

花石头的传说

讲述:万仁昌 46岁 干部 初中
记录:米承新 白族 29岁 干部 大专
2007年4月采录于永胜顺州龙门村

到过顺州的人都知道,陡坡走完下坡就会看到两块轮状花纹的巨石伫立在平地上。

相传,在很久以前,顺州坝子还没有人居住的时候,天上的神仙便想把这里变成一个海子,于是派十八罗汉挑了石头来填闷水洞。十八罗汉走啊走,走到坝子背后的半山坡上时,累了休息,没想到一下就睡着了,等醒来时鸡就叫了。神仙在白天是不能做事的,十八罗汉从此走不了路,变成大石头留在了那里。这石头特别花,因而人们就把它叫作花石头。

诸天寺

讲述:吴卫林 55岁 农民 初中
记录:刘红
2005年10月采录于永胜金官镇

从前,金官翁彭村住着两家人,一家是冉寡妇,为人很好;一家是赵财主,为人心坏。

冉寡妇家里有一头小猪，因家里没有吃的东西喂猪，每天只有让六岁的儿子出去割草来喂。自己做园里、山里活，晚上还要推豆腐。起早摸黑，里里外外操劳，命比黄连还苦。

赵财主家有一群大猪，这些猪是低价从穷人家强行收购来的，一年四季由他家的长工喂养，喂肥了宰杀后到集市上卖高价猪肉。

赵财主为了独垄猪肉生意，不允许别家喂猪，后来他知道冉寡妇家里喂了一头猪，也想低价买回来，但冉寡妇为了让瘦小的儿子过年有肉吃，说什么也不卖。赵财主在村里有钱有势，横行霸道，没有哪家敢不卖猪给他的。

赵财主知道冉寡妇竟敢和他作对，便心生毒计。

赵财主叫人到山上找来一些刺毛虫，这是一种有毒的虫，任何东西被它咬了都会全身发肿然后死掉。

赵财主吩咐一个老妈子装成串门子，来到冉寡妇家，张家长李家短拉了一阵白，临走，她说看看冉寡妇的猪，趁冉寡妇不注意，偷偷地把毒虫塞进那头猪的耳朵里。

毒虫进入猪耳朵里，不一会儿，那头猪就受不了倒在地上只喘粗气了。

第二天，冉寡妇的儿子到猪圈喂猪，一看那头猪全身肿胀躺在里面不动了，赶忙喊来母亲。冉寡妇看到自家的猪已经死了，也无可奈何，只有抱着儿子一阵痛哭后，把猪抬到村子背后的山上埋了。

母子俩为了来年事事顺利，便到村后的庙里一把鼻涕一把眼泪祈求菩萨保佑。

这时，恰好一个行游四海的老和尚路过此庙在这里歇脚，问她母子为什么哭，冉寡妇便将自家的遭遇对老和尚讲了。

老和尚说："你母子且莫急，要猪我给你。"说完老和尚拿出随身带的一个小布口袋，抖了三下，然后说："猪来。"

话音未落，只见口袋里顿时有两头猪钻了出来，跑到了庙外的空地上。

老和尚说："我把这口袋送你母子，以后就不愁吃穿了，但必须要在这座庙里的菩萨面前诚心祈求使用才能应验，此事要保密，不能让别人知道。"

说完，老和尚把口袋交与冉寡妇母子，然后摇摇摆摆地走了。

冉寡妇母子又有了猪，日子可不愁过了，到过年头几天，她请人宰了猪，把猪肉分给村里其他穷人。

赵财主听说冉寡妇把猪肉送人，急忙跑到屋后，从墙眼里偷看，只见冉寡妇家的院子里有两头大肥猪呢。这就怪了，冉寡妇穷得要命，她家哪来那么多猪？赵财主心想，肯定有问题。于是他派人跟踪冉寡妇。

这天，冉寡妇把猪肉送完了，又到寺庙里求菩萨，只见她把口袋抖了三下，说："猪来。"顿时，就有两头猪在冉寡妇跟前叫唤了。

这些情况早被赵财主派去悄悄跟踪的人看得一清二楚，赶忙溜回去告诉了赵财主。

"哦！这下子算抓住你的把柄了！叫花子回家——你走的歪门邪道！"赵财主眼睛转了两下，早打出个鬼主意。他急急忙忙来到县太爷府中，在县太爷面前讲了冉寡妇家有一件至宝，是神仙之物，如此这般吹了一番。

县太爷是个爱宝的人，虽然半信半疑，但他还是叫师爷设法把那口袋弄来。

第二天，师爷又忙来找赵财主，二人鬼鬼祟祟地商量了一阵。

半夜时刻，冉寡妇的门响了。她开门一看，几个差人冲了进来，说是奉县太爷之命来抓她，罪名是施用邪术骗取钱财。这时赵财主派来的老妈子也忙着假装好人，帮着冉寡妇说好话。差人仍是不依，一定要将冉寡妇带走。冉寡妇无奈，只好拜托老妈子照看儿子，跟着差人去了。

老妈子等冉寡妇和差人走远后，趁冉寡妇的儿子还在熟睡，找着了那口袋，跟赵财主领赏钱去了。

赵财主得了口袋，忙跑到后村庙里试个究竟。

他抖了几下口袋，大声喊道："猪来。"但一只猪都没出来。他一急，使劲又抖了数十下，只见口袋里接连跳出数十头大野猪，围着他张嘴就咬。赵财主被野猪给活活咬死了。

从此，村里的人们为了褒扬冉寡妇与人为善的胸怀和感恩上天之德，每年都要杀猪且专把猪头供奉给村后寺庙里的菩萨，把这座寺庙也就称为"诸（谐音'猪'）天寺"。

迪里坡

讲述：万仁昌
记录：米承新
2007年4月采录于永胜顺州龙门村

迄今为止，在顺州一带仍大范围流传着迪里坡这样一首歌，就算不会唱，但说起迪里坡，人人都能哼上这么一两句。说起迪里坡的起源，还有一段鲜为人知的故事呢。

话说在封建社会，顺州坝子歧视妇女，妇女地位卑微。当时有一家人娶了个新媳妇，第二天便上到山里的荞子地里干活，没想到不小心把结婚时婆家买的金簪弄丢了。

小媳妇担心极了，害怕找不回金簪，回家被婆婆处罚。她到处找过了都没找到，伤心极了，天黑了也不敢回家。

第二天她的家人找到了她，发现她已经上吊死了。家人伤心之余，便把这段故事编成歌来唱，人们为了记住这段令人悲伤的往事也跟着传唱，这首歌便被人们一直传唱了下来。

程海的传说（一）

讲述：陈怀湘 34岁 农民 小学
记录：欧廷龙 60岁 干部 高中
2005年10月采录于永胜程海镇

传说在很久以前，如今的程海曾经是一个人烟旺盛、商号林立的都市。

可是有一天，突然发生了一场可怕的灾难，使它顷刻之间变成了一片汪洋大海。至今，那悲壮、惨烈而又惊心动魄的一幕，仍然停留在人们口传耳闻之中……

阳春三月，一个风和日丽的日子，观世音菩萨来到了这个美丽而又繁华的都市。

看着这秀丽的山川、淳朴的众生，她的心情却十分沉重，因为她知道，上苍即将带给这里一场毁灭性的大劫难！但天机不可泄露，所以她能做的也只有冒险以极委婉的方式来暗示人们，希望人们能很快领悟，躲过灾难。

于是，观音菩萨变做一个卖桃的村姑，以卖三月早桃为名，暗示人们早日逃离险境。早桃，就是"早日逃命"的意思。

可是人们只是开心地品尝着鲜美可口的早桃，而无法领悟菩萨的救难之心。

无奈，观音菩萨只好另想办法。她边走边想，来到了学校门前，抬头正看到一对石狮子，于是又来了主意。

只见她摇身一变，变作个算命先生，叫住一位从旁路过的教书先生，以看相为名，郑重地告诉他，如果门前的石狮子眼睛变红，那就赶紧搬家逃命吧，否则将会铸成大错，切记！教书先生不明白，正想问个究竟，可是，算命先生一眨眼就不见了踪影。

教书先生毕竟见识多，他自信遇上了神仙，因此对神仙的忠告坚信不疑。于是，他把这个秘密告诉了学生们，也不断地告诉身边所有的人。

其中有两个调皮的学生，自从听了先生所说之后，就天天去看石狮子的眼睛，结果一天天过去了，依然如故。在强烈的好奇心驱使下，他们偷来了先生批改作业用的红汞，把石狮子的眼睛染了个通红。

这一下，可真的闯了大祸了。果然，霎时间天空中浓云滚滚、电光闪闪、大雨如注。教书先生闻讯后，预感到大事不妙，赶紧冒雨满城呼叫，让人们赶快搬家逃命。

可是，许多人根本就没有把它当作一回事儿，还嘲笑教书先生是白日里见鬼了！

那两个调皮的学生还觉得好玩，笑着告诉先生说，那是他们染红的，不碍事儿，不碍事儿！只有极少数人听从了先生的忠告，逃到半山腰躲了起来。

不久，山洪暴发了。犹如天翻地覆，眨眼的工夫，就淹没了全城，天地间一片汪洋……可怜那些没有听从先生忠告的人们，还没有来得及弄清楚是怎么一回事，就已葬身于汪洋之中了。听从了劝告的极少数人得以幸运地躲过了劫难。

观音菩萨闻讯之后，非常难过。当她赶到这里的时候，从半空中向下一看，洪水仍然疯狂地肆虐，一片白浪滔天。

于是，菩萨一伸手将杨柳枝从净瓶里蘸出甘露，向湖中一洒，吹口仙气，说声"变"，只见一棵金光闪闪的硕大金白菜，由天而降，"扑通！"一下镇入湖中，顿时，风停浪止、水平如镜。

观音菩萨非常怜恤那些劫后余生的人们，为了让他们今后生活有个依靠，她把自己莲花池中的一对鲤鱼放入湖中，让它们守住那镇海的金白菜，一则让湖水永远不再泛滥；二则让它们在湖中繁衍水族，永世在这里报答人们。

湖里从此有了各种各样的鱼类，供人们食用。

从此以后，湖水永固、天地安宁。人们重新建立了自己的家园，过上了幸福的生活。

人们为了纪念这次惊心动魄的大劫难，就以当时城中的两个主要姓氏：

程氏、海氏，把湖命名为"程海湖"，永远纪念在灾难中死去的人们。

同时"程"与"城"、"沉"谐音，表示这里曾经是一座繁荣美丽的城市，因为洪水泛滥而沉入湖中。

程海的传说（二）

讲述：李秀莲
记录：杨学韬
2007年2月采录于永胜梁官镇

有一天，观音菩萨下凡云游，她变作一个老妈妈来到黑伍要饭。一个教书先生把自己要吃的晌午饭拿出来给老妈妈吃了。老妈妈走的时候，脱下一只草鞋递给教书先生说，你这门前石狮子眼睛红的时候，这里就要变成海，到时候你只要拿出这只草鞋来，你和孩子们就有救了。

从此，孩子们每天都要到大门口去看石狮子的眼睛红了没有。

过了一天又一天，石狮子的眼睛还是没变红。有一个学生就拿来红墨水，把石狮子的眼睛染红了。过了一阵子，那石狮子的眼睛眨了眨，突然，天崩地裂，飞沙走石，大地陷落，洪水滔天，一片汪洋。教书先生呼叫着孩子们说："不要慌，老妈妈的话应验了，等我去拿老妈妈送给我的草鞋。"

教书先生拿来草鞋，那草鞋马上变成一只小木船，教书先生和他的孩子们坐上小船，离开了渐渐沉没的小村庄。这个海子，当地人叫黑伍海，也就是后来的程海。

程海的传说（三）

讲述：王光文
记录：王立家 女 52岁 干部 高中
2005年10月采录于永胜永北镇

传说在五百多年以前，程海并不是现在的景象，而是个美丽富饶的村庄。村民们每天日出而作，日落而息，辛勤地劳动，年复一年，日复一日，居住在这片土地上，繁衍子孙后代。

有一天有个放牛娃上山放牛，在太阳暖暖的照耀下，他睡着了，当醒来时天快黑了，于是急忙赶着牛返回家，但走在半道上一位老者立在路前挡着放牛娃问："你喜欢这个村庄吗？"

放牛娃回答："我当然喜欢了，我家祖祖辈辈都生活在这片土地上，我虽然上山放牛，但很知足，生计问题也不用发愁。"

老者听后长叹一声："唉，这样的好景并不长了。"

小孩听后很奇怪问："为什么呢？"

老者回答："你们村里庙子门口是否有一对石狮子？"

小孩说："有啊，我爷爷告诉我，当他还是孩子时，就听他爷爷的爷爷讲，这对石狮子保佑着这个村庄，每年都风调雨顺，庄稼很好，人们吃穿不愁。"

老者听后沉思了一会儿，告诉小孩："如果你们村庙子前的一双石狮子眼睛红了，你马上告诉当地百姓立马搬家，不然就会有灭顶之灾。"

说完飘然而去。而放牛娃还立在路旁似懂非懂。

从此以后，每当放牛时他特意要看一看石狮子的眼睛。

这样又过去了一段时间，有一天晚上他突发兴趣，在家中找出红颜色去庙子门口将这对石狮子的眼睛涂红了。

第二天放牛时他还特意看一看石狮子有无变化，一连几天过去了，也没有发生什么事，于是他嘲笑那位老者对他所言之事。

但就在当天的晚上，人们熟睡时，这对被涂红眼睛的石狮子，圆圆的眼睛越来越红，最后眼珠蹦出眼眶，此刻大地晃动。而小孩这时起床撒尿，他听到一种奇怪的声音，而且响声越来越大，他吓坏了，于是他哭喊着告诉家中的父母，父母立马呼天喊地告诉人们，但为时已晚。在这片土地上发生了大地震，铺天盖地的大洪水汹涌而下，人们还来不及转移就被无情的大洪水吞了。

村庄陷落成了一片汪洋大海。

程海就是由此而来的。

程海的来历

讲述：杨林安 67岁 干部 中专
记录：和江全 纳西族 50岁 干部 大专
2005年12月采录于永胜永北镇

明朝宣德年间，有位老师在黑伍教学。

老师不图挣钱，很受众人尊敬。

学生在五月端阳、八月十五、冬至节等节日时就送老师一些礼物，老师收到礼物后又反赠回学生礼物，老师还贴钱。

这个老师忽然有一晚上做梦，梦见学生与他下象棋，他每次都输给学生。学生说，你只要把车让一让就赢了。第二天晚上，老师又梦见那个学生同他下棋，学生说："你还是不让车，炮打要翻山。"

结果老师还是输了。

老师说："明天我来找你。"

学生说："你找不着我，我要放牛。"第二天下午，那个学生来了。

学生说："老师你怎么还不迁居，再不迁居，等学校门前的石狮子眼睛一红，大难就要临头了。"

老师莫名其妙，就到高处观看。忽然有个学生来报告：

"老师，狮子的眼睛红了。"

老师着急了，又见到黑雾冲天，赶快放了学。

学生走后，只见学校、平地全沉下去了，变成了一个海子，就是现在的程海。

狮子眼睛是学生染红的。

后来老师想：难怪这个学生老是在梦里叫我迁车（居）、翻山，原来是在救我及所有的学生。

当时老师叫曾成福，后来改为真成福。

程海湖的由来

讲述：洪瑞 80岁 教师 小学
记录：单思梅 女 34岁 教师 大专
2007年3月采录于永胜程海镇

程海湖位于永胜县西南片，属现在的程海镇。程海湖在很久很久以前是一个城堡，因气候温和，土地肥沃，物产丰富，繁荣得像个小城市。

一天，有一位白发老妪来到城堡的集市，边走边叫着："普度众生！"并劝人们快速离开此地。可是人们都不肯听老妪的话，还以为老妪在说疯话。老妪只好来到街尾处的小学门口，嘱咐老师和学生，随时注意校门口的一对石狮子，如果发现石狮子的双眼出现红色，就快速向山头奔跑。

过了一星期，一个调皮的学生见石狮子的眼睛没红，就把老师的红墨水偷偷涂到了石狮子的眼睛上。转眼间，天空乌云密布，狂风大作，电闪雷鸣，紧接着是地动山摇。城堡顷刻间陷落，洪水从四面八方涌入，淹没了整个城堡，城堡里的人们除在外人员全部遇难。

由于城堡陷落出现了一个很大的湖，所以人们把这个湖叫"沉海"或"城海"，后来为了吉利才改叫"程海"。据说程海镇黑伍村的渔民还在程海湖里打捞起过一些土坛和瓦罐之类的生活用品。人们还传说老妪就是南海观世音菩萨的化身。

热河"大石头"传说

讲述：杨正祥 60岁 工人 小学
记录：杨慧菊
2005年10月采录于永胜片角乡

片角热河村有一块两丈多高，直径三丈多长的大青石，上面还长有好多杂木树，关于这块大石头和村名还有一段传奇呢。

相传，很早很早以前，这个村落原是一片荒地，没有人居住。也不清楚到底是在什么地方，有两个年轻人，从小青梅竹马，非常相爱。但两家的家境都贫寒，姑娘长得水灵灵的，像一朵牡丹花。

女方父母嫌弃男方家穷，一心想为女儿找一个富人家，姑娘有钱了，自己家也好跟着沾沾光。

于是，女家百般阻挠，想拆散他们的爱情，姑娘是死活不依，小伙子也很痛苦，他们只有背着父母偷偷见面。可是见面一旦被知道了，姑娘就要遭到毒打，小伙子也难逃其咎，在万般无奈之下，他们选择了逃跑。

他们跑是跑出来了，但身无分文，怎么生活下去呢？想做生意，又没有本钱，他们只好晚上蹬（住）瓦窑，白天靠乞讨为生。运气好，遇到好心的人，会偶尔给一点小钱，他们舍不得花想积攒起来今后做小生意或者在哪里买块地讨生活。

乞讨到好的东西小伙子自己舍不得吃一口，总要留给姑娘吃，而姑娘呢又偏要小伙子和她一起吃，不然她也不肯吃。他们的这种情爱感动了一个道仙，他决心要帮助这一对年轻人。

道仙对两个年轻人说："你们就以石为牛，赶石卖吧。但要在晚上赶，天亮前必须把石头赶到卖牛的地方，它就会变成牛了，否则它真的只是一块石头。你们要切记，按我指的路线走，就会找到卖牛的地方了。"

这两个年轻人感到很纳闷，石头怎么会赶得走，又怎么会变成牛呢？道仙是不是在耍他们？唉！没办法，人家说是帮忙我们，就试一试，病急乱投医吧！再说了，他们除了乞讨也没有什么好的办法了。

他们接过石头，放在地上，说来也怪，那块石头真的像牛那样听话，他们走得快，那石头走得也快，他们走得慢它也走得慢。

他们不敢歇息，按道仙指的路线紧赶慢赶，生怕天亮还找不到卖牛场，那就白费力气了。

他们走啊走，到天快亮的时候，看见前面灯火通明，人嚷嚷声、牛哞哞叫声远远传来，小伙子对姑娘说：

"前面大概就是道仙说的卖牛场了，我们快走吧！"

话刚说完，那块和他们一起走的石头马上就变成了一头又粗又壮毛色发亮的大牛。

到了卖牛场，马上就有很多人围拢来，大家议论纷纷，赞声不断，都称是神牛。最后以高出市场几倍的价卖了这头牛，买主还不觉得贵呢。

他们欢天喜地，他们买了穿的，又买了吃的。他们想，用这些钱盖一间小房子，买块地和做小生意的本钱也足够了。但他们还是按原路返回，想找道仙再赶一次石牛，同时也谢谢他。

道仙又给了他们一块石头，和前次一样，走啊走，不知为何，到天快亮了却总还看不到卖牛场。

天亮了，那块石头真的变成了一块大石头。他们往回看，哪有来的路？分明是杂草丛生的山包包，前面还有一条河挡路，他们想这也许是道仙安排的吧。

于是，他们俩就在这个地方安居下来，勤耕苦作，相亲相爱，繁衍后代，慢慢地人烟多了起来。为了怀念道仙，他们就把居住的地方命名为"大石头"。

龙的传说

讲述：钱文彬 70岁 农民 小学
记录：钱金国 50岁 干部 初中
2005年10月采录于永胜松坪乡

从前，一条河边住着一家人，家里只有母女二人。

女儿天天去割草，背回家来喂牲畜。母亲在家做家务。母女俩过着平淡的生活。

渐渐地，母亲发觉女儿割草又多又快，便问女儿："闺女，你怎么割草天天如此，又快又多？"

女儿回答："我割的草长在龙洞边，天天割，天天发，一年四季如此。"

母亲说："女儿，你干脆把那篼草挖回来，种在屋后边就方便了。"

女儿就听母亲的话，拿着铁锹去挖那草，一挖挖出个闪闪发亮的东西，像颗宝珠。她把它拿回家，放在香炉里。

第二天，香炉里面有很多钱，又把它放在米缸里，又有很多的大米，要什么有什么。

邻村的人听说她们家有颗宝珠，让人吃不完、穿不尽，要什么有什么，就叫她家把宝珠拿出来给大家看一下。

女儿一着急把宝珠放在嘴里，不小心就吞下去了。

从那以后，女儿就喊口干，叫母亲挑水给她喝。母亲挑来的水不够她喝，就叫她到青水河里去喝。

到了青水河，女儿卧在水里时，突然变成一条巨龙，往水中漂流而去。母亲使劲喊她，女儿回头望一下，喊一声回头望一下，水一浪接一浪。到如今，龙的传说是有，但不见其物。

金江的墙

讲述：李秀莲
记录：杨学韬
2007年2月采录于永胜梁官镇

有一天，观音菩萨变作一个老妈妈来到金江街上要饭。有一个人看见这个又老又丑的老太婆来讨饭，就给了她一匹青菜。老妈妈随口说了句话："金江人给匹菜，金江的墙头不用盖。"

从此，金江人家的墙头不盖茅草，不盖瓦，风吹雨淋都不垮。

鬼打鬼的传说

讲述：熊子龙 彝族 51岁 农民 中专
记录：海向阳 彝族 46岁 干部 初中
2005年10月采录于永胜东山乡

传说很早以前，有一个人到远房亲戚家做客，在亲戚家住了很久。

后来，他非常想家，归心似箭。亲戚相留，他不肯，连夜打道回家。

走了多时已是深夜。

突然他看见前面有许多燃烧的火把，这些火把一会儿排成行，一会儿呈三角形。他想看个究竟，将临近时，隐约听到像小童在嬉笑的声音。

在朦朦胧胧之中，他看到一群赤身裸体、奇形怪状的儿童围着忽闪忽闪的火塘跳来跳去。他大吃一惊，顿感毛骨悚然。

过了一会儿，他心平静下来，眼前的情景又全没有了。他借着月光仔细一看，那里只有一座荒坟，在坟的周围竖着参差不齐的小石子，原来如此。

后人把这块地称作鬼打鬼的地方，一直流传至今。

神奇的绵鱼荡

讲述：陈应生 62岁 职工 中专
记录：龙天胜 35岁 教师 大专
2006年5月采录于永胜太极涛源

在永胜县金江街到太极的路上，即甘庄村往上约四里处，路边悬崖下的金沙江中，有一个神奇的旋水涡，常有绵鱼出没，附近十里八村的人都叫它绵鱼荡。那荡不算宽阔，直径大约九丈，自古以来，在人们的记忆里，无论是水位不高的春冬，还是洪涛翻涌的雨季，江中的沙子、石头、木疙桩等，都从未旋进去过，永远都有一个涡荡，翻着牛肚子般的江水。

关于这个绵鱼荡，还流传着一个有趣的传说呢！

从前，家住太极村的一个年轻渔夫，常年用一只木船漂游江面打鱼，赡养着一对聋哑父母。这天，渔夫见家中粮食只能维持两天，眼看就要断炊了，便划着船到江上打鱼。渔夫劳累了一天，连一条小鱼都未捞到，失望极了。日已西斜，渔夫只能用一点干粮和江水充饥，睡在船上过夜。他梦到自己打了满满一船鱼，看见父母向自己奔来，他高呼着跑过去。一块木头把他绊醒了。原来是船桨被江风掀动，打醒了渔夫。渔夫便把船划向江心。一网下去，无鱼，二网下去，无鱼，三网下去，仍无鱼。渔夫认为自己想鱼想疯了，才会做那好梦。于是，他又把船划到了绵鱼荡，想再碰碰运气。

渔夫奋力撒下了网，一拖，深感沉实，待渔网露出水面，竟是一网兜绵鱼，渔夫喜不自禁，接着撒下第二网，又拖出一些绵鱼。他想撒第三网，旋涡里翻出一片祥云，云上一个龙王手里托着一摞翠碗翠碟，对渔夫说："念你勤劳善良，这些碗碟拿回去供在香炉下，便能从碗中舀饭、碟中夹菜，让你的父母安度晚年。"渔夫一脸惊奇，接过碗碟后，待磕头时，龙王已去了，一切恢复如初。

渔夫载着鱼和碗碟回到家，从此让两位老人过上了衣食无忧的平静生活。

渔夫照样在江上打鱼，运气不好也不坏。

世上没有不透风的墙，渔夫得到翠碗翠碟的事不久便传开了。邻村近寨贫寒人家，都到绵鱼荡求龙王给予碗碟，都能应验。这事不久就传到了太极村一个富豪耳中。富豪派了家丁把守绵鱼荡，穷人一律不得靠近。但是，让人好生奇怪的是，无论富豪怎样磕头求愿，都不曾灵验过，龙王没现身，连碗碟的影子都未见到。

据说，这个绵鱼荡又是程海湖连接金沙江的出口。

月亮岩的传说

讲述：海向阳
记录：和江全
2005年10月采录于永胜东山乡东山村它谷坪

从前，在它谷坪的对面石岩上，出现了一个月亮样大的光，所以人们取名叫月亮岩（它谷语叫：玩昏布），当时居住着六家人。

因月亮岩的光出现后，牲畜不好养了，人也病的病、死的死，有人搬家走了，最后只剩下三家。

他们就用白猫、白狗、白羊和白鸡来祭亮光，但也无法消失。

在月亮岩的背后有两个池塘，第一个池塘叫"玉后母"，第二个池塘叫"玉后如"，池塘中常出现两只白鹅，只要人一靠近它就会消失。

在月亮岩的下面有一窝土甲蜂，它们飞达大姚县取食。

所以，东坪村有一座山叫"土甲蜂休息山"。

后来，来了几个不速之客，他们是随蜂而来的，目的是取宝。他们在月亮岩背后的池塘中，取走了一个金铧口和一个金铧梆。两件宝取走后，白鹅不见了，池塘中的水也少了，月亮岩的光也不亮了，现出了一个石头人像。

后来，那窝土甲蜂就到大姚县和永胜县城叮死牛羊和人，两县就联合起来，发动百姓来烧土甲蜂，连烧了七天七夜，才把它们烧完。

平坝陷落成海

讲述：周德元 42岁 教师 中专
记录：周荣新 43岁 本科
1981年8月采录于永胜南片乡

程海是云南省"八大内陆湖"之一，现有水面长四十四里、平均宽八里，共有水面面积三百五十二平方公里。而在过去,水面比如今还要大,唯其广大,所以称程海湖为"程海"、"黑伍海"。关于程海的成因,流传着这样一个故事。

很久以前,程海和永胜南片其他地方一样,是一个高原平坝,这里气候适宜,沟渠纵横、良田万顷,粮食和经济作物出产丰富。

一天,学校老师对学生说:"我们学校附近的东岳庙,庙门口有一公一母、一直一曲两个石狮子镇守。同学们注意:如果两个石狮子的眼睛发红,就要发生很要命的地震,大家要做好准备,提前及早逃命。"从这天起,学生娃娃们就真的注意寺庙门口的那对石狮子眼睛红了没有。

可是,等啊等,一天又一天过去了,始终不见那一公一母两个石狮凸出的眼睛发红。有个男孩淘气、性急,就从家里偷来胭脂,拿毛笔涂红了石狮的眼睛。两个石狮的眼睛刚刚描红,男孩正得意地喊叫:"狮子的眼睛红了!狮子的眼睛红了!"听到叫声的人们还来不及有所反应,突然,山崩地裂,房屋摇晃、撕裂,大树倾倒,河水、井水像开了锅一样沸腾,鸡飞狗跳、群鸟乱飞,大地发出一阵阵可怕的叫声,一场前所未有的大地震发生了……

没过多久,整个平坝全部陷落,从地底涌上阵阵海涛,顷刻间海水漫上西、北、东三面山腰,又汹涌着向南面的平畴冲去,很快便吞没了地上所有的一切,成了一片波涛滚滚的汪洋大海。

因为平坝陷落成海,地上的所有生灵难逃厄运,山上有幸目睹这场自然灾害的人们就叫它"沉海"。也有人说,平坝陷落之前和之后,曾有一层黑色的浓雾像一床硕大无比的厚被覆盖整个大地,昭示了灭顶灾难的发生,所以又叫这个海子为"黑雾海"。

后来,姓程的汉人从遥远的中原来到海边屯田戍边,就将"沉海"改成了"程海"。

龙潭水的传说

讲述:李桂华
记录:和江全
2005 年 12 月采录于永胜板桥乡

在永胜县板桥龙潭村东北面,有一潭长年流淌不断的清泉。
说起这潭清泉还有一段美丽神奇的传说。

在很久很久以前，这里森林茂密，古树参天。

正值炎炎夏日，一位远道而来的人，见这里方圆几里树木葱郁，便停下来歇息。

他不知不觉中便悄然入睡，进入梦乡，梦见自己提来的两条小白龙，其中有一条被别人抢走，就急忙喊道：

"还我的小白龙来！"待他醒来方知是一场梦。

于是他打开担子看看小白龙是否还在？

哪知刚一打开，其中一条小白龙便蹿跃出来，他赶紧去追，这条小白龙几下就钻进了洞里。

小白龙钻进洞后，洞里就流出了一股清泉，长年流淌，清凉可口。

从此就有人家居住，清泉长流不断，清泉附近还有些古树。

姊妹石的传说

讲述：张明荣 71岁 农民 小学
记录：熊宗仁 彝族 41岁 干部 中专
2006年采录于永胜涛源乡

在很久以前，观音菩萨赶着一对猪到太极渡金沙江，天刚亮就到了江心。

突然这对猪（一公一母）不动了，菩萨一看猪已经变成了一对石头，公猪在前母猪在后，就取名为姊妹石。

在姊妹石的中间有个天生的石窝，它每年都积满了沙金，足够这里的老百姓一年的苛捐。

后来有一个心厚（贪心）的人，请来一个石匠把石窝扩大，从此石窝里就再也没有沙金了。

金葫芦的传说

讲述：李桂华
记录：和江全
2005年12月采录于永胜板桥乡

在永胜县板桥锦江村大水箐东南面是著名的金沙江，与鹤庆县中江乡相邻。

就在这段金沙江流经的地域，有一处叫虎跳峡。那里水流湍急，江面很窄。传说，有猎人打虎时看见老虎从此跳过，因而得名。

就在虎跳峡岸边，还有一个金葫芦的故事。

一日，一个道士途经此地，看到一个老农正在辛苦地背柴，那道士同情他，就从衣兜里摸出一粒葫芦种子，给老农说：

"你将这粒葫芦种好，待它结葫芦时，你摘下葫芦到江边虎跳峡处，向着江心喊：'我的宝马请出来。'你自会得到一匹宝马。记住一定要等葫芦成熟后才能摘下。"

那白胡子老道吩咐之后就走了。

老农得到葫芦种子，把它种在自家园子里，精心照管。

葫芦苗渐渐生长，开花结果，小葫芦也一天天长大，老农想：

"我要是能早点得到宝马就好了。"

如此一来他嫌葫芦长得太慢。葫芦眼看快要成熟了，老农迫不及待就将葫芦摘了下来，跑到江边向江心喊道："我的宝马请出来。"

突然，那江中金光闪闪，跃出一匹宝马，张大嘴直向老农的葫芦奔来，来到老农前一口咬住了葫芦，只可惜那葫芦太嫩，被那宝马咬断一截后，宝马又回到了江中。

老农一无所获，这真是心急吃不着热豆腐。

烧犁头的传说（彝族支系他留人）

讲述：兰有清 彝族 83岁 祭司 小学
记录：杨如刚
2003年5月采录于永胜六德乡营山村下朗者村

从前有一户他留人家，有四口人，父亲、母亲和两个孩子。这两个孩子还很小，母亲却死了。父亲每天都要出去干活，没有人做饭给两个孩子吃。母亲很可怜她的孩子，就变成鬼，从瓦屋房檐上下来，坐在炕床火塘的边上做饭给两个孩子吃，两个孩子吃得很饱。

过了很长时间，有一天终于被父亲发觉了，父亲就问："你们的中午饭是谁做给你们吃的？""是母亲每天回来做给我们吃的。"孩子如实回答。"你们的母亲回来常坐在哪里呢？"孩子就告诉了父亲母亲常坐的位置。父亲就想了一个办法，他找来一块铁块，烧红了悄悄放在母亲坐的位置上。那一天果然母亲鬼又按时回来给孩子做午饭了，它一坐下去，就"吱吱"烫起了白烟，这个鬼被烫伤了，烫怕了，大惊而逃，从此就再不敢回来了。

从这以后，他留人就有了烧犁头撵鬼的习俗。本来是要烧铁块的，但家里铁块不容易找到，就换成了家里常用的犁头。尼婆（巫师）将犁头烧红了，用匕首挑着，伸出舌头去舔，冒出股股白烟，发出"吱吱"的响声，鬼听见、看见了，就赶快逃跑，害人的鬼就被撵跑了。由于母亲的鬼魂是从瓦屋的檐口上下来，又是从这里逃回去的，有的老人在弥留之际，会出现想要咽气又不咽气的情况。看着老人死去了又突然地活回来，他留人就会爬上屋檐拆去两口瓦，让老人的灵魂顺利地从这里出去，让他（她）的阴魂赶紧走，早死早超生，这样老人就能顺利地咽气归天了。

这个"拆瓦放鬼魂升天"的风俗也是从这里来的。

梓里江桥的传说

讲述：罗肇元 66岁 教师 大专
记录：杨学韬
1992年采录于永胜梁官

自古以来，金沙江上从来没有桥梁，过往金沙江的人们，都靠木船摆渡。有一天，一个姓蒋的壮士带了一个天仙般的姑娘私奔，他们奔逃到了梓里江边，呼唤船家，要求船家摆渡他们俩过江。船家慢悠悠地把船摆到岸边，对壮士说："今天我的船渡男不渡女，渡女不渡男，你们俩哪位先过江就先上船吧。"

壮士心里觉得情况紧急，不是向船老大讨价还价的时候，他明知船老大今天是故意要拿他开涮，但也顾不了许多，把心一横，一把抱起自己心爱的女人，把她安置在船舱之中，自己只好乖乖地退回岸上；眼看着自己心爱的女人百般无奈流着眼泪坐船而去，安危难料，生死未卜，心急如焚。

又过了很长时间，船家才把他渡过江去。他望着滔滔的金沙江水对天发誓说："有朝一日，我如果得势，定要在此修大桥一座，让天堑变通途。你这老不死的，就让你守着那只破船，喝西北风去吧！"

数年过去了，姓蒋的壮士果然做了官，发了财。他来到金沙江边当年渡江的地方，感慨万千。他一面张贴文书，号召四郡八县的百姓捐钱捐物，自己也倾其家资，呕心沥血，来修江桥。

蒋壮士的慷慨壮举得到了当地老百姓的支持，整整花了三年时间，一座横贯金沙江的铁索桥才告建成。梓里，是西蜀通往滇西乃至西藏茶马古道的必经渡口，这座桥就是金沙江上的第一座大桥，叫作"梓里江桥"。

梓里铁索桥的传说

讲述：杨森 65岁 农民 小学
记录：周荣兴 38岁 本科
1976年8月采录于永胜程海镇

在永胜大安乡靠近金沙江的西边大坡上，有一个近百户的山村，名"梓里村"。

梓里原名"子里"，是顺州子土司的辖地，明朝中后期丽江木土司强大后占据该地，遂将"子里"改字不改音，称现今的"梓里"。梓里本不该出名，这里再怎么说也只是南方丝绸之路上丽江、鹤庆通往永胜、四川的一个驿站，它之所以闻名海内外，全仗了一座叫梓里桥的铁索桥。

梓里铁索桥，又名"金龙桥"，是金沙江上现存最古老的铁索桥。

铁索桥位于永胜县大安乡梓里村与古城区七河乡金龙村之间江岸最窄处，是过去茶马古道上的咽喉要道。桥长三百四十八尺，宽十尺半，净跨二百八十二尺，枯水季节桥面自然下坠的中心处距江水水面有一百五十尺。清光绪二年（1876）动工，八年后竣工，据说是由当时任贵州提督的鹤庆人蒋宗汉捐资修建的。

关于蒋宗汉和铁索桥，流传着两则动人的故事。

故事之一：蒋的父亲去世，身为清军将领的他在家丁忧服丧，久闻其作战勇猛、谋略出众，回族酋长马金保几次到他家，又是请求、又是强迫，软硬兼施，胁迫他加入杜文秀的回民起义军，并许诺让他担任重要官职。当时的杜文秀回民起义波及云南省，回民义举正如火如荼、气势高涨、势力强大，蒋宗汉无奈，只好当面应承下来，内心里却做着逃亡的打算。

一天晚上，他弃官从回民义军军营逃走，跑到金沙江边，被闻讯赶来的义军战士高举火把紧紧追赶。

前有长江天堑，后有追兵喊杀，面对滚滚不息、奔流湍急的江水，蒋宗汉急了，他对天发誓，高喊："苟天相吾……幸存活宗汉身，他日必灭此贼！"正说着，一段木头漂到蒋宗汉眼前，他一跃而上，依托木头的浮力，手划脚蹬，慢慢漂到了永胜境内，得以逃命。

后来，他重入清军，因剿灭回民起义有功，得了个"钦赐黄马褂记名云南提督军门"，还署理过腾越（今腾冲）总镇总兵。他时常记起往昔被追逃的凶险，拿出一点朝廷给的俸禄，捐修了梓里铁索桥。

故事之二：鹤庆人蒋宗汉在丽江帮人干活，和主人家美丽的少女产生了爱情，被主人发现后，他带姑娘逃了出来。跑到江西岸的金龙村，见一老者悠闲地划着一条"猪槽船"，似是打鱼，又像玩轻舟击碧波，在江心自得其乐。

蒋宗汉怕主人追来，恳请老人摆渡过江。老者一看就知道是两个"逃婚"的青年，便故意为难他说："我的船小，从来渡男不渡女，或者渡女不渡男……要么你过去，要么姑娘过去，没有'男女同舟共济'的道理，何去何从，任由你选择。"蒋宗汉说服不了老者，只得叫姑娘坐上船，随老者渡过江去。过了江的老人再不返回，任凭两个青年在长江两岸各自百般哀求、万分焦急。

蒋宗汉想，一条大江，隔开了一对有情人，多么残酷无情啊，要是有一座桥，连接起两岸，有情人就再不会为情所苦、可望而不可即了……恍惚之间，上游漂来一根圆木，蒋宗汉想都没想，一个纵身，就跳了上去……

后来，蒋宗汉因镇压农民起义有功，当了大官，捐资修建了梓里铁索桥。

龙门的来历

讲述：周天权 29岁 干部 高中
记录：米承新
2007年4月采录于永胜顺州龙门村

顺州乡龙门村的祖先到龙门来定居时给这儿取了一个很响亮的名字，叫"金龙"。后来他们有人上山才知道，"金龙"这个响亮的名字在他们背后的半山坡上早有人用了。

他们很不服气，他们与半山坡上的"金龙"商议，两个头人决定各派代表以武力解决。结果，他们输了，输得很不服气。最后他们的头人去向一位风水先生求教，风水先生说：不管多厉害的龙，都要从龙门进，又从龙门出。

得到风水先生的指点，头人最终把地名改为了"龙门"。

葫芦笙的来历

讲述：张金山 回族 56岁 干部 中专　熊子仁 67岁 干部 高中
记录：和江全
2005年12月采录于永胜永北镇

在很早很早的年代，有夫妇俩共生了五个儿子，后来由于战争和疾病，五个儿子相继去世了。

后来连儿子的母亲也病故了，孤独的老倌常上山砍竹子回来，以编织竹器为生。

有一天他上山砍竹子，刚砍了第一棵，竹子发出了响声，他觉得很奇怪，拿起竹子左看右看，并对着竹子吹了一下，这竹子竟发出像他大儿子一样的声音。

一连砍了五根竹子，发出的声音分别像他的五个儿子的声音。

就这样，老倌倌将五根竹子带回家，就像找到了原来的五个儿子一样，天天都要吹一次。

后来他更老了，心头萌出一个意愿，要留下这五根竹子。

他左思右想，眼睛盯上了屋外种下的一棵葫芦瓜。这时，瓜已成熟，金黄金黄的。

他把葫芦瓜摘下来，掏净瓤子，把五根竹子镶在葫芦瓜上。

葫芦象征生育儿子的母亲，五个儿子和母亲团聚一起，谁也离不开谁。

就这样，葫芦笙流传下来了。

在祭祀活动中，人们也常吹响葫芦笙，表达了对先人的深切怀念之情。

手镯的传说（彝族）

讲述：万永宪 37岁 公务员 大专
记录：和江全
2005年12月采录于永胜羊坪乡

现今居住在小凉山一带的彝族妇女总喜欢戴银手镯，形成了彝族服饰的一个特点。

关于彝族妇女戴银手镯，还有这样一个传说。

从前，有一对彝家恋人沙木拉嘎和尼玛，他们相亲相爱，不久就要结婚。

谁知天有不测风云。后山的一个魔鬼贪图尼玛貌美，想霸占尼玛，便乘尼玛一人去后山挖洋芋之际，将尼玛抢进魔窟，关进后山洞。

沙木拉嘎得知此事后，异常焦急与悲愤，决定不顾一切也要将尼玛从魔鬼手中救出。

可自己又不是魔鬼的对手，该怎么办呢？最后他决定出山拜师学艺，这样才能救出尼玛。

沙木拉嘎收拾好行装踏上了学艺之路，他跋山涉水，历尽艰辛，来到一个小镇。

进到镇里，沙木看到一位老汉躺在街上。

沙木心想，老汉一定是饿昏了，便将包里仅剩的一块荞粑粑放到老汉手里，然后转身离去。这时老汉却醒了过来，对沙木说：

"小伙子，我知道你现在一定有难处，不知我能不能帮你？"

沙木苦笑道："太难了。"

老汉听罢哈哈大笑，转身掏出一对银手镯递给沙木。

看着沙木吃惊的样子，老汉说：

"小伙子，我知道你的亲人被魔鬼抢去，你现在只要设法让你的亲人戴上它，便可杀掉魔鬼。"说完转身不见了。

沙木知道这老汉一定是神仙化身，忙叩头拜谢。

沙木得到手镯后，日夜兼程赶回彝山，乘着夜色跑到后山悄悄将银手镯交给尼玛戴上。

第二天，魔鬼又去后山洞威逼尼玛，要尼玛嫁给它。

尼玛执意不从，魔鬼便伸出魔爪去抓尼玛双手，这时尼玛伸出双手，手上银光四射，将魔鬼的双眼刺瞎了。沙木见机，从藏身的巨石后转身而出，一刀将魔鬼杀死。

见魔鬼已死，沙木与尼玛高兴地牵手回到家里，当晚便成了亲，一对有情人历经磨难终成眷属。

从此以后，彝家妇女便戴起了银手镯，因为银手镯象征吉祥与爱情。

母鸡河的传说

讲述：谢万贵 45 岁 农民 初中
记录：王翠兰 女 30 岁 本科
2005 年 11 月采录于永胜县仁和镇

传说在很早以前，在仁里河的西面有一条河，在河的西方有一条大箐，在箐里住着一窝很凶的母猪龙。它们要求住在箐两岸的百姓，每年农历的七月初七，都必须向箐里抛撒荞面粑粑，这样它们才不危害百姓。

有一年农历七月初七这一天，因为连续降大雨，百姓们无法做出粑粑抛撒，惹怒了母猪龙，它带着它的子孙沿箐直下，准备堵住箐口，将箐两岸的百姓全部淹死。

此时，恰逢观音菩萨从对面山上路过，发现母猪龙正气势汹汹地往下赶，马上调来雄鸡在对面的山上连叫三声。母猪龙听到雄鸡的叫声，以为天亮了，无法行走只得马上停下。

就在一瞬间，观音菩萨一口仙气，把它们全部变成了一堆又黑又大的石头，永远留在了岸边。而雄鸡则因为用力过猛当场死亡。

从此，在河对面的岩石上，永远留下了观音菩萨的图像。

后人为了感念观音的救命之恩，在对面的山上修了一座观音庙，把河取名为"母鸡河"，大箐取名叫"撒粑箐"。

将军桥

讲述：谢万贵
记录：王翠兰
2005年11月采录于永胜仁和镇

相传很久以前，在永胜和华坪两县交界的地盘上，住着一位姓常的将军。他带领一帮兄弟长期与山贼作斗争，保卫着一方的百姓，当地的百姓都很敬重他。

有一天，常大将军刚好去了永胜，华坪的红地山贼趁机作乱，下山烧杀抢掠。

将军听说此事后，只身飞马赶往华坪红地。他一路飞奔、快马加鞭，但雨很大，河水猛涨。他行至仁里河时，河水很大无法通过。他焦急万分，大喊一声，扬鞭策马，猛地从仁里河上飞腾而过，在河对面的山崖上留下了很深的马蹄印。

他一路飞奔，赶到红地平息了山贼的祸乱，保护了百姓。

从此，人们就将常大将军策马跃过的河叫马过河，在河上修了一座非常壮观的大桥，取名叫"将军桥"。

白龙洞的传说

讲述：谢万贵
记录：王翠兰
2005年11月采录于永胜仁和镇

相传很久很久以前，在永胜至华坪的途中，有一个非常美丽的村庄，那里群山环绕，白云缥缈，山上长年流着一股清泉，当地年年风调雨顺，五谷丰收。

人们就这样年复一年、日复一日地在田里耕作，在山上放牧，过着非常平静的生活。

突然有一天，不知从哪里飞来两条白龙，在山上各自为王，各占洞穴，长年相互争斗，相互控制水源，使得山上的清泉干枯、树木死光，村庄的人们背井离乡。

就在这时，恰逢观音老母（菩萨）从此路过，并停了下来，来到白龙居住的洞穴，收服了两条白龙，教育了它们，使得它们终于清醒，并结成了夫妻，生下了很多的龙子龙孙。

从此，干枯很久的清泉又出来了，也风调雨顺了，远走他乡的人们也回来了。山也更青，水也更甜，而且山上很多的地方也出水了，传说那就是白龙夫妻的龙子龙孙为百姓造福。

后人为了感谢观音老母，将白龙居住的洞穴起名叫仙人洞，为求白龙夫妇的长期保护，在山顶上修建了白龙庙。

壶山摩崖石刻观音像

讲述：杨林波 32岁 教师 本科
记录：杨学韬
2007年2月采录于永胜永北镇

永胜县城东三里处有一座山叫壶山，壶山北麓就是人称滇西胜迹的灵源。这里古木成荫，流泉喷漱，层峦叠翠，飞阁流丹。又因这里有一座唐朝著名画家吴道子画的石刻观音像，更给这里平添许多神秘色彩，因而，这里又叫"观音箐"。吴道子是盛唐时杰出画家，玄宗时召入供奉。玄宗幸蜀还都，思念蜀水，特命吴道子再次入蜀写真进奉。吴道子回长安后，仅用一天时间，即成就了一幅气势恢宏的五百里嘉陵山水图，表现了他非凡的艺术才能。唐代盛行佛教，吴道子也善于画佛像。

据传，永胜灵源的这幅观音像原稿，就是他在四川时的作品。永胜高土司祖先是大理国平章，曾奉使入蜀，得到了这幅观音像，后人做了永北土司定居永胜后，就把这幅观音像摹刻在壶山石崖上，并依山就势，建造了观音殿。观音像高约五尺四寸，旁刻"唐吴道子笔"。这石刻像是不是吴道子原作摹刻，或者是摹本刻石，甚或是别人伪作，现在已无可考证。画像全用白描手法，线条刚中有柔，流畅飘逸，勾勒出一个慈祥、文静、典雅、端庄、温柔的女郎形象。看到她那慈悲的微笑，仿佛就听见了她普度众生的福音。

早在清乾隆年间，这石刻的朱拓片就被称作"永北观音"，远传两江、西湖、南京一带，昆明圆通寺的观音像便是其拓片。虽然永北灵源观音殿周围多处建筑屡遭兵火毁坏，但是石刻观音像乃至观音殿却丝毫无损。晚清剑川诗人、书法家赵藩，幼年时随父来永胜避难，到灵源拜谒了观音像。二十年后，重游灵源，此时，正值火灾后重修庙宇，他仔细瞻仰了观音像，见其完好无损，非常诧异。便即兴题《永北壶山唐吴道子画观音大士像》诗一首，后人又将其嵌刻在灵源石壁上。其中就有这样的诗句："……而此崔嵬寿万古，翠墨拓传光熊熊。青莲敷葩烈焰里，甘露一洒回祝融。即看佛力呵护久，得非妙笔精诚通。"诗人说，当熊熊烈焰围绕青莲仙花时，观音用净瓶中的甘露一洒，火神祝融就逃遁了。

前清才女张瑞祯也有诗句："吴公仙笔遗沧东，水难火灾赞感通。石壁描真多显化，全凭妙手夺神功。"（《吴道子观音》）

因此数百年来，这里香火极旺，人们认为这是"佛力""灵迹""神品""通精诚"、能避过水难火灾，这都是观音菩萨显圣显灵的结果。

点香火的由来

讲述：钱文彬
记录：钱金国
2005年10月采录于永胜松坪乡上啦嘛

很久以前，长坪山上住着一户人家，家里只有母子二人。

母亲非常疼爱儿子。

儿子长大成人了，母亲四处为儿子提亲，但由于儿子长得又丑又黑，没有姑娘嫁给他。

从那以后，儿子的脾气愈来愈暴躁、古怪，常怨母亲生了他这样一个丑八怪。

后来发展到稍不顺心就打骂母亲，母亲只能忍气吞声。

有一年，儿子去犁地，母亲给儿子送午饭。

第一天，儿子说母亲送饭太迟，打了母亲一顿。

第二天，母亲怕饭送迟了儿子会打她，就早送去，儿子又说送饭太早，又打了她一顿。

第三天，儿子犁了一会儿地，就在地边一棵松树下休息乘凉，看见树上有一窝鸟，一只鸟嘴里叼着一只小虫，正往小鸟嘴里送，他看到这情景，眼泪夺眶而出，他想到：我也是母亲这样喂养大的，万不该虐待母亲，以后要好好照顾母亲。

就在这时候，母亲远远地送饭来了，他大喊一声"妈妈"就跑过去。母亲以为儿子又要来打她，就丢下午饭拼命地跑，儿子边喊边追，母亲跑得更急，一头撞在松树上，当场就死了。

儿子抱着死去的母亲伤心地哭起来，哭声感动了树桩，树桩顿时化为香面。

儿子把母亲和香面背到家，把母亲的尸体放在灵堂上，把香面裹在竹片上，点上火，插在母亲的灵堂前，每逢节日拜跪祭奠，向母亲忏悔过错，请求母亲在天之灵原谅自己。

后来，人们用敬香火的方式，向死去的长辈表达自己的哀思。

救兵粮树传说

讲述：李成业
记录：李书燕 女 44岁 中专
2005年12月采录于永胜永北镇

在永胜县境内的山上，有一种木本植物，喜欢一丛一丛地生长。树枝不大，最大的不过碗口粗，开白花，冬季果实成熟，如豌豆一般大小。果实不成熟时是红色，成熟了就变成黑色，吃到嘴里清甜。

此种果子明朝以前无人敢吃，明朝为了加强对云南的统治，实行"军屯"和"民屯"政策。

来永胜军屯的军队，由于永胜的土著居民惧怕他们，便四处躲藏，把粮食、家畜也藏了起来。

这些官兵几天找不到粮食吃，被饥饿严重地威胁着。

他们看到满山遍野的黑果又不敢吃，开始有士兵饿死。

有一位长官说："反正是死，不如我来尝一尝。"

开始时只敢吃一颗，吃后很甜，无任何反应，他就摘了许多吃下去，也没事。

随后，所有的士兵都来采摘这种野果充饥。

后来，屯垦的官兵边开垦荒地边种植粮食，当地的居民和他们有了来往，他们在永胜这块土地上生存下来了。

现在永胜的汉族大部分都是这些军屯的军人的后代。

人们为了使后代记住这种树，给这种树取了一个很好听的名字：救兵粮树。

"阿弥陀佛"的来历

讲述：陈竹 女 44岁 农民 小学
记录：刘红
2005年12月采录于永胜金官镇

"阿弥陀佛"是怎样来的呢？这里面有一个动人的故事。

传说很古的时候，一家财主家里有一个仆人，名字叫阿弥。他善良、勤劳，对人非常友好。

一天，财主家里来了个叫花子，他好像是刚从烂泥潭里爬出来似的，满身稀泥，还散发出一股非常难闻的臭味。

财主一见他就皱眉头，马上派人拿一碗米来打发他快走。

可奇怪的是那个人不要米，而要财主把他背到一座山上。而财主不理他，显出十分鄙视的神情。

阿弥见他可怜，就毫不犹豫地把他背到了那座山上。他刚转身要走，那个叫花子说话了。

他说："我不是凡人，我是天上的一个神仙。你们这个财主心狠手辣，你在他手里难过日子。他看不起我，你不辞劳苦地背我上山，我就让你变成神仙。"

于是他让阿弥靠在一块石头上。神仙使了法术，和阿弥一起飞走了，石头上留下了阿弥的像。

财主得知阿弥成仙了，十分悔恨自己不该让阿弥去背他。

后来，财主天天到阿弥的石像前去祷告，嘴里不停地念"阿弥托福"。

人们都希望自己成为神仙得到幸福，于是就跟着天天念"阿弥托福"。

时间久了，"阿弥托福"就变成了"阿弥陀佛"。

上坟习俗的由来（彝族支系他留人）

讲述：兰新发　兰绍开
记录：杨如刚
2003年4月采录于永胜六德乡营山村三板桥村

上古人出世的时候，飞来一窝蜂堆在杨柳树上。这窝蜂成千上万，它们把杨柳树当作自己的母亲，是这棵杨柳树给它们做了窝，当了家。他留人看到后，明白了杨柳树是蜂的亲娘的道理，它养育着上万个子孙，蜂就是从这里发源出去的。他留人三月清明要上坟，这时杨柳树的绿叶发得很茂盛了，他留人一定要折下几枝杨柳树枝，拿去插在祖先的坟头上。这个习俗也是从这里来的，因为杨柳树枝是母亲树枝，是生息繁衍的吉祥树，生生不息，就像祖先繁衍了千千万万后代子孙一样。

古时候他留人去世，是要实行厚葬的，陪葬有许多的金银财宝；可是却有人去盗墓，所以一家人必须带上吃的喝的东西去守墓，但时间长了受不了，就叫亲戚朋友也带着吃的喝的东西帮着去守墓，久而久之就形成了上坟的习俗。他留人一年中上坟有三次，一次是在正月的春节期间，一次是三月清明，一次是在六月的粑粑节。在古代，腊月是吊丧月，一年中去世的他留人都要在这个月埋葬，埋葬死人时还要上其他祖先的坟。他留人上坟就邀请亲戚朋友一起去坟前野炊，去的人都要带上米、油、盐、茶、酒五样东西，一样都不能少，这个习俗就是这样来的。

　　从前上坟的时候，住在坟里的"尼"，也就是鬼会争着跑出来吃东西，一大伙一大伙地约着伴跑出来吃，很多。人守也守不赢，实在受不了，就叫亲戚朋友带着米、油、盐、茶、酒五样东西去帮着守，可是东西都被尼鬼吃了，拉去的山羊也被鬼自己杀吃了，人不必杀给它们吃，人也不得吃，人实在是受不了了，后来就想出了一个办法狠狠收拾了尼鬼一回。

　　有一次，人用雄米熬好了一大坛酒，不知道有多少斤。人拿着来上坟，鬼又出来吃东西，和人坐在一起吃酒，人说："今天放开酒量吃，看看是人的酒量大还是鬼的酒量大，不许认输。"人和鬼就在那里赌酒吃。鬼认为人是喝不过它们的，可是人把一个猪尿泡悄悄藏在胸前的衣服里，乘鬼不注意的时候，就偷偷把酒倒进了猪尿泡里，然后对鬼说："喝，喝，我都先喝干了，快干杯，不许耍赖。"结果把尼鬼都灌醉了，醉翻了，实在喝不下去了，但是人不许鬼认输，逼着鬼喝酒，逼着鬼吃东西。鬼没有办法就告饶说："以后再也不出来吃了，烧的东西我只闻闻香气，煮的东西我只舔舔表面。"

　　从那以后上坟，鬼就再不敢出来吃东西了。人杀了山羊，把羊头、羊蹄烧好，打整好，献在坟前就可以了。鬼就能闻到羊头、羊蹄的香气了，就等于享受了这只山羊供品。人把酒、烟、茶和煮好的肉献在坟前，鬼就能闻到香气、香味，也就心满意足了。上坟带去的肉和酒这些东西，人就自己得吃了。人为了尼鬼精灵进出方便也在坟首留了一个方形的洞，那就是尼鬼的门和窗户了。现在他留人撵鬼的时候，还要烧干了雄米，烧得"啧啧"地响，鬼就会被撵跑，因为鬼被雄米熬的酒醉怕了，闻到雄米的香气就赶紧逃跑了。

　　人收拾过鬼，鬼也会收拾人。人经过坟墓多的地方，鬼就会跑出来迷惑人。人被迷惑得神魂颠倒，晕乎乎的。鬼拿出白花花的馍馍来给人吃，等人醒了才知道吃得满嘴都是马屎疙瘩。鬼邀请人到它的家里睡觉说："你楼上睡还是楼下睡？"人回答说楼上睡，第二天醒来就睡在了高高的荆棘丛上，一身扎满刺，很疼。人回答说楼下睡，第二天醒来就睡在烂泥巴塘里，全身都是又脏又臭的烂泥。另外，鬼还有许多收拾人的法子。

贪心和尚

讲述：周开祥 61岁 干部 大专
记录：周天云
2005年12月采录于永胜永北镇

传说很久很久以前，永胜城西内官山脚下桥头河畔有一座名为"盟明川"的和尚庙，庙里居住着一老一少两个和尚。

庙后面的花岗岩石上有一块造型十分奇特的大青石，青石上有一条小小的石缝，这条石缝里每天都会自然地向外淌出来一股白花花的大米。这米不多不少正好足够这两个和尚食用，因此俩和尚也就靠它度过了一个个春秋。

有一天老和尚突然得病身亡。说来也怪，自从老和尚离开人世以后，大青石上那条小缝里每天淌出来的白米也就少了一半，只够一个人食用。

"把石缝凿大些，淌出来的白米不就多了吗？"小和尚这样想。

于是他到县城里找了一个手艺高超的铁匠，打了一把锋利的钢凿，将大青石那淌米的石缝凿成了一个大洞。谁知石缝一扩大，大米反而从此不再淌了。

石堆堆和天星桥的传说

讲述：郭荣安 82岁 教师 高中
记录：王波 28岁 大专
2005年10月采录于永胜期纳镇大沟村委会

很久很久以前，大沟的两位男女青年产生了爱情，但男方贫寒，女方家富，女家不允许他们结合。于是这对男女私下商量后，决定私奔。

他们趁天黑上路向南方逃去，女方的父亲带领家丁追来。

他们跑啊，跑啊，跑到大山上却被断崖阻去了道路。女方的父亲又追到了，前无进路，后无退路，这对男女相拥而泣，纵身跳下悬崖。

天上的观音菩萨被他们的爱情感动，便在两座断崖之间点化了一座石桥。

后来人们为了纪念这对殉情的男女，便在经过石桥时，在路边拾上一块石头抛在山头上，石头越积越多，到现在已经是一座石头山了。石桥也便叫天星桥或者天生桥。

江心石上有金窝

讲述：陈应生
记录：龙天胜
2006年5月采录于永胜太极涛源

从大理州鹤庆县的朵美朝江对面望去，滚滚的金沙江和另一条河将一个临江而倚的半岛与整块的江岸隔离开来，形成了一个太极图，永胜县的太极乡据说就是因此而得名。

太极村外的金沙江畔有一块十六七亩大的大沙坝，沙坝斜对面的江心中有一块硕大的江石，直径有二三丈，呈深黑色，一年当中，唯有干旱少雨水落石出的冬季，方能窥其真貌，平时则只能见其头和脊背，随江涛的起伏而一隐一现，远观近望，都酷似一只浮游于水中的巨龟。传说这块江心石是跟随西天王母娘娘出游，过金沙江时落下的一员小将变成的。江心石纹丝不动地伫立江中，年深月久地被奔流的金沙江水冲刷着。

不知从什么时候起，江石上被江水冲刷出了一个石窝荡。石窝有碗口大小，仅容一只手伸进。有一年，太极村中一位善游泳的水手，凭着惊人的胆量和游泳技巧，穿游过澎湃汹涌的江水，奋力爬上了江石，一来想在石上休憩一下，二来可向观望的村人炫耀一番。他浑身湿淋淋的，在石上休息了一会儿。就在水手欲返身游回岸时，发现了石窝荡里隐约有碎沙金。水手一脸的狂喜，认为是上苍有意安排让他暴富过上好日子。水手艰难地伸进手，小心翼翼地费了半天工夫，才取出沙金，据为己有。

原先生活拮据的水手手头开始阔绰起来，他想："我何不把金窝凿大一些，多取些沙金。"于是趁着夜色往返数次，用凿子凿大了金窝。每天晚上都冒着汹涌的江水游过去捡沙金，又趁天亮时分游回来，以掩人耳目。

在一次酩酊大醉后，水手无意间把情况泄露给了堂弟。堂弟也是村中数一数二的游泳好手，他凭着高超的泳技，早早赶在水手之前，从江石上捡了沙金返回。有一次，两人在江石上碰了个正着，便打得头破血流，断了关系，亲戚成了陌路。

令人奇怪的是，自从两人打架后，无论谁抢在前面，都未捡到颗粒沙金。一传十，十传百，消息像风一样传到村中人耳朵里，人们都怀着侥幸心理，争相冒险涉水过去，在江石上凿了许多洞，沙金却是颗粒无收，倒是把个江心石凿得千疮百孔，面目全非。

一直到今天，金窝荡都还在江石上。每年端午节，太极村里的人们除了在家包粽子吃、到大沙坝"拖沙肚子"（据说身上的沙子能驱邪祛病，粘沙越多，预示越幸福吉祥、财运旺盛）外，村中善游泳的青年，都会从上游斜着比赛似的游到江心石上，拍手跺脚、纵情放歌、恣意怒吼地炫耀一番，赢得人们拍掌称快。整个江畔因此变得人声如潮，热闹非凡。

磨刀砍的传说

讲述：黄桂贞
记录：陈丽琴
2005年10月采录于永胜永北镇

永胜县城原来是一个很大的湖，老百姓都在山上居住，日子过得很艰苦。

在城东边的赵家山，有个后生，聪明能干，心地十分善良。

他整天在想：要是把湖里的水放了，就解决了老百姓的疾苦，让他们都过上好日子，那该多好啊！

但怎么才能把水放干呢？他就想，要是把山砍开，就能把水放干。

于是他就天天在磨刀，日复一日，年复一年，他的诚心感动了上天的神仙，神仙变成了白胡子老倌下凡来，见到了这个后生就问他：

"你天天在这里磨刀干什么？"

后生回答："我磨刀要把这山砍开，把水放干，百姓有了地种，就可以过上好日子了。"

神仙说："像你这样磨刀，要到什么时候才能把山砍开，不要枉费心机了。"

后生回答说:"只要有决心,我一定要把这件事做成。"

神仙就说:"好吧,让我来帮你砍山。"

就用刀向西边的山上砍了一刀,水就向三川坝流去。

从此,山上的老百姓就搬下山来居住了,也就是现在的永胜县城。

在后生磨过刀的地方就叫磨刀砍,神仙用刀砍过口子的山就叫石门关子。

滑叶档的传说

讲述:黄桂贞
记录:陈丽琴
2005年10月采录于永胜永北镇

永胜县城的农田里普遍长着一种草,它的形状和柳叶相同,它吸取了庄稼的营养成分,使庄稼不能有好收成,老百姓恨透了这种草,这种草被叫为滑叶档。

提起滑叶档,还有一个传说呢!

古时候,永胜县城的农田里没有什么有害的草,田里的收成也很好。

有户姓李的人家,婆婆恶辣难缠,儿媳善良老实。

婆婆为了刁难媳妇,命她每天要到田里薅一挑草回来,如果挑不回来草,就要挨打,不给饭吃。

媳妇去了田里两天也没有薅到草。

到了第三天,她又到了田里,她越想越害怕,就坐在田埂上大哭起来,哭得天都变了脸。一阵狂风大作,眨眼间,她的面前站着一位老妈妈,就问她:

"姑娘,你哭些哪样?我是过路人,听到你的哭声就过来看看你,有啥子为难的事说给我听听。"

小媳妇就把事情的经过讲给了老妈妈,老妈妈听了以后,就说:

"姑娘,你不消愁,我给你家田里以后长满了千年的叶子,万年的草籽。让你天天扯不尽,年年薅不完。你明天到田里来薅草得了。"

说完就不见了,小媳妇半信半疑。

到了第二天,她到田里一看,果然田里长满了叶子、草籽。她才晓得是遇上了神仙。

从此以后，永胜县城的农田里这种草就再也扯不尽了。

少妇买饼

讲述：洪瑞
记录：单思梅
2007年3月采录于永胜程海镇、期纳镇

农村有种风俗，孕妇死了，埋葬时要破腹取出小孩，埋入母亲旁边的小坑里。

传说这风俗起始于明朝年间。当时，村里有对老夫妇，专做面饼卖，由于生意好，每天都要卖到很晚。一个夏天的深夜，突然来了一个陌生的少妇用两枚铜钱买了两个饼。第二天，夫妇俩发现钱盒里少了两枚铜钱，却多了两张撒给死人的纸铜钱。

接连几天都如此，夫妇俩顿生疑惑，便在卖饼时，把收到的钱都偷偷丢在桌下的水盆里，除了少妇的铜钱漂浮在水上外，别的都沉入盆底。天亮一看，水面漂浮的铜钱是纸铜钱。夜里，陌生少妇再来买饼时，夫妇俩就偷偷跟随少妇身后，在半明半暗的月光下，走了近四里的路，来到一个树木丛生的小山坡，隐隐约约听到初生婴儿的啼哭声，这时，少妇突然不见了。夫妇俩壮着胆子走近一看，却有一座刚埋不久的新坟。

夫妇俩一打听，才知是外村的一孕妇难产死后埋在这个小山坡上。后来，夫妇俩把少妇买饼的事告诉了死者家人，死者家人把孩子和母亲重新分葬后，少妇买饼的事就再也没发生过。

据说，孕妇埋葬时如果不取出腹中的胎儿，母亲就无法转世，阴魂不散的母亲就只能留下来喂养孩子。所以，就传下了孕妇死后要取出小孩分葬的习俗。

人为财死　鸟为食亡

讲述：周开祥
记录：周天云
2005年12月采录于永胜永北镇

传说诸葛亮临死的时候留下三两银子，叫下人待他死后拿给为他砌坟修墓的工匠。

诸葛亮死后，下人遵照他的安排，等工匠们将其坟墓砌好之后，将三两银子如数交给了他们。

砌墓的工匠一共是四个人，四个人三两银子，左也不好分，右也不好分，翻来覆去不管怎样都总是分不平均。闹了一阵，大伙都已经肚子饿了，于是大家决定先煮饭吃，等吃了饭后再说。

四个人中两人负责煮饭，两人前去街上打酒割肉，负责煮饭的两个人商量道：

"我们两个在这饭里下些毒药，吃饭的时候我们两个专门喝酒吃肉不吃饭，等他俩吃了饭死了，三两银子我们两个平分。"

负责打酒割肉的两个也同时商量好在酒肉中放上毒药，决定只吃饭不喝酒吃肉。

结果四个人都中毒身亡。

四个工匠死后剩下来的饭菜，被飞来找食吃的雀雀鸟鸟吃了，雀鸟也当场死去，因此留下谚语："人为财死，鸟为食亡"，一直流传至今。

杀家打子（彝族支系他留人）

讲述：兰有清
记录：杨如刚
2003年5月采录于永胜六德乡营山村下朗者村

古时候有一个大强盗，不知姓甚名谁，大家都叫他"家打子"。他是一个非常凶猛的强盗，有很多的武器，很多的兵，人人都怕他，家家都遭他的害。有一年八月十五，是饼子节，家家都买饼子来吃，掰开饼子，见里面写着几个字。"三十晚上杀家打子。"人们感到很奇怪，就把饼子一个个掰开，见每个饼子里都写着这几个字。于是大家纷纷奔走相告："三十晚上杀家打子。"百姓纷纷自发组织起来，准备着齐心合力杀家打子。

到了大年三十晚上，家打子得到消息就逃跑了。于是每家每户都杀猪、宰羊、杀鸡、杀鱼举办丰盛的酒宴来庆贺，还要燃放鞭炮，敲锣打鼓，舞狮子，彻夜唱歌、打跳，人人非常高兴，非常开心。后来这一天就变成了最隆重的"过年"的节日了。过大年三十，要放鞭炮，要吃年夜饭就是这样来的。

"家打子"被赶跑的那天晚上，大家担心他会重新回来害人，就叫人拿着武器，在那里站岗，像卫兵一样守在大门口。可是时间长了，谁都不愿意守，谁都不愿意站岗，叫这个守也不守，叫那个守也不守，人人都想回到屋里喝酒过节。怎么办呢？后来大家想出一个办法，找来画家把卫兵的像画出来，贴在门上，就好像威风凛凛的卫兵在那里站岗一样。

从此后，家打子就再也不敢来了，人们也就可以放放心心、安安全全地过年了，卫兵的像也就变成了门神，过年要贴门神的风俗也是这样传下来的。

鸡叫山的传说

讲述：李秀莲
记录：杨学韬
2007年2月采录于永胜梁官镇

很久很久以前，观音菩萨下凡云游，来到金沙江边。当她听说由于水鬼作怪，渡船划到江心，经常船翻人亡，便发誓要在一夜之内，在金沙江上架一座桥。

于是她来到习甸①，找到一座石头山，手挥赶山鞭，赶了半边山，连夜赶往金沙江边。正当她赶山来到三川坝的时候，太白村人家的鸡就叫了。鸡一叫，观音菩萨的山就赶不走了。

从此，习甸留下一座半边山，三川坝子里也有了一座半边山，三川坝子的这座半边山就叫"鸡叫山"。

---

① 习甸：光华的一个村委会。

鸡叫山的由来

讲述：李品银 77 岁 农民 小学
记录：李丽萍
2005 年 10 月采录于永胜梁官镇

梁官的西边山，又名鸡叫山，传说鸡叫山和习甸的半边山曾经是一座山。

很久以前，现在的黑伍海子①不是海，是一个城。

忽然有一年，山脚下出现了一个洞，从洞里淌出来一大股水。有一个神仙见城就要被水淹没，就从习甸赶了半座山，想堵住黑伍的出水洞。赶到梁官地界的时候，路上遇到一个早早起来扒水②的农户。农户见到神仙，就上前打招呼。

问："咋个③起得这种早？"

神仙见问，只好停下来答话，就在这个时候，鸡就叫了。鸡一叫，神仙的法力就没有了，山也就一直停在了梁官镇的西边。后来人们叫它鸡叫山。

而习甸的那座被赶了一半的山也就叫作了半边山。

黑伍的出水洞没有堵住，淌出来的水越聚越多，黑伍就成了一个海子，就是现在的程海。

月亮石的传说（傈僳族）

讲述：陈金玉 彝族支系他留人 42 岁 公务员 大专
记录：李春芳 女 39 岁 大专
2005 年 10 月采录于永胜东风乡

在东风乡境内有一个特别大、特别圆，又特别平整的大岩块。这里的傈

---

① 黑伍海子：程海。
② 扒水：放水。
③ 咋个：为什么。

傈僳族人都称它为月亮石。

说起月亮石的由来在东风傈僳族民间还流传着一个传说。

很久很久以前，在这块大月亮石的两边有两个傈僳族村子。

开始，这两个村的村民通儿女婚姻，相互帮助、团结友爱、丰衣足食。

每到秋收开始打新粮食的时节，两个村的村民都带着新收割的粮食集中到这块大石头上。甲村盛产糯米，舂糯米糍粑；乙村盛产高粱，舂高粱做高粱糍粑。两村的糍粑做得又大又圆、又香又甜，都相互称赞对方的糍粑做得好，相互赠送各自的粑粑儿。

农历八月十八这天定为傈僳族人的"尝新节"。两村人在这里欢庆丰收的成果，祈祷来年也是个好年景。

可是日复一日，年复一年，两村的后代人口逐渐增多、壮大，每年"尝新节"在月亮石上已无法容纳两村人的活动。

两村人开始争夺地盘、争夺石头互不相让，逐步发展到互不往来，相互咒骂，甚至发展到了两村里哪个村里有人死亡，另一个村村民就跑到大石块上去又跳、又唱，以示庆贺。

两村人互不通婚，互不来往了，儿女们只能在自己村的近亲属中寻找配偶成亲，久而久之他们生下来的子孙后代大都智力低下，天生残疾，体弱多病，个儿也越来越小，生产、生活也逐渐走向下坡路，最后陷入了极度贫困。

村里的人们死的死，逃的逃，最终两个村只剩下一男一女两个青年。

两个人在各自的村里举目无亲，孤立无援。在这种情况下，两个青年男女决定重修旧好，结为夫妻。

从此他们的后代勤劳、朴实、身体健壮，生产不断得到发展，生活也逐渐改善，形成了现在东风傈僳族的主体。

而那块月亮石，也成为东风傈僳族人由兴而衰、由衰而兴的历史见证。

大石头的传说（彝族支系他留人）

讲述：陈志龙 彝族 74岁 农民 不识字
记录：杨如刚
2003年4月采录于永胜六德乡双河村委会娃岔村

坐落在陡峭的大石崖上的娃岔村，在村口树林里的大路边上有两块椭圆形的大石头，它们是一对。有人说上面那个是公石头，下面那个是母石头。这是两块很奇怪的石头。他留人如果谁得了痒病（这种病虽然不会很疼痛，但会全身发痒，越抓越痒，就算抓破了皮也还是痒到了心里头，叫人吃不下饭，睡不着觉，十分难受；而且忍不住时在人前搔痒会很丢人，很不雅观。这种病还会传染给别人），就说是冲犯了这两个大石头，传说是"峨足骂素尼"这个鬼神在作怪，要到这里来烧香敬神。

　　远古的时候，这里本来是没有这两个大石头的。有一天，峨足骂素尼路过这里，它背上背着一个大石头，累了就在这里歇气，放下石头，坐在路边，可是歇下去，它就再也走不动了，连它也变成了石头，就成了现在我们看到的这两个大石头。

　　下面那个是它背来放下去的，上面那个等于是它的化身石。人们本来是翻越了陡峭的娃岔山梁就常常要在这里歇气的。从前这里还有一条古路经过，走的人很多，歇气的人也很多。有一天，一伙人来到这里，看到突然多了两个平坦的大石头，就很高兴地爬上去休息。不料坐了一会儿，每个人都全身发起痒来，奇痒难耐，都抓破了皮。一个聪明人领悟到是冲犯了大石头，就赶紧跳下来，跪在地上烧香祈祷，他身上的痒病马上就好了。在缭绕的烟雾中峨足骂素尼现身说，以后谁要是犯着它，它就会放痒病给他，但如果向它求饶，它会治好他。

　　一传十，十传百，大石头的神话就这样流传开来。他留人说，上面的大石头是谁也碰不得的，谁如果碰了，就会害上痒病，就要请尼婆（巫师）来做"胜塔剌"仪式祈祷驱鬼，请求峨足骂素尼。尼婆来到大石头面前，在一片板瓦片上放上粗糠、香面，上面插白纸条，用烧红的火炭燃烧粗糠、香面来驱鬼祷告，痒病自然就会好了，听说很灵。

　　下面的那个大石头是峨足骂素尼背来的。古时候，谁如果莫名其妙地得了痒病，就请尼婆来打卦占卜，会占卜到是峨足骂素尼作怪，等于也是冲犯着它，就要到它的面前杀一只鸡来敬它。这只鸡一定得是刚开叫的嫩公鸡，母鸡不行。另外，这个石头还专门会冲犯周围住的海家人，所以海家人每年大年三十都要杀鸡来敬它。上面那个峨足骂素尼的化身石是过路的任何人都会冲犯的。

　　杀鸡敬大石头时，不准在它的面前吃，要拿回家里吃，还要插上香条，烧香祈祷，像做"胜塔剌"仪式一样大声说："峨足骂素尼，请您保佑我，别再来犯我。"听说这样做是很灵验的。

由于大石头和峨足骂素尼的缘故，人们有了避讳，慢慢地人们就再也不在那里歇气休息了，翻过了陡峻的山梁，即使再累也要往前赶路。

仙人经过涛源地区传说

讲述：杨学富 白族 71 岁 农民 高小
记录：熊宗仁
2005 年 10 月采录于永胜涛源乡

蚊子在两头

在很早以前，传说有一个仙人经过金江街，晚上不住店，睡在商铺前的铺台子上。睡了一阵以后蚊子就叮他，他受不了用扇子一扇，口中念道：

"蚊子！蚊子！你去街外两头，中间不准来。"

金江老街有东、西闸子门，夜间能关起。从那以后金江老街东、西闸子门外有蚊子，闸子门以内没有蚊子，这真有其事。

风沙不进屋

涛源靠近金沙江边，风沙最大，尤其是在冬腊月和第二年正月。冬腊月是万种植物被吹掉落叶的季节，第二年的正月是万物复活的季节，其间风沙特别大，高达数丈，吹得人睁不开眼睛。

有一个仙人路过时，风吹得他睁不开眼睛，他为了减少当地百姓疾苦，嘴里念道：

"风沙、风沙，吹高几丈，不要进屋。"

从那时候起，风沙再大都只是往高处吹，不进屋。

墙头不需盖

涛源地区在最早的时候，这里的住户多数住的是茅草房，四周的墙都是用土冲①起来的，不耐风雨，尤其是围墙，冲起后到雨季到来时，就被雨水

---

① 冲：垒，这里指把土垒成围墙、压紧。

淋垮了，年年冲，岁岁都被淋垮。

有一天，有一个仙人路过，看见百姓在淋垮的墙上再冲墙，他问明原因后，才知道土墙受不住雨淋，年复一年地冲墙，百姓真受苦，仙人就说：

"这里土墙能长草不需盖，雨水越淋越实在。"

从那以后涛源地区的土墙能长草不需盖，雨水淋过更实在。不要时，要用十字锹使劲挖后，才能推倒。

灵源箐的传说

讲述：沙玛 女 彝族 66岁 工人 小学
记录：李红菊 女 34岁 大专
2005年11月采录于永胜永北镇

传说清朝顺治年间，东、南、西、北的神仙到永胜来游山玩水，一个在关垭口，一个在灵源箐，一个在笔架山，还有一个在什么地方已记不清楚了。

东方的神仙（观音菩萨）看到灵源箐的山水实在是太美了，便落到了灵源箐的一块平整的石面里。

吴道子来滇西云游，游至灵源箐，看到石头上显出的菩萨隐像，便用笔勾画出菩萨的轮廓，菩萨就永远显留在了那里。

菩萨看到灵源的人们勤劳、善良，心里十分高兴。于是，菩萨保佑这里的人们安居乐业、风调雨顺、五谷丰登。

人们为了感谢菩萨的保佑，修建了灵源箐观音阁，并把菩萨下凡的那天（农历六月十九日）定为菩萨的生日。

每年菩萨生日这一天，人们从四方而来，聚集在灵源箐做庙会，朝拜菩萨。

平日里，前来烧香朝拜的人来往不绝，这里的香火十分旺盛。

草鞋上带来的江沙

讲述：王璋 76岁 干部 高中
记录：王波
2005年10月采录于永胜期纳镇

在雄伟的老虎山下，古老的谷宇村旁，有一座圆形的小山丘，名叫将台山。

传说当年诸葛亮南征时带着几千士兵在此歇憩，休息了一阵子后，他便走上将台山派兵点将，安排行军路线，部署作战方案等。

大军走后，村人就发现将台山旁漫起了一层江沙，大家都莫名其妙。

此地离金沙江边有几十里远，怎么会有江沙呢？

聪明的人说：这是诸葛亮的兵穿着草鞋，淋着雨从江边走来，草鞋上沾满了江沙，在这里歇憩时，人人脱下草鞋磕掉，所以这里就铺起了一层江沙。

一千多年过去了，这里的江沙现在还有。

石匠把水凿小了

讲述：王璋
记录：王波
2005年10月采录于永胜期纳镇

龙潭坐落在乱石山下的龙潭旁边，龙潭水从乱石山脚的石缝里潺潺流出，清澈见底。

传说此水是从黑伍海子里渗透出来的。

在老辈人时候，在黑伍海的西南角的沙嘴一带放下鸭子或粗米糠，龙潭出水口也就会漂出鸭子、粗糠来。

还说人可以点着火把进去几里远，还可以听到洞内淌到海里去的河水声。

享受着龙潭水的人们贪心不足，就请石匠去敲凿洞内拦着出水口的石头，想把石头凿成大门，让淌进阴海的水汹涌流出。

谁知凿下的石头反而把原来的出水口堵塞了，只有小股流水从石缝里渗透出来，比原来的出水小多了。

蚂蚁子姑娘的传说（傈僳族）

讲述：杨天祥 56 岁 高中
记录：万永宪
2005 年 12 月采录于永胜松坪乡

金沙江畔树底热水塘附近，有一堵高二十余丈的红石岩，岩的半中有一个石人形象隐隐可见，当地人叫：蚂蚁子姑娘岩子。

传说很久很久以前，红石岩的对面是一个人烟稀少的穷山坡，那里住着一户贫穷的傈僳族人家。

这户人家儿女甚多，其中大儿子是一个憨厚老实，不会做什么事情的哑巴。

最受宠爱的要算幺姑娘了，她生得小巧玲珑，腰杆细细的，跟蚂蚁相似，故得名蚂蚁子姑娘。

大人成天不准幺姑娘出门，天天把她锁在柜子里。偶然有一天柜子忘了上锁，蚂蚁子姑娘在柜子里听到外面有人叫喊：

"幺姑娘！羊吃麦子了。"

她很着急，便从柜子里钻出来，出门去看。这时，突然一阵旋风刮来，把她卷到了对面的岩石上。

父亲得知消息后，焦急万分。要到对面的岩下，有汹涌澎湃的金沙江隔着，江上又没有人摆渡。

蚂蚁子姑娘的父亲历尽艰辛来到岩下，仰望岩石发愣，不时大声呼叫："姑娘快下来！……"

蚂蚁子姑娘在岩石上传下话来："若要我能返回地面，需要杀三条牯子牛，祭奠三天三夜。"

她的父母尽管很穷，但为了救下心爱的幺姑娘，还是东奔西借，备下了祭品，在岩下祭奠。

可谁知她那哑巴哥哥没等祭祀完，就先偷吃了一个牛心果，于是，蚂蚁子姑娘便永远不能返回地面了。

因此，留下了一个美丽的石人像在岩的半中腰。

后人给此岩取了一个名字："蚂蚁子姑娘岩子"。

灶神的传说

讲述：熊宗仁
记录：和江全
2005年12月采录于永胜永北镇

在很久很久以前，有一户富贵人家，家有三个女儿，都生得苗条秀丽。

可是在老两口心里有一块心病，三个女儿一天天长大了，都到了成家立业的年纪。老两口只想招进一个女婿，因为怕招多了，对父母不孝，但不知道留哪一个女儿，为此很是苦恼。他们又不对女儿们说，一直在想着一个两全其美的办法。

终于，他们想出一个妙计，首先问一下三个女儿以后要做什么，需要家业多少。如果三个女儿都要留在我们身边，那我们就只能暂时一个也不要，分给她们各一份家业，让她们自己去生活，免得以后她们争夺家中更多的财产。

第二天，父母叫来三个女儿，对三个女儿提出事先想出的妙计。

大女儿说："我需要家里的一份田地，要老老实实地做一个庄稼人。"

二女儿说："我要留在父母身边，好好孝顺父母。"

三女儿说："我要家里的那条水牛，我要骑着它去找我的如意郎君。"

父母问三女儿怎么个找法，三女儿说："我骑着水牛走，不指挥它，只要它进去的那家就是我的郎君家，不管那家有多富，有多穷，我都要用自己的双手同郎君共同创造自己的幸福。"

第二天一大早，三女儿骑着牛上路了。

可是走了一天又一天，过了一村又一寨，牛总是不进门。

又走了半月有余，终于在一个偏僻的小山村里，水牛走进了一户极贫困的农民家。

姑娘刚从牛背上下来，就见屋里走出一位老大妈。

老大妈拉着姑娘的手说："姑娘，你走错门了吧？"因为姑娘是富贵人家的，穿戴就不同一般人，所以大妈才这样问她。

姑娘笑眯眯地对大妈说："我没有走错，我不但没有走错，还要做你的孝顺媳妇。"

姑娘这么一说，老大妈真的对自己的耳朵怀疑起来，就对姑娘说："我们穷得有早饭没晚饭，我们家就连住房也没有一间像样一点儿的，怎能收你做儿媳？何况我儿子是个只能上山打柴卖的老实人。"

老人家劝到后来，就听姑娘说："大娘就让我在你家住上一晚吧。"

午饭后，姑娘悄悄地到镇上去了，去做什么？是去找珠宝店。她要用父母给的一部分宝石先换回一些粮食和肉食，今后的生活再慢慢着想。

她心想，既然父母对我这样，我就要用自己的双手去创造未来，因为父亲说过幸福不是别人送的，而是要靠自己的双手。

她在大街上找来找去，走进一家珠宝店，她从身上摸出两颗宝石，对掌柜的说："我用这两颗宝石换一些粮食和肉。"

掌柜的接过宝石细细一看——这是两颗价值连城的宝石！掌柜的一时做不了主，就找来老板。

老板一看二话不说就派十名手下的人挑米，又派十人挑肉送姑娘回家。

回到家中，老大妈跪下对姑娘说："你是天上掉下的大好人，我们母子俩怎么能要你这么多东西。"

姑娘忙把大妈拉起，然后进了灶房，她要做一顿美餐给他们母子俩吃。

太阳快落山的时候儿子挑着柴回家了，一进门就有一股扑鼻的香味。他感到有点儿不对劲，赶紧进屋一看，家中堆了那么多的东西，就问娘。娘把今天所发生的事一五一十地对儿子说了一遍，说完便从灶房中叫出姑娘。

儿子对姑娘说："真对不住，我们家怎么能要你这么多东西？"

姑娘说："没有关系，我只用了父亲给的两颗宝石。以后让我俩共同劳动，走出宽宽的生活道路。"

儿子问道："我看看你是用什么宝石换的？"姑娘从身上拿出剩下的几颗给他看。

儿子看罢惊叹道："用这样的东西就能换回那么多粮食和肉？这种东西我去打柴的地方多着呢！不信明天我俩去看看。"

到了第二天，未等太阳出山，他俩就上山了，只见整座山都是亮晶晶的。他俩每人拿了一些宝石就回家了。有了宝石，又有两人勤快的劳动，家里的日子越过越好。

到了第二年秋天，老大妈要求他俩完婚。他俩同意在腊月二十四完婚。他俩要让所有的父老乡亲都参加他们的婚礼。到了喜庆那天，来他们家做客的人络绎不绝。

等拜堂后，大门外来了一群要饭的老人，个个面黄肌瘦。他俩看到后，连忙叫人请进要饭的老人，让他们也吃上一顿美餐。

饭后，大多数要饭的走了，可有一对老人就是不走，说他们受尽了要饭的悲苦滋味，要在这里住上几天再走。

小两口非常可怜这两位老人，就把他俩让进了灶房中。

当姑娘派人给两位老人洗脸、洗脚时，老人你看看我，我看看你。为什么这样呢？刚进屋时没工夫去看主人和家中摆设，一心想好好吃一顿，到现在仔细一看这位新娘，怎么好像自家的三女儿？

老人家忙问新娘叫什么名字，是哪儿的。新娘说我是哪儿哪儿的，并说，我们家有三个女儿，还把自己怎样到了这里，怎样发家致富的事讲了一遍。

新娘还说，等新婚一过，我和丈夫就要去看看一年未见的父母。新娘的话还未讲完，那个要饭的老大妈就气死在灶房里，那位老爹也接着就靠在他家墙上，上气不接下气地对新娘说：

"我们对不住你，我们的好女儿。我们是你的父母，哎呀！"说着把一个脏巴巴的小布包从怀中摸出来递给新娘，也就死了。

最后新娘看了这包东西，确信两位老人是她的父母。

因为她父母是死在灶房中的，就请了一位画家把这一真实的图像画了下来，挂在灶房中央。

以后，每到农历腊月二十四晚上，她都要给自己的父母烧香、敬供上一些春节准备的食品。

这就是"灶神"的由来。现在，每到腊月二十四晚上，还有不少人给"灶神"烧香、敬献食品。

片角水冲村的传说

讲述：子秀珍 女 土家族 60岁 农民 大专
记录：杨慧菊
2005年12月采录于永胜片角乡

片角水冲村几乎全部是土家族，只杂居着几家汉族。

传说，水冲村过去名叫水东村，这水东村的由来与现在的土家族有着密切的联系。

很早很早以前，水冲这地方并没有人家，而是一个森林茂盛，常有野兽出没的地方。

这里虽然人迹罕至，却有一口奇特的井，井里的水清澈见底，远近的一切生灵都到这口井里来喝水。

有一天，来了一个猎人和他只有八岁名叫东的儿子。

父子俩以打猎为主，从很远很远的地方漂泊到这里。

他们以往打猎都是行踪不定的，这山跑了又跑那山。可这里有这么好的一口井，父子俩一时还舍不得离开，就暂时住了下来。

他们每隔十天半月，就将捕来的猎物和皮毛拿到很远的地方去换取油盐米布。

有一天，东做饭，去井边淘米，发现米里面有两粒谷子，就捡起顺手一扔，刚好扔进了井里。东想把它捞起来，可两粒谷子竟一眨眼不见了影儿。

第二天，父子俩又挑着山货去卖，买了很多的油盐米布，等他们满载而归的时候，已经是离家的第六天了。

他们走得很累，口很渴，东放下货物，迫不及待地跑去井边喝水。

到了井边，东被眼前的景象惊呆了，在他面前不再是一口井，而是黄澄澄的谷子，穗又长，颗粒又饱满。东奇怪极了，忙跑去告诉正在歇息的父亲。

父亲见了，也很惊奇，百思不得其解。东忽然想起他到井边淘米丢谷的事，就把此事告诉了父亲。

父亲思索了良久，莫不是神仙显灵，有意送种，叫我父子在这儿安居？再说这里也的确是一个好地方。

他主意一定，便叫上儿子干了起来，没有镰刀，就用手一株一株地拔谷子。

说也怪，那么一小块谷子，却总是拔不完，一直拔了三天，收到了很多很多的谷子，除了做种剩下的也够父子俩吃个一年半载的了。

父子俩开了很多的田地，勤耕苦作，年年有好收成，闲时去打打猎，生活是芝麻开花节节高了。

过了一年又一年，父亲也老了，东也长大成人了，父亲为他娶了媳妇。

父亲想，东已成家，将来子孙后代会有娶有嫁，这个地方也应该取个村名了。

父子俩为何在这安身？如果没有这口井和东误丢谷子、井里长谷的事，他们现在还不知漂泊到哪里，又怎么会有今天的好日子呢？就叫水东村吧。

父亲把自己的想法给儿子和儿媳妇说了，他们也都赞同。

过了许多年，儿孙满堂，老猎人也老得走不动路了。东和妻也已是白发苍苍的老人了。

老猎人临终时告诉东，他们的老家是"南京顺天府，柳树大半湾"，那里是他们根的所在。

不知后人是否去寻过根，反正这句话一直流传到今天，水东村也不知怎么慢慢演变成今天的水冲村了。

珠坠河成

讲述：万永宪
记录：和江全
2005年12月采录于永胜顺州乡

永胜县顺州阳和村有一个闷水洞，每当雨季来临，许多山水便从洞口流入洞内，无影无踪，仿佛落入了大肚罗汉之口一般，神秘莫测。

关于闷水洞当地流传着这样一个故事。

相传康熙初年，这里还是一个极为原始偏僻的地方。居住在那里的彝、汉两个民族，无日不生活在水深火热之中。因为当地有一个汉族大地主王德彪，他和山外的官府相勾结，占山为王，欺压百姓，强占妇女，无恶不作。

山下架子桥边住着一位彝家老汉子老爹。子老爹早年丧妻，膝下无子，独有一女雪梅，过着半饥半饱的清苦日子。

雪梅从小孝顺老爹，性格刚强，聪明伶俐。

子老爹每日为王家上山伐木，家务事自然落到了雪梅的肩上，打柴、做饭，割猪草喂猪。

每当子老爹拖着疲惫的身子回到自家小木屋，小雪梅总是为老爹准备好了饭菜，为老爹倒水捶背，使老爹在清苦、劳累、委屈中寻得一丝欣慰、快乐。

小雪梅就这样起早贪黑，忙里忙外，自然成了子老爹的掌上珠、心头肉。

一日，小雪梅像往常一样背着竹箩上山打猪草，没过多久便打了满满一箩。

这时一只美丽的蝴蝶飞到了小雪梅面前，唤起了小雪梅的童心。小雪梅追赶着蝴蝶来到一个山箐里，看到蝴蝶停在一棵小树上，小雪梅蹑手蹑脚走过去猛地一扑，小树被小雪梅扑倒，树后露出一个洞口。

小雪梅弓着身子钻进山洞，洞内冷气扑来，让人顿觉寒冷。小雪梅大着胆子，往里走了一段，洞中一下子宽敞明亮起来。

洞中大大小小的钟乳石如春笋般林立，层层叠叠，形象各异。洞顶镶着一颗颗夜明珠，夜明珠下一个深不见底的小水潭把夜明珠投下来的光反射向各处，照得洞内如同在太阳底下一般。

雪梅被眼前的景象惊呆了，仿佛来到了仙境。雪梅不停地向前走，走了好久才来到洞底，只见洞底挂着一条锦帛，锦帛上写着四个大字。

雪梅并不识字，但聪明的她想，这四个字一定关系着洞的秘密，于是将锦帛藏于怀中匆匆离去。

雪梅回到家中，天色已黑，子老爹正焦急地等她回家。看到女儿平安回来，老爹心里的一块石头放了下来。

雪梅一面吃饭一面将今天所见的奇景讲给老爹听，并将锦帛拿出给老爹看。

子老爹也不识字，但知此锦帛关系重大，忙去请村里的张老爹来看。张老爹是村里的活字典，他来到子老爹家，见到锦帛大吃一惊，将此洞的秘密讲给雪梅父女听。

原来此洞是一个藏宝洞，是当年义军为抗击官兵藏军资的地方。为了防止财宝落入官兵、土司手中，义军在洞里安了机关，只要将夜明珠投入下面的小水潭，洞里就会发大水，将洞淹没。

雪梅听完后，忙将锦帛收藏好，送张老爹回家。

过了一段时间，不知怎么此消息传到了王德彪的耳朵里。

王德彪为了得到洞中财宝，便要雪梅说出洞在什么地方，但雪梅怎么也不肯说。王德彪知道雪梅是个孝顺的女儿，他便派人将子老爹抓了起来，并施以酷刑。

雪梅不忍爹受苦，又不想让财宝落入王德彪手中。

正在此时，她想起了锦帛，想起了锦帛上"珠坠河成"四个字，雪梅决定舍身护宝救老爹。

第二天，雪梅来到王家，要王德彪放了老爹，就领他去洞里。王德彪一听大喜过望，忙令家丁放人，自己则带着一队人马跟着雪梅去藏宝洞。

雪梅带着他们翻过山岭来到洞边，自己拨开小树钻了进去。王德彪见状急忙率人紧跟进去。

进了洞，小雪梅快步跑向夜明珠，并摘下夜明珠投向水潭。

此时小水潭像决了堤的河水猛地涌起来，很快成为一股急流，吞卷着王德彪他们冲出洞去，冲向村里。

但奇怪的是这股洪流并不冲向百姓家，而是径直奔向王家大院，很快就将王家大院淹没。

过了几天后，洪水又退回洞里形成了一条暗河，而雪梅也化成了洞中的守护精灵——黑蝙蝠。

从此每当雨季，雨水便流进洞内汇进暗河，而不去危害村庄、农田。

永胜传奇

讲述：杨虎才
记录：王波
2005年12月采录于永胜期纳镇

这个故事是好几百年前的事了。在那个时代，造纸业已经相当兴盛，各个地方的手工造纸坊较多，故事得先从一个小造纸坊说起……

在现在的期纳街西办事处黄泥田水库边那时有一个纸坊。纸坊里，工人正在忙碌着，壮年男人在煮纸浆，女人们在炕纸，老人们也不闲着，在一张张辛苦地分纸。

这时,从北面走来一位身穿长衫、肩扛宝剑,风水先生模样的人。他一走到这里就东张西望,像是在寻找什么,来人的这些举动并未引起忙碌的工人们的注意。

片刻,他走进作坊对工人们说:"我肚子饿了,你们去杀鸡宰羊招待我,我让你们这里出个王,并让你们不用这样辛苦。"

忙碌的人们以为遇到疯子,把他赶了出去。此人大怒,跑到纸坊后的红土坡下一剑刺下,然后嘴里念念有词往南而去。

此人一走,这里就坏事了。一产妇刚生下一对男婴就夭折了,剑刺过的地方草木枯萎,寸草不生。

造纸作坊也乱了套,一沓沓的纸怎么也分不开。这时人们才反应过来,得罪了会法术的人。作坊主急忙派几个脚力好的汉子去追那个人。

几个人气喘吁吁向南追去,到涛源江边才追上这个先生,正遇他解完大便。几人忙上去叩首作揖,说不知先生驾到,请勿与他们一般见识,望解除法术让他们能将纸一张张分开。

那人被说动了心,从地上捡起那个他刚擦完屁股的石头,递给几个工人说:"拿回去用它在那一摞摞的纸上揉揉就行了。"

人们半信半疑地将石头带回,在纸上一搓,纸果然分开了,用石头分草纸的方法也流传至今。

话说先生继续走,来到一条小河边,看见一个妇人正洗一筐白菜,他走上前去对妇人说:"大嫂,我肚子饿了,能不能讨棵白菜吃。"

那妇人头都没抬说:"一棵白菜算什么,你拿就是了。"

先生大受感动,说道:"涛源人给我一棵白菜,他们的墙头不用盖。"

从此以后,涛源人的墙头从不用瓦盖,不但不怕雨,而且越淋越硬。

当晚,先生来到金江老街上,在一家人家煮吃完白菜,借了张草席便睡了。

正值夏天,蚊子横行起来,叮得这位先生到处是疙瘩,难以入眠。他就拿出一把扇子朝东西两个方向挥动了几下。

并说:"那边去!那边去!"

顿时,金江街上蚊子皆无。直到如今,金江街(老街)上都没有蚊子。

翌日,有人看见先生乘船过江而去。

鸡为什么不吃黑豆

讲述：陈竹
记录：和江全
2005年12月采录于永胜松坪乡

很久很久以前，大松坪有一家兄妹俩。他们很小就失去了父母，兄妹俩相依为命过日子。

哥哥叫阿强，妹妹叫阿秀。哥哥对妹妹很关心，处处为妹妹着想。妹妹却不诚实，做事很狡诈。阿强多次批评、教育阿秀。

阿秀很喜欢哥哥，哥哥下田劳动，妹妹总是把热气腾腾的饭菜端给哥哥吃。

一次，哥哥下田劳动去了。家里的米吃光了，阿秀没有告诉哥哥，悄悄地到邻居老奶奶那里去借。

老奶奶是个双目失明的老人，靠她的女儿维持生活。她女儿不在家，阿秀就对老奶奶说："奶奶借给我一盆米。"

老奶奶是一个善良的人，她就叫阿秀自己去撮。

阿秀很狡猾，她装了满满一口袋米，悄悄地送回家，然后又轻轻地回到老奶奶的身边，撮了一盆米，还叫老奶奶摸摸。老奶奶摸了摸，便叫她快回去为哥哥做饭，阿秀高兴地跳着回家了。

后来老奶奶的女儿回来了，煮饭时看到自己家里原来满满的一箩米，只有见底的一小层了，她着急地说："妈，我家的米咋个只有一薄层了？"

老奶奶走来一摸，果真不多了。她便把阿秀借米的事告诉了女儿，女儿觉得很奇怪。

老奶奶拄着拐杖高一步低一步地来到阿秀家。阿秀的哥哥回来了，老奶奶就对阿强说："你到田里做活去了，你妹妹来我家借了一盆米。可是我家满满的一箩米，现在只剩箩底一薄层了，是不是她……"

老奶奶还没有说完，阿秀就从厨房里跳出来骂道："我只借你家的一盆米，鬼晓得你把米藏到哪里去了？你想来骗，哼！做不到！"

阿强看到平时说话轻声细气的妹妹，今天竟发这大的脾气，有点怀疑。他对老奶奶说："奶奶，您先回去，让我弄清楚再告诉您。"

送走了老奶奶,阿强进屋对妹妹说:"你真的只借了一盆米吗?"妹妹点点头。

可阿强打开米柜子一看,柜里有半柜米,就对妹妹发起脾气来,并打了她一耳光。阿秀大哭着跑出家。

阿强没有去找她,一个人在家里生闷气。

阿秀哭着跑到舅舅家,瞎编了一些话骂哥哥。

舅舅看到阿秀那可怜的样子,就不分青红皂白,跑到阿秀家,痛骂了阿强一顿,还发誓说:"如果阿秀偷了老奶奶家里的米,我变成黑豆也心甘!"

阿秀也跟着起誓说:"如果偷了老奶奶家的米,变成小鸡也情愿。"

话音刚落,舅舅变成一堆黑豆,阿秀也变成了一只小鸡。

阿强一气之下,把那些"黑豆"撒到"小鸡"面前。

"小鸡"的眼泪往下掉,嘴里不停地叫着:"哥哥——哥哥。"

却连一颗黑豆也不啄食。

从此以后,鸡饿死也不吃黑豆了。

文方鸟甲

讲述:舒家政 70岁 退休教师 大学本科
记录:和江全 纳西族 50岁 大专
2005年12月采录于永胜金官镇

永胜县状元村东濒芦苇滩涂,南边西边塘塘洼洼围着村舍,宜放鸭子。

过去,这里洪涝成灾,庄稼歉收,居民生活穷困潦倒,村里几乎没有一人能识文断字。

有一年春节,百姓从金官到中州街的大道上搭了一个青松牌坊,以示欢庆佳节。

牌坊搭好后无人识字,只得请外村文人书写匾额。

文人写道"文方鸟甲",并向百姓解释:"文,文人、文化也;方,出名、大方也;鸟,家也;甲,一等也。"

全村人高兴欢呼,过去书写读念汉字从右到左,"文方鸟甲"拼拢为两字"鸭放"。

路人看见,认为无疑是讥讽这里是放鸭子的地方,只能出放鸭子的人才。

于是百姓气愤极了，尝到村中无文化总要被人嘲弄的滋味，便决心供小孩上学读书，立志要考上状元，还把村名改为"状元村"，以昭示子孙刻苦读书出状元。

干鱼庙的传说

讲述：李建红 60岁 职工 初中
记录：杨学韬
2007年2月采录于永胜金官镇

从前有一个秀才，家住金沙江边，元宵过后，准备出门拜师求学。他带上一份礼物，顺便捎上一束自家晾晒的干鱼。走了一个时辰，只见前面绿草如茵，杜鹃花开，山泉叮咚。他正口渴腿软，心想喝一口泉水，歇歇脚再走。他刚来到一棵苍翠的松树下面准备歇息，只听得扑扑的声音，把他吓出一身冷汗。

他定神一看，原来就在他脚下有一只漂亮的锦鸡，惊慌失措，飞起又落下，一副无助又无奈的样子。"你这小东西，准是中了猎人的圈套。我新年大节出门，也得求个吉利，就让我把你放了吧。"说完，他就放下背囊，小心翼翼地解开锦鸡脚上的扣子。锦鸡得救，扑棱着翅膀蹿进了灌木丛。

他临走时突然想：这猎人精心设下机关，我却放走了他的猎物，岂不坏了他人衣禄？于是拿出一条大一点的干鱼，又担心哪只锦鸡把它啄走，就把干鱼拴在扣子上，这才安心地离去。

过了数月，秀才探亲回家，再次路经此处，那苍松之下已经盖了一座小庙，庙名就叫"干鱼庙"。秀才不禁哑然失笑，深知此事定是那猎人误会了。猎人以为此处离江边甚远，扣子上的干鱼定是神仙所赐，于是就盖了这座干鱼庙。秀才便题诗四句于庙墙之上，其诗曰："去时干鱼套，来时干鱼庙。世上无鬼神，本是凡人造。"

于是，猎人盖干鱼庙的故事，成为世人的笑谈。

留金石

讲述：周开祥
记录：周天云
2005年12月采录于永胜涛源乡

传说在很早很早以前，永胜的金沙江边有一个几十户人家的村庄，这个村庄就是现在的上干村。

据说他们的祖先在很早以前就是靠淘金度日的。

烈日下淘金的筛子不停地摇呀，摇呀……他们度日如年，艰难地挣扎在死亡线上。

村子里有父子俩不用去江边淘金，小日子却过得蛮好，其原因是什么呢？原来这父子俩在江中心有一块"留金石"。

这块"留金石"上面有一个不大不小、不深不浅的石窝窝，江水流到这里都要自然而然地绕石一周，然后又在石窝窝上面形成一个小小的旋涡，才缓缓地向下流去。因此每隔三天就要在这个石窝里沉淀下来一些金沙，这些金沙不多不少正好够父子俩吃喝三天。

所以这个老头每隔三天，就驾着小船去到那块"留金石"上取回金沙，到金江街上换回酒肉盐茶就行了。

这老头十分憨厚老实，心地很好，经常在村里做些善事，就连讨饭的叫花子到他门前他也要酒肉相待。如有哪家媳妇虐待婆婆等类的事，老头总要去说上几句，劝上一番，因此在村里很受人敬重。

这老头虽然憨厚，但"留金石"的秘密却从来未向别人透露过，就连他的亲生独子也瞒得风雨不透。儿子也因有吃有喝，不去打听父亲的秘密。

岁月难留，老头额上的皱纹一天比一天多，一天比一天深，腰杆也一天比一天往下勾。

照永胜的土话说，"茅塘边打筋斗——离屎（死）不远了"。

一天老头将儿子带到江边，把"留金石"上的秘密一五一十地告诉了儿子，并划着小船带着他去到那块"留金石"上，为其指明了石窝窝的方位，告诉了他取金的方法和时间。

不久老头离开了人世。

老头死后刚满三天，儿子就撑着小船赶到"留金石"的石窝窝去取金沙。可是不知为什么石窝窝里的金沙却减少了一半，不多不少只够他一个人吃喝三天。

"聪明"的儿子从"留金石"回到家中，靠在烟铺上皱着额头想主意。

"把石窝窝整大一点，留下来的金沙不是就多了吗？"他于是到金江街上买来几把钻子。

第二天天刚蒙蒙亮，他就划着小船去到"留金石"上，朝着那石窝窝就叮叮当当的一阵猛凿，只见碎石飞扬，水花四溅，从天亮一直凿到日落西山，将原来的石窝窝凿成了一个很大很大的石坑，然后才疲惫不堪地返回家中。

隔了三天，"聪明"的儿子准备了一条大麻袋，兴致勃勃地撑着小船前去"留金石"的石坑里取金沙。

谁知他登上"留金石"一看，立刻手瘫脚软，眼睛发黑……原来石窝窝钻大了，却没有再沉淀的金沙。

看着看着，这块"留金石"慢慢地被江水淹没，"聪明"的儿子也被滔滔江水冲得很远很远。

竹子做的灵位（彝族）

讲述：马永发 彝族 51岁 公务员 中专
记录：邱继成 37岁 大专
2005年10月采录于永胜羊坪乡

古时候，在风景秀美的小凉山上，居住着一位勤劳善良的彝族老人，名叫吉都阿普。

他有一个儿子，由于老伴死得早，只有他一个人抚养儿子，看着儿子一天天长大，他十分着急。

为了给儿子找一个贤惠的妻子，他四处奔走，走了许多地方，才为儿子相中一位贤惠的姑娘，并为儿子操办了婚事。

婚后，儿子和儿媳相亲相爱，家庭和睦。

儿子和儿媳都很孝敬老人，一家人过着幸福的生活。

过了一年，儿媳生下了一个活泼可爱的孙子。

到了狩猎的季节，儿子外出狩猎，在大山里迷了路。日子一天一天过去了，不见儿子回来，老人挂念儿子，儿媳挂念丈夫。

看着儿媳辛勤操持家务、想念丈夫，老人心里十分难过。他想出去找儿子，但是年纪大了，身体又差，真是心有余而力不足。

老人因想念儿子，吃不下饭，睡不着觉，不久得了重病。

临终前，他把儿媳和孙子叫到跟前说："我死后的第七天，会变成一只牛蜂，领你们去寻找失踪的亲人。"

儿媳和孙子就按当地的风俗安葬了老人。

到了老人死后的第七天，果然有一只牛蜂在院子里飞来飞去。儿媳和孙子想起老人临终前说的话，就准备好吃的，跟着牛蜂去找亲人。

牛蜂带着母子俩，翻过了九座大山，走了六天六夜，来到一座竹林茂密的山里，牛蜂歇在一根竹子上不走了。儿媳和孙子想，亲人肯定就在附近了。于是她们大声呼唤亲人的名字，终于在附近的山里找到了亲人。

儿媳将老人的死告诉了丈夫，一家人围着牛蜂歇过的竹子放声痛哭。

为了纪念吉都阿普老人，他们将竹子拔起来带回家里，供在神龛上，每逢节庆和杀猪宰羊，都要将最好的肉割下来敬献老人。

到现在，彝族还保留着用竹子做灵位的习俗。

三个一（梅树殉情的传说）（彝族支系他留人）

讲述：兰绍吉 彝族 73岁 干部 高中
记录：杨如刚
2005年12月采录于永胜六德乡他留山

古时候他留人的婚姻也是父母之命，媒妁之言，青年男女的终身大事牢牢掌握在父母手中，没有丝毫自由。

痴心的小伙子上门提亲，姑娘的父母就拦在门口说："请你拿出三个一来，否则请别来打扰我家姑娘。"

三个一是：一百盒粑粑（每盒三十六个）、一匹骏马、一百两银子。

高昂的代价使有情人终难成眷属，山盟海誓、生死相许的恋人们，只能在另一个世界里结为夫妻。

他们的选择，常是乘家人不备，成双成对地来到他留古城东侧的峭壁下，这里森林茂密，古树参天，其中有一片梅林，梅林里有一棵千年老梅树，情人们双双来到老梅树下吃光喝光所带的东西，拥抱着哭泣，流干了眼泪，最后双双上吊殉情而死，化作蝴蝶、喜鹊双栖双飞。

天长日久，每到雷雨黄昏，这棵老梅树便发出凄厉哀号的"呜呜"声，叫人听得毛骨悚然，惊惧不安。

后来，有一个名叫"嚓腊伯"的小伙子很不信服这件事，他来到老梅树下，说："这到底是怎么回事呢？让我也来试一试。"

他用绳子拴住自己的大脚趾吊了起来，这时老梅树开口说话了："小伙子，我不收你，你缺两个条件，第一你没有带女朋友来，第二你拴的部位不对，要拴在脖子上。"

嚓腊伯大吃一惊，忙跑回去向酋长、头人报告："不得了，老梅树开口说话了。"

酋长、头人和其他他留人纷纷来到老梅树下，大家商议说："不如砍了这棵老梅树。"他们把任务交给了嚓腊伯。

嚓腊伯走上前去，举起斧头准备砍倒梅树，斧头砍下去，老梅树却"哗哗"地喷出血来。殷红的鲜血很快淹没了大地，刹那间黑云密布雷电交加，峭壁上滚落下几块巨大的石头，现出一个大大的空洞，砸得地动山摇，一场巨大的灾难将要来临。

所有的人都惊呆了，不知所措。

嚓腊伯首先醒悟了，高声说道："一定是殉情自杀冲犯了务故务苏那些神灵，赶快烧香跪拜乞求老天吧！"

大家顿时恍然大悟，知道不能再让"三个一"逼死恋人们了，全都跪伏在地上恳求饶恕。

这时老梅树又开口说话了，声音苍老缓慢，每个人都听得清清楚楚："废除三个一，行自由婚恋，可免灾祸，不然……"他留父母们全都点头称是。

瞬间，云开雾散艳阳高照，一切又恢复了平静，好像什么也没有发生过，只是老梅树旁多出了几个巨大的石头永远警醒世人。

现在他留小伙子只要带上两盒茶、两盒粑粑、两瓶酒，就可以独自一个人把心爱的姑娘娶回家。

巴长马（彝族支系他留人）

讲述：兰恒发 彝族 43 岁 农民 初中　　兰兴旺 彝族 55 岁 农民 小学
　　　王俊国 彝族 30 岁 干部 初中
记录：杨如刚
2005 年 12 月采录于永胜六德乡他留山

他留少女成年后，改穿黑裙，标志着她已解风情，可以谈婚论嫁了。

她住进青春棚，等待小伙子们前来串棚子与她约会，与她谈情说爱。她则选定其中的佼佼者，与他欢爱成婚。

那么为什么男青年串青春棚，而不是姑娘们呢？他留人的传说是这样的。

远古的时候，是姑娘们串小伙子的青春棚。

有一个叫巴长马的姑娘喜欢上了一个叫起马巴的男孩。路途遥远，巴长马挎上次卡（挎包），背上一盒粑粑，去串起马巴的青春棚。

那是一个月明星稀的夜晚，对于巴长马的到来，起马巴非常高兴。但他的青春棚里还有另外三个追求他的姑娘，于是他们互相吟唱对答，各表心迹，各表爱慕相思之情。

黎明时分，起马巴故意对巴长马说："你翻过九座高岭大山，蹚过九条深箐大河前来约会，可见你真心。可我还不相信，假如你能连续十晚上来，我就接受你的真爱。"

巴长马起身回家去，可还走不到家太阳就落坡了，只好急急忙忙返回。

饿了就烧一点粑粑吃，困了就在路上的石头上睡一下，连续七晚上夜夜不落后，和起马巴约会吟唱"熟嘟"（对唱恋歌），真是两情相悦，心心相印，难分难离。只可惜良宵苦短，一忽儿公鸡啼鸣。

第八天早晨巴长马走回去实在是太困了，想休息一下，竟然在路上睡着了。不久起马巴出来放牧，有牛、马、羊，还有猪，母猪闻到香味就把巴长马剩下的粑粑全吃掉了。

巴长马醒后，知道自己没有颗粒粮食，又不好意思开口去借，再也无法坚持最后三晚上，挺不过这苛刻的考验了，就哭着跑回家去，回到家里巴长马就病死了。

她的姐妹们知道后十分悲痛，决心不再去串男孩子的青春棚；自己搭起了青春棚，要让起马巴之类的男孩子也来经历一番考验。从此以后，他留人就变成了男孩子走串青春棚。

由于是母猪吃了巴长马的粑粑，女串男的风俗也就过给了母猪。他留人说，现在老母猪发情时遍山找公猪，也是从这里来的。

朱家天子万万年（彝族支系他留人）

讲述：海发新 彝族 74岁 农民 不识字
记录：杨如刚
2005年12月采录于永胜六德乡他留山

古时候，有一户他留人家住在一个大岩洞里，母子二人相依为命。

到了上学的年龄，母亲送他去学堂读书，由于他没有父亲，大家都叫他私伢子。

私伢子聪明好学，成绩出众，先生很喜欢他。可是他说不出自己的父亲是谁，同学老是欺负他，不愿意跟他一块儿玩，一块儿回家。

每天放学他总是含着委屈的泪水慢慢走回家去。路上有一个很大的积水坑，是个特别大的水牛洗澡的牛困荡潭子，里面出着一股山泉，即使是干旱天水也是满满的。私伢子每天都要在这个水潭里洗澡游泳，一直玩到很晚才回家去。

有一天，放学后私伢子来到这里，看见水潭中站着一头非常健壮的水牛，浑身长着红绒绒的毛，还长着红绒绒的胡须，见了他也不跑，显出友善的样子。

私伢子跳下水去，摸着它的肚子慢慢爬上了牛背。他骑着红水牛在水潭中游泳，骑着它在树林里、山坡上自由自在地玩乐。红水牛很听私伢子的话，很乖。骑到天黑，私伢子用手指抠住牛的鼻子把它牵回了他家住的岩洞，为它铺了许多干草。

母亲看见了就问是哪里来的牛，是哪家的牛。叫他赶快放了。但天太黑，怕放出去被野兽吃掉，决定第二天一早放牛。

第二天私伢子早早起床，却发现红水牛莫名其妙地失踪了，找遍了四周连个脚印也找不到。

又过了很长时间，有一天放学，私伢子又在水潭里遇见了红水牛，他又骑着玩到天黑月亮出，才放了牛回家。

半年后的一天，来了四个外地人，他们是寻找墓地风水的阴阳先生。他们来到水潭边，看中了这个地方，恰巧遇上了私伢子放学就问他：

"小兄弟，你在这个地方见到过什么东西没有？"

"这里有一头红水牛，长得很壮，很听我的话。可是它每个月的初一和十五才出现，每次我都要骑着它玩到天黑才回家，都有半年时间了。你们来得不是时候，见不着它。"私伢子回答。

风水先生把罗盘安下去，罗盘猛烈地摇晃起来，吓了风水先生一大跳。可是这伙人撵风水撵了好长日子，翻过了很多高山大河才将风水撵到这里。他们的盘缠和粮食都用完了，没法在这里等红水牛出现，就拿出一个橘子和一个红布包对私伢子说："等红水牛出来的时候，你骑到牛背上。月亮一出来它会抬头望月，你就拿这个橘子喂它。它张开嘴时，你赶紧把这个红布包塞进它的嘴里去。"

这些人给了私伢子一点钱，再三嘱咐他一定要办成这件事，就走了。

私伢子回到家里，把钱交给母亲。母亲怀疑钱的来路，就逼私伢子说出来。

私伢子怎么也不说，只说这钱是正当得来。逼急了，私伢子又哭又闹，请求母亲，只要母亲说出他的父亲是谁，他就把钱的来历告诉她。

母亲说，父亲早就死了，私伢子问死在哪里，母亲就是不肯说。

母子俩吵了几天的架，谁也不肯先说。

一天晚上，私伢子对母亲讲出事情的原委："我遇到了一伙风水先生，他们看中了一块宝地，委托我完成一件事……"说着就把红布包和橘子拿了出来。

母子俩解开红布包，见里面用一层红绸子包着一个香木盒，打开香木盒，里面用大红锦缎包着一个小红木盒，打开它，里面装满了骨灰。

私伢子对母亲说："你赶紧告诉我，我的父亲是谁，死在哪里。我把他的骨灰拿去一块儿喂红水牛。"

这下母亲明白了，就对他说："你明天放学回家我再告诉你。"

第二天，母亲用私伢子给的钱仅仅买得了半升米。母亲左思右想也想不起私伢子的父亲究竟是谁，最后记起来岩洞顶上去年死了一只老狐狸。

私伢子放学回家，母亲只好对他说，那就是他父亲的尸骨。

私伢子爬上岩洞顶，收齐了狐狸骨，用柴火烧成灰，找来一块红布包好。

第二天正好是十五，他拿着橘子和两个红布包去上学。

放学的路上果然又遇见了红水牛，他骑在牛背上，把两个红布包背在身后。月亮出来了，水牛抬头望月。他拿出橘子喂红水牛，红水牛张开大嘴吃橘子。私伢子赶紧把那伙人的红布包塞进了牛嘴里，然后又解下自家父亲（狐狸）的骨灰。可是已经来不及了，牛嘴已经闭上。

这时天空中小鸟对他大叫道："放牛娃娃快跑，山要崩来地要裂，朱家天子万万年。"

私伢子急忙把狐狸骨灰挂在牛角上跳下牛背飞快地逃跑，身后"轰隆隆"电闪雷鸣，山崩地裂，红水牛不见了，什么都不见了。

后来朱元璋建立大明朝，皇帝姓朱，叫作"朱家天子万万年"。私伢子长大从军，当了大明朝的兵，因为私伢子把父亲的骨灰挂在牛角上，所以叫"挂角亲"。

传说他留人是朱皇帝的"挂角亲"，或是"挂角亲军"，就是这样来的。

直到今天他留人择墓地最好是找一个前面有牛困荡的地方，叫作"牛眠吉地"。他留坟林的墓碑多刻有"水牛望月"的图案，是"子孙发达富贵"的意思。

大力士的传说

讲述：子富民 彝族 52岁 农民 初中
记录：杨桃 女 33岁 大专
2006年4月采录于永胜永北镇

在很久很久以前，阳禾村有一个大力士名叫罗丫叉，他身高二丈，有千斤之力。

罗丫叉为人善良，常常帮助村子里的人们做一些好事，谁家要修房子，十几个人扛的大柱子，他只要一只手就轻轻地举起来了。村里的人都很喜欢他，亲切地叫他"大力士"。

大力士常给穷人种田拉犁，他一个人可以抵得上十头壮牛，许多穷人家没有牛耕地，大力士就义务帮助人家。由于大力士常常帮穷人做事，而富人们求他，他从来不帮。这样富人都怀恨在心，总想除掉他。

富人们想了很多办法来对付大力士，结果都被他打败了。

那些富人不知从什么地方弄来一只白色的大骡子石雕像，一到晚上石像就活了，变成一只巨大的白骡子来吃村里穷人的庄稼。它几口就能吃掉一亩地的庄稼，人们非常着急，可又没有办法。

这时候，大家想起了大力士，就请他来帮忙。大力士来了，他高高举起了石像往山下丢去，石像粉碎了，从此再也不能变活来吃庄稼了。

富人们恨得牙痒痒的，但也没办法。这时一个坏人想了个坏主意，他上去对大力士说，你真的力气很大吗，我们证实一下可以吗？

大力士说："好啊，要怎么做啊？"

那个富人奸笑着说："我抓只小蚂蚁只要你一拳头打死它，我们就叫你大力士。"

可是当大力士用力打下去，抬起手来一看小蚂蚁还是活着。原来蚂蚁太小了，大力士拳头太大，是打不着的。这时坏人在土里埋下了一个尖尖的木桩，从上面看不出来，用泥土盖住了。他把蚂蚁放在上面，对大力士说：

"你只要用脚使力一踩，蚂蚁就踩死啦。"

大力士不知是计，用尽力气往小蚂蚁踩去，哎哟，那个尖尖的木桩穿透了大力士的脚掌心，疼得他满地打滚，拔也拔不出来。富人可高兴了。最后大力士血流干了，倒在地上死了。

望夫石

讲述：李双凤
记录：王秀梅 女 35岁 大专
2006年4月采录于永胜程海镇

在一座林间小岔口处，有一块石头，这块石头很奇特，好似一个女人用手遮住额前的阳光，向远方眺望着……人们叫它望夫石，关于这块石头还有一个传说。

从前村里有一对恩爱夫妻，人人都夸他们。

村庄后面是连绵起伏的森林，森林里有许多野兽。

丈夫去打猎，妻子也和村民一样摘野果，挖些野菜。每天妻子都在小岔口这里等待丈夫，一同舀岔口旁边的山泉水喝，一起歇歇脚才回家。

有一天，妻子病了，为了能让妻子吃上一些好的野味，丈夫便让妻子在家养病，独自上山去了。他一直朝着深山走去，这样可以打到上好的野兽，好让自己的爱妻早日恢复病体。

到了傍晚，妻子不见丈夫回来，便拖着无力的身子，走下床，向小岔口走去，逢人便问有没有看到自己的丈夫，村民们都说没看到，她就一直等呀等到了天黑，只好叹息着回屋去了。

第二天，她仍然去小岔口处张望，可还是不见丈夫的影子。她就很着急地进山寻找，一天天过去了，怎么也找不到。村民们也帮着寻找，可总是没有任何消息。

有一天，几个壮汉进了深山去围攻一只鹿，这只鹿跑得飞快，一直引着壮汉们追到林子深处，不见了踪影。

鹿没有追着，他们却发现了一只带血的鞋子，在迂回的山路上又寻到另一只鞋，还有一些破衣服，石头上依稀可见已干了的血迹。几个壮汉推断这位猎人已经被野兽吃了。

他们回家便把情况告诉了猎人的妻子。猎人的妻子一阵哭泣，但她仍然相信自己的丈夫不会抛下她，更相信他没有死。她希望丈夫有一天会回到家中。

她每天都穿着洁白的衣裳，去丈夫和她经常歇脚的小岔口等待自己的亲人，直到有一天她死了，变成了一块石头。

守孝的习俗

讲述：洪瑞
记录：单思梅
2007年3月采录于永胜程海镇季官村

很久以前，父母亡故，儿女们要守制行孝。大儿子、大儿媳要头戴白孝布，身披麻衣。大儿子还要戴三凉冠（用竹叶壳缝一个圈，裱糊白纸，中间一根竹壳制成的冠，从额头连到脑后），大儿子一根冠，二儿子二根冠，三儿子三根冠。其他不戴的儿子则握一根一尺五寸长，用白绵纸缠的小拐杖（表示爹妈养儿十月怀胎，下地出世时是一尺五寸长）。大儿子在未出殡期间，守跪在灵堂侧边给吊丧的亲朋好友还叩头礼，一步都不能离开。哭孝的儿女们只能任由鼻涕长流，不能擦拭，所以有"痛哭流涕"的说法。

摆宴时，孝男孝女们不能上桌吃饭，只能跪在灵前吃。守孝的儿女在两年内不能穿艳丽的衣服，不能在自家门上贴红联。所以，很多死了父母的人家的春联是用黄、绿纸书写，春联则是：任由天下皆春色，惟有吾门独素风。

据说，这种守孝礼仪是因为父亲是汉族，母亲是彝族，通婚后演变来的。传说洪武年间，朝廷施行移民制，将一些人口稠密地方的青壮年庶民迁往人口稀少的地方。云南省永胜县地界那时叫澜沧卫，迁来的人，湖南、广州的较多，所以好多姓氏供奉的家谱都写有"原籍湖广长沙府×县×村×姓氏门中历代宗亲高曾祖考妣之谱位"。移民（汉族）大多与本地女子（彝族）通婚。

上刀山　下火海

讲述：李应 92 岁 农民 不识字
记录：王秀梅
2006 年 4 月采录于永胜程海镇

从前，有一个族长的女儿爱上了一个在她家里做仆人的小伙子，小伙子也爱上了这个族长的女儿。

这事让族长知道后，死活不同意，但经不住女儿的软磨硬泡，便让小伙答应他提出的一个要求：那就是让小伙"上刀山，下火海"。

一把一把的铁刀（刃口非常锋利），两头用很结实的绳子拴住，刀与刀之间有严格的间隔，从地面一直顺着杆竖了起来，大约有三丈高。火海是用柴平铺成一条道路，点燃烧成火红的火炭。小伙走完这两样后才能将女儿嫁给他。小伙为了证明是与姑娘真心相爱，就同意了。

选定了时间，村里的人都来了，他们都希望小伙能过得了这关。当小伙赤脚踩上铁刀时，刃口就划破了他的脚。族长说："小伙子，此时放弃还来得及。"

小伙坚定地爬上了第二把刀刃，他坚持着爬上去还要返回来，下来后，已是满身伤痕了。他还要过火海，为了心爱的人，他什么也不怕。

小伙休整片刻后,就赤脚踏上了红红的火炭,带血的伤口被烧得嘶嘶作响,走下火海后,小伙便倒在地上,奄奄一息了。姑娘跑过去呼唤着他。他握住姑娘的手含笑死了。

族长的女儿撕心裂肺地哭泣,趁人不注意便自尽了。从此,为了纪念这对年轻人,节日和婚庆便遗留下这个古老的风俗。

天葬的死婴

讲述:洪瑞
记录:单思梅
2007年3月采录于永胜程海镇

很久以前,农村三岁以下的小孩死了要实行天葬。天葬时还要给死婴穿上最好的衣服,与小孩生前的一些衣物一起放进一个竹篮里,然后把竹篮挂在村口或山坡的大树上,挂得越高越好。

一些乌鸦或老鹰闻到尸体的气味便会来啄食,孩子的灵魂就可以升天,将来不会再到人世投胎,哄骗盼子心切的父母,避免将来孩子不到三岁就夭折。因为天葬,也有孩子假死的现象发生,醒来的孩子在大树上的篮子里哇哇大哭,被路人捡拾收养。

哥哥鸟

讲述:李双凤
记录:王秀梅
2006年4月采录于永胜永北镇

在海面上有一种鸟,总围着海边好似叫"哥哥"。它便是哥哥鸟。关于哥哥鸟有这样一个传说。

从前有两兄弟,因为父母双亡,家中没有任何可以果腹的东西,哥哥就带着弟弟打鱼为生。每天回来,哥哥就把鱼煮好,把鱼身让给心爱的小弟弟吃,鱼头总是留给自己。

日子就这样过了十六个春秋,哥哥吃鱼头吃得津津有味。弟弟心里在想:"唉,哥哥为什么总是吃鱼头呢?难道他把好吃的留给自己,把不好吃的鱼身留给了我?"却又不去问问哥哥好不好吃,天长日久便心生忌恨。

有一天,哥哥要出去打鱼,他便说:"哥哥,你每天这样辛苦,今天就由我来做饭吧!"

哥哥看到懂事的弟弟,笑着点了点头,背上渔网出发了。

到了傍晚,哥哥背着满满一箩筐鱼回来了,弟弟跑上前去接了下来,就开始忙着烧饭。

一小会儿就可以吃饭了,弟弟让哥哥先吃,他说:"哥哥,今天鱼挺多的,你就整条的吃了吧,平时你总是吃鱼头,也该尝尝鱼身的味道了。"

哥哥看到弟弟这么懂事,高兴地把整条鱼都吃了。

很快哥哥就毒发身亡,弟弟马上把他背到海边,扔进了海里,然后飞快地跑回去吃鱼头了。全是骨头,没什么特别好吃的呀,他这才明白:哥哥是为了让他吃好,疼他,才每天吃鱼头的。他好后悔,就跑到海边寻找哥哥的尸体,可什么也没找到,他泣不成声地呼喊着哥哥——哥哥!

直到有一天,又饥又渴的他喊着喊着就昏了过去,等他醒来已经变成了一只鸟。

这样,每天都有一只鸟在海面上寻找哥哥,悲伤地呼唤着哥哥,哥哥……

花围腰

讲述:王吉珍 女 63岁 农民 小学
记录:单思梅
2007年3月采录于永胜程海镇

旧时妇女做家务时,时常要系满襟花围腰,围腰前面还绣着各种美丽的花朵。

传说很久以前,女子很聪明,男子却很愚笨。神仙罗秀才下到人间视察民情,骑马来到一大片耕地边时遇到一个正在耕地的农夫,罗秀才问农夫:"牛拉了几铧地?"农夫看着翻过的一大片土地,无法回答,只好回家问妻子。农夫回到地边回答罗秀才:"你的马走了几步路,我的牛就拉了几铧地。"

罗秀才知道是农夫妻子解答的问题后,便要求到农夫家吃饭,要农夫妻子做九十九样菜，摆百十百个碗、七十七双筷和满天星的桌子。农夫哭丧着脸回到家里，妻子要农夫不要着急，她自有办法。等罗秀才骑马到来时，农夫的妻子把一盘韭菜、瓷碗和上了漆的筷子摆在一只箩筛上，请罗秀才吃饭。罗秀才无话可说，吃完饭后，把一只脚跨在马上，问农夫妻子，自己是要上马还是要下马。农夫妻子连忙把一只脚跨在门外，反问罗秀才，自己是要出门还是进门。罗秀才更是无话可说。

临走时，罗秀才感到凡间的女人过分聪明伶俐，便赐给农夫妻子一件满襟花围腰。农夫妻子看到花围腰很漂亮，觉得围在身上不但好看，做事时还很干净，便围在了身上。

人间的女人们看到花围腰确实很漂亮，便一一效仿，从此，女人们的心都被满襟围腰蒙住了，也就少了许多聪明伶俐，男人才逐渐聪明了起来。后来，便有了女人主内，只能在家里围着围腰做家务，绕着锅边转。花围腰也因此流传了下来。

掏米洞的传说

讲述：刘生荣 43岁 教师 本科
记录：杨桃
2006年4月采录于永胜金官镇

很久很久以前，在芮关山上有两个神秘的山洞。这两个山洞一个在半山腰上，一个在山脚下。两个洞里各住着一位神仙。

山脚下的山洞里住着的是一位神仙老者，不知道他多少岁了。他住的山洞里有一股很大的泉水，源源不断地流出来，天长日久就形成了今天的翠湖，当地人又叫它龙潭海子。海水哺育了四方百姓，每年都有许多老百姓来洞里朝拜这位神仙，以求得全家平安幸福，五谷丰登，所以这里香火也是最旺的。

可是地主和公子哥儿不让穷人来拜这个老神仙，来拜的都遭到这些有钱有势的地主的毒打，穷人都得罪不起他们，慢慢地都不敢来拜了。

有一年这个地方遇到了百年不遇的干旱，周围的禾苗都快干死了，翠湖里的水也快干了，百姓们喝的水也快没有了。看着开裂的土地，村里人们心急如焚，但是他们又不敢去下面洞里向老神仙祈雨。穷人一个也不敢去求雨，怎么办啊？这时候有一个穷孩子对大家说，我们何不去求半山腰的神仙啊！一句话提醒了大家，人们纷纷去山腰求雨了。

山腰的洞里住着一位美丽的仙女，她很少现身。人们去求她降雨解救百姓，可是她也没办法降雨。但是这位仙女不仅漂亮，心地也非常善良，看到来求雨的人们一个个面黄肌瘦，就动了心。她在洞里石壁上一指，石壁上就现出一个小洞，从洞里源源不断地流出米来。但是有多少人来拜就只出来多少米，每个拜的人都有一份，没有多余的，刚好够拜的人吃。人们高兴极了，奔走相告，这样百姓们都来拜了。从此穷苦的百姓再也不用去辛苦种田了。他们没有吃的时候就去拜神仙姐姐，高高兴兴地拿着米回家了。

掏米洞的事越传越远，远处的穷苦百姓也都来拜了，从此这个洞也跟山脚下的洞一样香火旺盛了。只是不同的是下面洞来拜的都是富人，半山腰洞来拜的都是穷人。

这样过了不知道有多少年了，慢慢的人们都闲得又白又胖，农活也不会做了，有些穷人还胖得连路都走不动了。

有一天，一个贪心的穷人到洞里求米，他看了米洞口那么小，就起了坏心，用凿子把洞凿得很大，希望有更多的米流出来。可是从此以后，人们再也求不出半粒米来了。人们只好又去劳动种田。大家都认识到，只有辛勤的劳动才能得到果实。

云台山的树影（傈僳族）

讲述：李淑云 女 傈僳族 36岁 农民 中专
记录：李春芳
2006年4月采录于永胜东风乡

相传傈僳族山寨有一位霸道的婆婆，在家里无论大事小情都由她说了算，其他人只能处处听从命令行事。

据说，过去傈僳族村寨很少有人会织布、缝衣，就算有，也是做工粗糙而不好穿。

婆婆有一儿一女，她平时除了溺爱儿女之外，从来不知道如何教育儿女，更不知道培养儿女的生存、生活能力。当儿子长大成人时，她给儿子娶了一位全寨最聪明能干的姑娘。

从儿媳妇进门的那天起,婆婆就处处刁难儿媳妇,无论农忙还是农闲,全家人衣来伸手、饭来张口,所有家务活都由儿媳妇一人担着。

婆婆的女儿已长到十七八岁了,还如同七八岁的小孩一般四处玩耍,什么事情都不会料理。

一天,婆婆把女儿、儿媳妇叫到身边,拿出早已弄成一团糟的麻线给儿媳妇说:"你给我听着,三天内必须把这麻线织成布,三个月内缝成衣裳,三年内把衣服穿着来见我。"然后把理得又顺又好的麻线给女儿说:"心肝,你不比你嫂子,要注意休息,别累坏了身子,三个月后织成麻布,三年内把衣服做好,穿给我看就行了。"

日子过得真快,儿媳妇把一团糟的麻线理清后织成非常精细的麻布,再到云台山上采不同颜色的树叶汁染成彩虹般的条纹,用她的巧手缝制出全寨最漂亮的第一件麻布衣服。用剩下的小布条缝制出一个精致无比的烟袋,上面还绣着一幅傈僳族老人最喜爱的吉祥图。

三年的时间一晃就到了,女儿的麻线仍原封不动地放在筐里,儿媳妇却穿上新衣来见婆婆,把吉祥烟袋送给婆婆。女儿因不会织布缝衣,而把山上的树影披在自己身上见母亲。此时,母女二人早已羞得无地自容。

婆婆不再刁难儿媳妇,从此傈僳族的婆媳关系相处得越来越和睦。而那件衣服后来成为傈僳人的服饰,烟袋自然也就成为傈僳老人常挂在腰间的吉祥饰物。而那丢人的树影长年没人睬它、用它,在岁月的摇曳中越长越长。

金官街的来历

讲述:李品荣 70岁 干部 大专
记录:杨学韬
2007年2月采录于永胜西湖

很久以前,永北府只有中州街和清邑街。金官街大约只有三百年的历史。传说,当地有一个木匠出身的土豪要争夺承建、管理街道的大权。这可惹恼了一个名叫李宗勋的明朝大员,他说,你家用木板,我用银锭,谁把街道铺出头,谁就来承建街道。

最后,木匠不敢跟财大气粗、权势赫赫的李大人相争,就把修建街道的大权让给了李大人。原来这位李大人是"明恩赐大使"(据李宗勋墓志),是在京做官的，当地人称"李京官"。街建成后，人们就把这条街叫作"京官街"。又因李家与木匠争胜，用金银铺街，这条街又叫"金官街"，并沿用至今。

这李宗勋是三川坝柏枝树人，关于他的发迹史有这样一段传闻：据说，李宗勋早年以赶马为生。有一次，他赶马出远门，马无意中踩塌了大路地面，马失前蹄，当他把马牵起时，发现塌陷的地方，竟然是一处藏宝藏的窖洞。随后，他从里边挖出黄袍、玉带等皇家用品，他不敢私藏，就献给了当朝皇上。皇上因他献宝有功，要赏赐他，问他要做官还是要金银财物。他说，我一个赶马哥做不了什么官，就给我金银吧。

于是，他就骡驮马载，从京城驮了许多金银回来。他修了金官街后，人们就叫他"李金官"。他死后，就葬在柏枝树村。

金牛洞的传说

讲述：李建红
记录：杨学韬
2007年2月采录于永胜梁官镇

金沙江边上，凡是有淘金历史的人家，都不会忘记金牛洞的故事。

金沙江边有一个叫"大帚子"的地方，附近有一座山，有一天，人们在这座山中发现了金矿。自从发现这处金矿之后，挖金矿的人们就蜂拥而来。这金矿给人们带来了比过去成倍增长的利益，久而久之，这座山就被开挖成了大窟窿。为了方便挖金矿的劳工，许多卖水果、搞餐饮的也来这儿营生，不久洞中就形成了一个颇具规模的集市，每天人喧马嘶，煞是热闹。

有一天，一个矿工挖出了一头金牛。当时他惊傻了眼。人们知道他挖出金牛的消息后，都蜂拥过来，有人说："这矿洞是几年来大家辛辛苦苦挖出来的，挖出金牛来应该大伙分。"有些人见了金牛眼珠子都瞪了出来，这是八辈子都没遇到过的好事，也等不得瓜分了，挥舞着铁镐，有的砍牛腿，有的砍牛头，有的砍牛尾巴。在一片混战中，那金牛被砍得嗷嗷叫了三声。这叫声如霹雳一般，叫得山神震怒，雷公咆哮。霎时，地动山摇，天崩地裂，狂风大作，暴雨倾盆，金洞崩塌，洞中的人全被埋葬，无一幸免。暴雨过后，这儿一切归于平静，金洞也没有了丝毫的痕迹。

从此，再也没有人来这儿挖金矿了。

金海马的传说

讲述：李秀莲
记录：杨学韬
2007年2月采录于永胜梁官镇

很久很久以前，有一个能识宝藏的下六人来到东山村，住在一家靠山边大路的人家。他住下的第一天夜里，在夜深人静的时候，就听到有马蹄声，由远而近，从北向南跑了过去。就在这个时候，主人家的大公鸡也飞出院墙，向北去了。

天蒙蒙亮，马蹄声又由远而近，从南向北跑过去，主人家的大公鸡也从院墙外飞了回来。鸡冠子滴着血，鸡脖子也染满了血，一副疲惫不堪的样子。一连几天，都是这样。

下六人好生奇怪，决心要探个究竟。这天夜里，星光淡淡，月光朦胧，下六人躲在路边的一棵大树后面，过了一阵，一匹金光四射的骏马，从他的眼底下一飞而过。主人家的大公鸡，也向马来的方向飞奔过去。

过了一些时日，下六人出高价买下了这只又精又瘦又凶猛的大公鸡，千恩万谢地离开了东山村。

又过了一些时日，下六人又来到东山村那户人家。他还带着那只大公鸡，只是大公鸡已大不同从前，它已被下六人调养得又雄又壮又凶猛。另外还带了一件宝贝——一根犀牛毛，据说只要口里含了这根犀牛毛，就能逼水让路。

原来，下六人知道了一个秘密：芮官下是一个阴海，龙潭海子的水，就是从阴海里流出来的，阴海下面撑着四根金柱子，金柱子下面拴着金海马，阴海中间有一棵金白菜，有一只金蜈蚣盘绕在金柱子上，守卫着这些宝贝。每天夜深人静的时候，金海马就从阴海出发，到程海去吃水草，天亮才回来。也是这时候，东山村人家的那只大公鸡一定要去跟金蜈蚣争斗一番。那只公鸡，也是一只金鸡，它们的每一场争斗都不分上下。

当天夜里，下六人悄悄离开了东山村，怀抱金鸡，口含犀牛毛，来到龙潭海子边上，逼开水路进了阴海。他来到金碧辉煌的阴海龙宫，放出怀里的金鸡，啄死了金蜈蚣，取走了金海马和金白菜。下六人带着宝贝回家，来到金沙江边，坐船到江心，结果船翻宝沉，下六人也葬身江中。后来人们在江中打捞金海马、金白菜，但只打捞到一些金沙，再也找不着金海马和金白菜的下落。可是，金沙里含有许多沙金，每年江水回落时，就有许多人到金沙江边来淘金。从此，这条江就叫"金沙江"。

芮关山的传说

讲述：刘生荣
记录：杨桃
2006年4月采录于永胜金官镇

在很久很久以前，芮关山上住着两个神仙，这两个神仙一直都相处得很好，常在一起饮酒歌唱，看上去就像一对亲兄弟。

有一天，两个神仙突然吵了起来，吵得很凶，谁也不敢上去相劝，越吵越凶，最后竟打了起来。一时间地动山摇，人们吓得纷纷跑到远远的地方观看，见他俩打得难解难分，从白天打到天黑，又打到天亮，打了三天三夜，他们都打累了。

一个神仙飞到了对面的石头山上，山上全是石头，他捡起石头往芮关山上的神仙打去。原来的芮关山上没有石头只有泥土，于是另一个神仙捧起泥土向对面的神仙打去。这样打啊打啊，最后打不动了。这时芮关山全部成了石头山，而对面山头也堆起了厚厚的泥土。

从此芮关山竟然成了石头山，山上连一棵树都没有了，全部是茅草。而对面的小石头山从此长满了松树。

直到现在芮关山居住的村民和对面山下居住的村民在吵架时还说："你们芮关山真验了老辈人的话，真是山大无柴。"

芮关山的人们就回答："我们这里的茅草就比你们山上的树多，多得烧不完。"

中国民间故事丛书

云南 丽江

永胜卷 故事

生活故事

金船的故事

讲述：杨成永 66岁 农民 初中
记录：杨学韬
2007年2月采录于永胜星湖

下六犀牛凼附近的金沙江中，江心有一座形似船只的沙堆，不管潮涨潮落，它都会现于江面之上。有时现于江左，有时现于江右。据说，这就是当年突然消失的那只金船。

很久很久以前，中江江边住着夫妇俩，五十岁了仍然膝下无子。老妇到了五十六岁那年，突然临盆，生下一胎。夫妇俩不胜欣喜，可是，仔细一看，夫妇俩都傻了眼，原来生下的不是人，竟是一只手！

夫妇俩不禁悲痛万分，不过那毕竟是身上掉下来的一团肉。于是，夫妇俩便把这只手用坛子装起来，又用红绸封了口，再用丝线扎好，把它放在柜子里，又用糯米养起来。几年后，这只手竟然长得十分茁壮。

有一天，来了一个外邦人，此人长得赤发碧眼，一派仙风道骨。他向老夫妇俩提出，要出高价买这只手。老夫妇俩说什么都不卖，说不管他是什么怪物，都是我们的孩子。外邦人说，既然不卖，我们就共同做一桩买卖，事成之后，五五分成，不知意下如何？不知什么买卖，先说来听听。老头听说有买卖可做，便问那外邦人。那人就向老头附耳说出了下面的一番话："你家这只手是只神手，你只要按照我的盼咐去做，从今以后，保证你们夫妇俩享不完的荣华富贵。从今天起，你们夫妇俩开始搓七七四十九天的丝线，用这些丝线拴住神手,就可以在江中捞起黄金宝藏。现在我该走了,到第四十九天,我再来。切记,切记!"

夫妇俩果真按照那人的吩咐,每天不停地在家搓丝线,当他俩搓到第四十七天的时候,夫妇俩商量说,等到后天,打捞到宝藏,还要被人家拿去一半,这宝藏应该全归我们。我们不如今天就去。于是,夫妇俩料理停当,便直奔江边而来。

不一会儿,夫妇俩来到老鹳嘴米汤渡口,他俩用这些天搓好的丝线拴牢神手,再把它抛到江心,不一会儿,丝线越拉越沉,"一定是那只神手抓住了宝物,老头子快拉呀!"老婆子惊叫起来。夫妇俩用力一拉,果然,江中心渐渐浮现出一座小山一样的东西,原来那是一只金船,刹那间,那船放出万道金光,在阳光下更加耀眼夺目。

夫妇俩惊喜万分,用力往岸边拉,可是,用尽力气,它也不靠岸,金船渐渐向下游漂去。漂呀漂,从早晨一直漂到夕阳西下。这时金船已来到下六江外坪的犀牛凼,金船越拉越重,不但没有靠岸的希望,而且那船渐渐往下沉。老两口拼命往上一拉,丝线便拉断了。金船也渐渐往江底沉没下去。过了一阵,金船沉没的地方,出现一堆金沙,金沙堆形恰似那只刚刚消失的金船。

据说,那夫妇俩只要再搓两天的丝线,那神手就会养得更壮更结实,它就能把金船抓得更牢,那丝线也就不会断,金船也就不会沉没了。

瘾

讲述:邓荟 74岁 干部 初中
记录:周开祥
2005年10月采录于永胜永北镇

金沙江畔有一个小村,村里有一户人家,夫妻俩同时染上了鸦片烟瘾。二人面黄肌瘦、腰躬背驼,村里人分别为他俩取了外号,男的叫瘦猴,女的叫夜叉。

据说他俩吸食鸦片,是"癞蛤蟆不长毛——祖传"。两口子步着吸毒先驱的后尘,吸呀,吸呀,烟瘾越吸越大,最后吸尽了家业,不得不卷起变卖不了的两条破披毡,到村外的一座常有蟒蛇出没的烂炮楼里去居住。

虽然他俩将祖传的四合院吸成了烂炮楼，但他们的烟瘾仍然丝毫未减。有烟瘾壮胆，故而他们也就不怕蟒蛇袭击。

为了吸食鸦片，两口子共同遵循着一条"有就讲究，无就将就"，坚持在袅袅烟雾中滚打。只要有鸦片过瘾，别的什么事都可以凑合。

他俩还倚仗着身居江畔气候炎热的地理优势从简办事：一不用床，二不用被，三不用絮，四不用枕，五不用灶，而是：一块门板作床，两个木柁作枕，三个石头支锅，四处哄人，五心不正，六神无主，七弯八拐九九规圆，实（十）是烟鬼混世魔王。

他俩的混世本领谁也无法跟他们相比，两人可以用一条裤子，谁出门谁穿，不出门的则赤条条躺在"硬卧"上。

瘦猴也有他的生财之道（盗），而且"技术"还特别高超，偷鸡有偷鸡的技巧、摸狗有摸狗的绝招。偷鸡鸭，他用一根小绳系上一个钓鱼钩，再将苞谷籽用水泡胀穿在那鱼钩上面，见哪家院内有鸡鸭活动，他便趁无人之机，把穿有钓饵的鱼钩从阴沟洞内投进去，然后"嘀嘀嘀"的一阵叫唤。待鸡鸭啄食到钓饵吞下时，他慢慢拉动小绳往回收，此时鸡鸭便已被钓住，它叫也无法叫，只好乖乖地顺着他的小绳钻出洞来。他则一把将它捉住藏入怀内，然后把它带回家中，让婆娘拿去街上变卖后换回鸦片。

曾有人与他打赌，赌注是五两鸦片，规定是：把一把铜茶壶摆在一张八仙桌中央，桌子四面分别用一个人守候；时间是一个晚上，赌他把这把壶偷走。

铜壶放在桌中央，四边有人守候，八只眼睛死死盯住，而且院内还有恶狗。

他只提了一个条件："铜壶盖子要打开。"

当晚，瘦猴把一根竹竿打通关节，竹头一端扎上一个猪尿泡，半夜时分悄悄爬上房顶，而守在桌旁的人却想，大门上了闩，院内又有狗，若有动静，狗会报信。再说桌中央的铜壶如果被人一动必然会发出响声，万无一失。

因此，四个人都倚桌而睡。瘦猴在房顶上侧耳细听，发现下面没有动静，便轻轻撬动瓦片。看到桌旁的人均已睡熟，他便把扎有猪尿泡的竹竿一端轻脚轻手地插入铜壶内，然后含住上面的一端使劲一吹气，那猪尿泡便在壶内立即鼓了起来将壶撑住。于是他不声不响地就把壶提上了房顶，溜回家中，当然赢得了五两鸦片。

瘦猴夫妇俩居住的烂炮楼后有一片竹林，林里有一条蟒蛇经常出没于炮楼内外捕鼠。自从瘦猴夫妇进住炮楼以后，这条蟒蛇就迁居到了楼内的壁穴中。

瘦猴"硬卧"上散发出的鸦片烟雾飘入洞穴，久而久之这条蛇也就染上了烟瘾。每当瘦猴夫妇吞云吐雾时，它也就准时悬吊在"硬卧"上空，张开大口吸食烟云，和他俩一块过瘾。

俗语说："人想千年笑，鬼在后面叫。"天长日久，村里人识破了瘦猴的伎俩，都各自加强了防范，瘦猴的盗术也就随之失灵了，那"硬卧"前的烟灯也就渐渐熄灭。

烟灯熄灭，蟒蛇瘾发而吸食不到鸦片烟味，只好吸食了瘦猴俩的躯体，然后爬上房顶，张开大口，鼓着双眼，伸长脖子向四处寻找"过瘾"的另一座炮楼。

"屋檐水，点点滴"的故事

讲述：杨森
记录：周荣兴
1976年8月采录于永胜程海镇

从前，村子里一户人家有三代人，孙子很小的时候，爷爷身体还健康，在家看孩子、做饭、洗衣、喂猪、喂鸡，使中年的儿子上山砍柴、下田种地省心省力。一家人和睦相处，日子过得很是融洽。

光阴似箭，日月如梭，慢慢地，孙子渐渐长大了，爷爷也就老了，什么也干不动了。做儿子的嫌自己的老爹只会饭来张口、衣来伸手，成了累赘，言语间就有了很多不快。但出于良心，也不敢藐视社会舆论，再不愿意赡养自己的老爹，也不至于饭菜里放点老鼠药什么的送老爷子"上西天"，就强忍着。后来，见老爷子久不咽气，觉得实在是个拖累，便心生一个自以为聪明的毒计。

儿子用一个大竹篮，背了老爷子，就往山上走。做孙子的以为父亲要去给爷爷看病什么的，就紧跟着。走着，走着，孙子见父亲极吃力地朝山崖处爬感觉奇怪，就好奇地问："爹，你要把爷爷背到哪儿去呀？"做父亲的不假思索地回答，"你爷爷老了，什么也做不成了，活着是个累赘。爹今天把你爷爷背到高山悬崖上，只要轻轻一推，他就掉下去摔死了……反正，别人也不知道。"孙子大吃一惊，瞪大了眼睛望着自己平时温和善良的父亲，好像不认识了，半晌才回过神来说："爹！你说你要把爷爷从悬崖上推……你以为别人不晓得，是吗？好！你今天把爷爷从悬崖上推下去，等你老了，干不动活儿的那天，我也把你背到悬崖上推下去！"——这一下，轮到父亲大吃一惊了。他想了想，儿子的话很有道理，一下子羞愧难容，背起老爷子，一溜烟跑回了家。

爷孙三人刚进院子，倾盆大雨忽至，青褐的瓦脊水流如注，屋檐水溅得墙体都湿了。过了一阵，雨小了，屋檐一滴一滴往下滴水。这水滴，一滴跟着一滴，不偏不倚，前一滴的落点，正是后一滴的落点，赶趟似的走着，滴得院子的三合土或石板上是一个个深深浅浅排成一排的小窝窝。看着屋檐水滴，做儿子的明白了一个道理：一代代人，就像一滴滴屋檐水，前一代怎么对待上一代，后一代就会怎样对待你，做人千万要有孝心，要讲良心啊！上一代实际上就是下一代的榜样……

从此，儿子尽心尽力服侍老爷子，让老人安度晚年，直到老人寿终正寝，给老人体体面面送了终。

背架

讲述：关汝翠
记录：周开祥
2005年11月采录于永胜永北镇

传说从前有一个农妇，中年丧夫，留下一子，此子天性好打闹，因此取名叫作闹宝。农妇一生中有三桩心愿：第一桩是如何将闹宝拉扯大，第二桩是为儿子娶媳妇成家，第三桩是早抱孙子接香火。

为了实现这三个目标，她早起晚睡、卖柴长街、穷扒苦挣、忍辱负重，历尽艰辛二十余载，终于实现了第一个目标。

此时农妇已挣得腰弯背驼、两鬓斑白，额头上横横竖竖刻满了岁月的艰辛。那背柴卖的背架也被她的背心磨得油亮亮的。

虽然如此，农妇并不在乎。日复一日、年复一年，冬去春来，她仍然弓着腰杆朝着她的第二个目标迈近……

每天砍呀、背呀、卖呀、攒呀，那砍柴卖的刀儿也不知磨了多少次，砍烂了多少把。果然是功夫不负有心人，在闹宝二十五岁那年，农妇攒足了几贯铜钱，托人介绍，明媒正娶，总算从附近东村为闹宝讨来了一个婆娘，实现了她的第二个目标——为儿成家。眼下需要完成的只剩下第三个目标"香烟"了。

阴阳结合、瓜熟蒂落，眨眼一年工夫，她朝思暮盼的"香烟"呱呱坠地，于是农妇平生三桩心愿一一了却。真可谓是"有志者事竟成"，然而农妇此时已双目失明，眼前一片黑暗。

农妇为将她"吃得苦中苦、方为人上人"的信条和"衣兜兜米熬过大仓"的家风传下去，将她的那副背架交给了儿子闹宝。

农妇虽然双目失明，但是她朝思暮盼的"香火"——闹崽长大成人。

生下一子半子成就了四代同堂。

闹宝的婆娘有个侄子中了一个榜眼回乡祭祖，娘家捎信来说要路过此地在她家歇脚，闹宝婆娘为了不让她口中称呼的"老鬼婆"在贵官面前露丑，叫闹宝将婆婆背到后山岩洞里去。闹宝恐将老娘饿死，迟迟不动。

婆娘说："你怕哪样？以后隔段时间送点吃的给她去就行了！难道你要叫她在人前丢人现眼？咱们的闹崽今后还要靠侄儿提拔呢！"

闹宝为高攀权贵竟然依从了婆娘，他以为母去庄外看病为由，用那副老娘传下来的传世背架，背上"老鬼婆"叫上闹崽（目的是让他认识去后山岩洞的路线，往后自己没空时好给瞎奶奶去送吃的），趁着日落黄昏偷偷摸摸往山后而去。

来到后山，闹宝盼咐儿子进洞内将带来的毡毡麻黑（简易行李）找了块平坦的地方铺开。他将那副背架丢入箐底，再把老娘骗背至洞中放下，不论老娘怎样盘问他都置之不理，只说是"天要下雨了，暂时在此歇脚"，趁老娘不备悄悄溜出洞外，拨腿就往家中跑。

没行几步他又猛然停了下来，他毕竟是娘的亲生儿子，多少仍有几分母子之情。他怕走后老娘被野物子吃了，于是用石头把那洞口给堵上，做完此事，拍拍灰正欲动身，四周一看，忽然不见了儿子闹崽，这可急坏了闹宝。天黑得伸手不见五指，想高声呼叫又怕被人听见，只好压低嗓门轻轻呼叫：

"闹崽、闹崽……"接二连三一阵叫唤，方才听到箐底方向传来一声闹崽的回音："哎，我在箐底！"

"赶快上来，这点野物子多嘎，招呼着吃掉呀！"闹宝向箐底方向这样呼喊着。

过了一阵子,闹崽稀里刷啦爬上箐来,两父子一步一摸地往回走。走着走着,闹宝忽然发现闹崽背上好像背着一样什么东西,走近身后细看,才知道闹崽背着的是他扔下箐底的那副背架。闹宝见状气得抬手就给他一巴掌,厉声责问道:

"你这个狗杂种,老子丢掉的东西,你又把它捡回来做什么?还不赶快拿下来扔了!"

闹崽嘟着小嘴回答说:"我不扔,我要背回去!"

闹宝不解地责问:"你背回去做什么?"

闹崽回答说:"二天(将来)你老了、瞎了,我好用它背你出来,不把它背回去,我拿什么背你嘛?"

闹宝听罢儿子一席话,"咣当"一声瘫软在地上,双目圆睁,呼吸紧促,半晌说不出话来,只吓得闹崽连声叫:"爹!爹……"

经闹崽一阵摇摆,闹宝方才慢慢苏醒过来。他二话没说一股子劲儿就往岩洞方向奔去。三下五除二,一口气拆开那堵在洞口的岩石,翻身跃入洞中"扑通"一声跪在那农妇的脚下,痛哭失声:

"妈!儿子不孝,你狠狠地骂我、打我吧!妈……"

痛哭了一阵不见老娘应声,闹宝慌忙掏出腰间"火镰"打火一观,老娘早已咽了气,在岩洞中完成了她人生中最后一个目标。

丁郎刻木(彝族支系他留人)

讲述:兰有清
记录:杨如刚
2003年5月采录于永胜六德乡营山村下朗者村

从前,有一户人家,姓丁,只有老母亲和一个儿子相依为命。儿子丁郎到山里去开荒挖生地,老母亲做中午饭送去。去晚了,儿子丁郎看到别的挖生地的人吃过午饭了,就打老母亲;去早了,儿子丁郎看到别的挖生地的人还没有吃午饭,也要打老母亲。后来,老母亲终于被他打跑了。

有一天,儿子丁郎正在挖生地,来了一只母羊在那里喂小羊吃奶,"咩、咩",小羊羔跪着吃奶。丁郎看见了,很受感动,遂幡然醒悟,原来小羊羔都要跪着吃奶来感谢羊妈妈的养育之恩,何况我们人呢?我真是连畜生都不如吗？丁郎决心去找回母亲。

丁郎走过了千山万水，到了很多地方都没有找到母亲。有一天他来到一条街上，看到一个又老又丑的乞丐，衣服破烂不堪，眼睛都快瞎了，躺在那里，已经奄奄一息了。这就是丁郎的老母亲。可是母子俩互相都不认识了，就要擦肩错过。这时候一直跟着丁郎的家里的小花狗蹿了出来，不断地用脚爪去抓老人，摇着尾巴，伸出舌头去舔老人。丁郎觉得奇怪，仔细一看，终于找到了老母亲。母子拥抱着大哭了一场。

丁郎决心用一根扁担将老母亲和小花狗挑回家去，好好报答她们的恩德。丁郎将老母亲挑在前觉得对不起小花狗，将小花狗挑朝前又觉得对不起老母亲。于是丁郎就平平地将扁担横挑着走。路上遇到了松树挡住去路，丁郎说："你挡了我回家的扁担，我砍了你，叫你以后不会发。"丁郎就砍掉松树过去了，从此以后，松树只要砍了之后就不会再发枝，就死了。路上遇到野马桑树挡住去路，于是丁郎就说："我压弯你的头过去，叫你以后不会直。"丁郎就压弯了野马桑的头过去了。从此以后，野马桑树就再也长不直了，即使第一二年发得胖墩墩的，第三年就长弯了，再长不成器了，因为它挡了丁郎的扁担，被丁郎压弯了。

丁郎回到家里，好好地孝敬老母亲，恭恭敬敬地赡养老母亲，好好地对待小花狗。好吃的先拿给老母亲吃，自己不敢先吃，每天打洗脚洗脸水给老母亲，有时间就陪老母亲说话，哪儿也不去。老母亲病了，找医吃药，床前床后，端屎端尿，尽到了孝道。

丁郎的老母亲活到九十高寿，死了，丁郎十分伤心。他找来木头，照着老母亲的画像刻了一个人像，烧香供在家里。丁郎晒谷子的时候就把母亲的木头像拿出来，放在谷子旁边。天下大雨了，别人的谷子都被雨淋湿了，可是丁郎的谷堆上却不下雨，就连鸟雀也不来啄，苍蝇也不来飞。太阳偏西了，丁郎的谷堆会跟着移动，跟着太阳偏东偏西，总是被太阳很好地照着，因此，丁郎的谷子总是晒得很好很干。这是因为丁郎的谷子有他母亲的木头像保佑的缘故。这个故事告诉我们，作为人子一定要孝顺母亲。

赶马哥

讲述：罗明秀 68岁 农民 小学
记录：龙天胜
2006年5月采录于永胜片角乡

  明清年间，朝政腐败，民不聊生。有一个出生贫穷人家的青年，父母过逝较早，家境贫寒，自幼跟着哥哥勉强度日。后来，哥哥娶了媳妇。嫂子非善良之辈，时常薄待他，就在她过门的第二年，便把他狠心赶出了家门。从此，他就跟上了马帮，开始了走南闯北的赶马生涯。

  带领马帮的是一个四十多岁的中年男子，经冬历夏，马帮生活四海为家，马帮头长了不少见识，是个见过世面的人物。一天，马帮经过一条古道，道边一堆牛屎上有许多绿头苍蝇，飞起飞落，见此情景，马帮头领脱口而出："绿头苍蝇㑼牛屎，起的起，落的落。"这个青年无意间记住了这句话。

  马帮又继续上路，到了一个村落，见路边有一丛竹林，叶子萧疏凋零，只剩下光零零的竹竿。马帮头又随口吟道："滑竿竹子无绿叶，光杆司令。"青年又记住了这句话。这时，突然从一户农家柴扉蹿出了一只大肚子母狗，径向马帮狠狠扑将过来。只见马帮头跺了一下脚，说道："你这个老母狗有崽，不然非踢你两脚不可。"青年也记住了这句话。

  马帮一直沿着古道前行，这天，来到一个石阶路口，马帮头子拾级而上，待走到第十八阶时，见一片树叶从天而降，马帮头触景生情吟道："直接连蹬十八阶，天上落叶第一张。"青年又记住了这句话。后来，马帮因生意不好而散了伙。该青年无路可去，就又回到了家乡。

  来到门外，见家里喜气洋洋，原来是嫂子所生的大儿子满周岁，请人喝喜酒。满堂宾客见他那落魄模样，都面露不悦，有的还对他指指点点。该青年脱口而出："绿头苍蝇㑼牛屎，起的起，落的落。"满堂宾客哗然大惊，更是满面怒色。这时，嫂子挺着大肚子从屋内走出，气愤地指着他就破口大骂。青年一跺脚，回敬道："你这个老母狗有崽，不然非踢你一脚。"直气得恶嫂子泪痕满面，下不了台。这时，村里的一个光棍走过来，挥拳便朝青年打将过来，青年回应道："滑竿竹子无绿叶，光杆司令，有啥了不起？"青年的言语激怒了宾客们，他被赶出了家门。

过了一段时间，传来朝廷考试的消息。这个青年便想："自己孤苦无依，不如到考场碰碰运气。"于是便随着考生们进了考场。主考官叫考生们作对，若有人所出之对无人对上，便可荣膺第一名。其余的人都有了下对，轮到该青年出对，他不慌不忙吟道："直接连蹬十八阶，天上落叶第一张。"听后，满堂摩拳擦掌跃跃欲试，竟无人能应对。在机缘和巧合下，这个青年竟得了第一名。

一颗麻子讨媳妇

讲述：卢嘉嘉 女 彝族 30岁 医生 大专
记录：杨学韬
2007年2月采录于永胜梁官镇

小时候听爷爷讲：从前，我们寨子里有一个年轻小伙，名叫阿甲，从小没有了爹娘，家里穷得只剩下一颗麻子，他想：我怎么用这颗麻子讨一个媳妇呢？

有一天，他带着这颗麻子来到寨子边上的一户人家，这人家看他无父无母，孤身一人，就留他住下。哪知这人家老鼠很多，竟然把他唯一的一颗麻子偷吃了。阿甲哭了，哭得很伤心，主人家问他为什么哭得这样伤心？他说："我穷得只剩一颗麻子了，我还靠它讨媳妇呢。不想你家的老鼠把它偷吃了，我这媳妇还拿什么讨啊？"

说完，他又伤心地哭了。主人家很同情他，就说："既然老鼠偷吃了你的麻子，我们家就要抓住这只老鼠来赔偿你。"后来，主人家终于帮他抓住了偷吃麻子的老鼠。

阿甲带着这只老鼠来到寨子另一头的一户人家，这人家看他无父无母，孤身一人，就留他住下。哪知这人家有一只猫，又把他的老鼠给吃了。阿甲哭了，哭得很伤心，主人家问他为什么哭得这样伤心？他说："我穷得只剩一颗麻子，本想靠它讨媳妇，不想被张三家的老鼠偷吃了，张三家好不容易帮我抓住这只老鼠，不想你家的猫又把它吃了。"

说完，他又伤心地哭了。主人家很同情他，就说："既然我们家的猫偷吃了你唯一的老鼠，就用这只猫来赔偿你吧。"

阿甲带着这只猫来到临寨一户人家，这人家看他无父无母，孤身一人，就留他住下。哪知这人家有一条狗，又把他的猫给咬死了。阿甲哭了，哭得很伤心，主人家问他为什么哭得这样伤心？他说："我穷得只剩一颗麻子，本想靠它讨媳妇。不想被张三家的老鼠偷吃了，张三家好不容易帮我抓住这只老鼠，哪知李四家的猫把它吃了。今天你家的狗又把我唯一的一只猫给咬死了。"

说完，他又伤心地哭了。主人家很同情他，就说："既然我们家的狗咬死了你唯一的猫，就用这只狗来赔偿你吧。"

阿甲带着这条狗，翻过了一座山，走过了一条箐，渴了，就喝一口山泉水，饿了，就咬一口荞粑粑。狗舔舔他的手，摇摇尾巴。阿甲拍拍它的脑门说："我们走吧，路还远呢。"弯曲的山路通向远方，狗在前面带路。"汪汪汪"，忽然，狗叫着穿进林子，又穿了回来，咬住他的衣袖，摇着尾巴。阿甲跟着狗，穿过一片林子，来到一处悬崖下面。只见悬崖下面躺着一个人，这人满脸是血，昏迷不醒，他旁边不远处有一只竹篮，篮子里有几株刚采的草药。阿甲明白了：这一定是采草药的老人不小心从悬崖上摔下来了。阿甲扶着老人，让他斜躺在石崖上，拿出葫芦来，灌了他一口水："老爹，你醒醒。"老爹很快醒来，看了阿甲一眼，眼里放出了希望的光："小伙子，谢谢你救了我，我家就在山那边，请你送我回家吧。"

阿甲背上老爹，步履蹒跚，走走歇歇，翻过一座山，远远看见山坳里现出一座木楞房。老爹惊喜地说："孩子，咱们快到家了，你看，我的阿夏姑娘正在看咱们呢！"阿甲加快了脚步。

阿夏看见一个陌生的年轻人背着阿爸的身影，气喘吁吁地迎上来："阿爸，你怎么啦？"说着，把他们让进里屋，又和阿甲一起扶阿爸躺在火塘边的床上。阿爸拉过阿夏的手说："阿夏，我没事。快来见阿甲哥。今天要不是遇上你阿甲哥，我就回不来了。"阿夏羞怯地看了阿甲一眼，轻轻地叫了一声："阿甲哥。"阿甲哎了一声："老爹不小心摔伤了，先用热水洗一下，再敷草药。"于是，两人忙前忙后，洗过老爹的伤口，敷了草药。阿夏又煮了两碗热气腾腾的糖心鸡蛋，一碗给阿甲吃，一碗喂了阿爸，才让他轻轻躺下。

老爹是深山老林里摔打出来的，身体十分硬朗，伤得不重，敷了几回草药，过了几天就好了。阿夏看着阿甲年轻英俊，就像山里的雄鹰，阿爸的伤好了，她担心阿甲就会离她而去；阿甲看着阿夏年轻美丽，就像天上的彩霞，他担心老爹就要让他走。

有一天，老爹把阿夏和阿甲叫到身边，亲切地说："阿甲，我老了，不中用了。我就有阿夏这么一个女儿，我看你心地善良，你要是同意，我就把阿夏许配给你。从今往后，你们俩好好过日子吧。"阿甲羞怯地说："老爹，哦，不，阿爸，我愿意！"阿夏羞得低下头转身跑了出去……

从此，阿甲、阿夏陪伴着老爹，一家人过着和和美美的日子。

儿孙自有儿孙福

讲述：关汝翠
记录：周开祥
2005年10月采录于永胜永北镇

相传在很久很久以前，有一秀才夫妇，父母双亡，家中一贫如洗，穷得连灯也点不起，两口子只好"张飞赶他妈——打黑摸"。

俗语说："越穷越见鬼，越冷越刮风。"秀才娘子生下一子取名淘气。这小子从一生下地来那天起，一到晚上就哭个不止。

他们去找先生算命，先生说："此子头大耳朵肥，不做官就做贼，是长相上的毛病，晚上只要给他看灯亮他就不哭了。"

哎呀天哪，秀才夫妇连吃饭都成大问题，又哪有银钱为他买油点灯呢？急得小两口直打转转。

"想什么办法？哪怕就是变牛变马，去做贼，也要弄来灯。绝不能让他哭，一定要让他笑。怎样想方设法也得满足他！"

两口子盟罢誓言，在屋里转来转去找主意，"嗨，有了！"秀才大叫一声。

"官人，有什么办法了？"

"娘子，你来看……"秀才用一指头在嘴里沾上点口水，然后往木板壁上轻轻一戳，一缕光亮便从小孔中照射过来，淘气果然一见光亮马上就不哭了。

这是为何呢？原来，那块木板壁上有一个结巴洞，隔壁正巧是一家卖油的油铺，一到晚上便灯火通明。所以穷秀才用这个"戳洞借光之计"满足了淘气，同时也赢得了娘子的欢心。

谁知好景不长，没有多少时间，隔壁油铺发觉了穷秀才捅开的结巴洞。于是狠心的财主用物把这个漏光的孔堵塞了，淘气又因没有了光亮而整夜号啕，逼着秀才夫妇只得另想高招。俩人想呀，想呀，绞尽脑汁，穷秀才总算又想出一招，此招叫作——偷油点灯。

怎么个偷法呢?他准备来一个"猴子捞月"——从油铺房顶上钻下去偷油。

为了万无一失,他先用木头雕了一个木人,乘着夜黑星稀,虫鸣人静,秀才卷起衣衫,悄悄爬上油铺房顶,对准油罐方向,轻脚轻手拆开瓦皮,然后把那雕好的木人,脚朝天头朝地,往洞内放将下去。只听下面"咔嚓"一刀就把那木人头砍了,吓得秀才魂不附体,浑身上下颤抖得跟打摆子一样。秀才从惊恐中醒来,叹息道:

"哎呀天啦,真好险呀!今天晚上要不是先用这木人一试,这一刀不正砍在我的头上吗……"一气之下,他离家出走。

从此隐姓埋名在那深山古寺当了一名和尚。说起来也真怪,自从穷秀才出走以后,淘气哭了两个晚上以后也就不再哭了。渐渐长大了,他早睡早起,读书也非常努力。

斗转星移,花开花落,眨眼过了一十八个春秋。

一天,新科状元红袍玉带,高头大马,前呼后拥回乡祭祖。当年削发为僧的穷秀才,这日也正巧下山化缘,远远望见状元府张灯结彩,于是便前往此处求乞。来到府门一听,才知这位新科状元就是他当年要看灯亮方能入睡的儿子淘气。秀才喜出望外,忘了衣衫破烂,草鞋麻绳,立即就要闯进府去见儿子。谁知被门官挡住,说死说活硬不准他进,还恶狠狠地责道:

"好一个穷和尚!我家大人乃文曲星下凡,天子门生。倘若是老太爷到此,不是骑马便是坐轿。哪会像你这样,骨瘦如柴、衣不蔽体?劝你快快滚开,若不然休怪我这手中的家伙认不得人!"

秀才无奈只好退至矮檐下,低头默默沉思……他忽然抬起头来,好像明白了什么,咬破一个指头在那府门侧壁上题诗一首:"昔为小子去偷油,一刀宰断木人头,儿孙自有儿孙福,莫为儿孙作马牛。"

门官见此情景慌忙跑进府去禀报。新科状元不解其诗奥妙,甚觉此诗题得十分奇怪,想必其中必有隐情。于是飞速前往后厅求教母亲。老夫人闻言惊喜万分,含泪言道:"哎呀儿啦,这题诗之人乃是你亲生之父矣。还不赶快前去接进府来!"

新科状元淘气听罢娘言,急忙吩咐下人带路前往迎接,不料赶到府门前时,那穷僧早已不知去向。

从此,"儿孙自有儿孙福,莫为儿孙作马牛"便成为民间谚语,一代又一代,一直流传到如今。

飞麻雀的故事

讲述：周兴祥 57岁 农民 初中
记录：杨学韬
2007年2月采录于永胜梁官镇

从前，有一个年轻的寡妇盖了新房，请来一个剑川木匠做装修。木匠年轻体壮，技艺精湛，雕梁画栋，门窗隔扇，松竹梅兰，飞鸟龙凤，精雕细凿，出自家传，鲁班授艺，更有许多玄机。这个少妇看着木匠干活卖力，做的活计件件满意，心里想：要是此生能有个如此能干的男人相伴就心满意足了。

于是每日三餐倍加殷勤服侍，生活起居温柔体贴。一来二往，两人感情一日热乎一日。

木匠也早已有心于她，只是不敢胡来。一天晚上少妇给木匠端洗脸水，还说要亲手给他洗脚。木匠也不推辞。木匠渴望已久，他顺势抱住她，俩人亲作一团，难分难舍。从此，朝夕相处，夜夜同欢。一转眼，半年时间过去了，木活已经做完了，木匠收拾行装要走，少妇哪里舍得放他，抱住木匠泣不成声。木匠从怀里拿出一样东西放到女人手心里说："小妹，你别哭。再好的宴席也有散的时候，我送你一件心爱的东西，这是依照我那小鸡鸡雕出来的。你把它放在枕下，当你想我的时候，你只要笑一笑，它就会往你那小鸡鸡里钻，咳嗽一声，它就会乖乖地出来。"

木匠走了，少妇想起和木匠在一起的那些温柔甜蜜的夜晚，无奈之下，只好拿出木匠送的那玩意儿来，宽慰一下自己，想想木匠临别的话的确好笑，这一笑果然让她饱尝了人间的快乐。这样的日子没过多久，族中有一个多事的人，见少妇脸色红润，肚皮滚圆起来，说她年轻守寡，定有奸情，就把她告到县衙。

审案的当天，县官太太听说有一件奇案，就要到大堂上听审，县太爷禁不住太太百般纠缠，只好答应在大堂屏后放一把太师椅，让她坐在那儿听。县太爷厉声喝问："大胆淫妇，你无夫怀孕，勾引了哪家男人？从实招来！"少妇被逼无奈，只好拿出那根木麻雀放在大堂案上，一五一十，把她和木匠的那段情缘讲了，又把木匠临别赠送木麻雀等的情节一一说出。

县官太太听了不觉笑出声来。

这一笑不要紧，却笑出了麻烦：那大堂案上的那根木麻雀飞了起来，直往县官太太裤裆里钻，那玩意儿钻得县官太太下面痒痒的，忍不住，又是一笑，那玩意儿又钻进了她最害羞的地方，钻得太太嗷嗷直叫。

县太爷慌了手脚，不知所措；众衙卒见状赶快捂住嘴巴，生怕笑出声来，惹祸上身。少妇急忙说："咳嗽，咳嗽，快咳嗽！"县官太太连连咳嗽几声，那玩意儿才乖乖地退了出来。县太爷从慌乱中缓过神来，指着少妇勃然大怒："你这淫妇，竟敢戏弄太爷！"少妇赶快跪下说："小女子不敢，怪只怪太太，千不该万不该，太太她不该到大堂来听审。还请县太爷明察。"

县太爷听了，真是"哑巴吃黄连——有苦说不出"。他也无法治少妇的罪，只好把她放了。

心里有鬼

讲述：刘植祖
记录：周开祥
2005 年 10 月采录于永胜永北镇

传说从前名叫王麻子和李五子的两个吹烟鬼打赌。

王麻子说："赌你今天晚上敢去西晒滩转一转？"

李五子心高气傲地问："我去转一转，你赌什么？"

王麻子拍着胸口说："你敢去转一转，我赌给你二两洋烟！"一天没整着烟吹的李五子，听说能赌到二两洋烟，马上垂涎三尺，迫不及待地问道："真的？"王麻子斩钉截铁地回答："真的！"少顷他眼珠子一转想了想又补充道："不过还有一个条件……"

李五子走上前追问道："什么条件？"

王麻子拿起一根木桩说："今天晚上半夜时分，你要把这根木桩钉在那西晒滩的乱坟前头。明天早上我要去看，不然哪个晓得你去还是没有去呢？我还要看着你去看着你回来。明天早上我去检查，如果你把桩钉好了，我说话算话，二两洋烟一钱也不会少你的！敢不敢？"

"嗯……这个……"李五子听到这个条件马上说话打顿，结结巴巴，不敢明确表态。

其实他原想等到天黑之时，大着胆子去那西晒滩转上一转，二两鸦片烟就可到手，谁知那王麻子的条件是要在乱坟前头钉上一根桩方能算数，而且时间还要在半夜时分，这样一来李五子可乱了方寸。他深知那西晒滩是一个经常处决犯人的地方。那里乱坟林立，杂草丛生，传言夜静更深之时常有鬼哭狼嚎，十分阴森可怕。因此每到太阳落山，夜幕降临之时便没人前往。

李五子自己越想越害怕，霎时毛骨悚然，两腿发软，上下牙齿打架，冷汗长淌，浑身上下抖成一团，在一旁的王麻子见状趁机捻着八字胡幽默地催问道：

"怎么样？敢不敢？"李五子未及答言，猛然间"啊嚏！"一声，一个喷嚏喷涌而出，顿时哈欠连天，鼻涕口水直流，烟瘾大发，只好从牙缝中挤出："我……我敢！"

这天晚上，夜黑星稀，天黑得伸手不见五指。夜静更深，大街小巷空无人往，只有山谷中"咕喔，咕喔"的猫头鹰叫声，晚风飕飕，令人胆寒。

李五子在鸦片烟瘾的拿捏下，一手拿着一根削得尖尖的木桩，一手举着松明火把，腰间的裤带儿上还斜插着一把钉锤，探头探脑地溜出了家门。那只松明火把，前照不出一丈，后照不明九尺，忽明忽暗，惹得躲在墙角偷看的王麻子笑得捧腹。

离西晒滩不远处有一座小石桥。李五子来到桥头，忽然一阵风刮来将他手中举着的松明火把吹灭。这时四周一团漆黑，风吹树叶"沙沙"作响，李五子汗毛直竖。

"不对，有鬼……"他心里这样默念着，心果子都快要跳出来了，猛然脚一软跌倒在石桥上。

迷迷糊糊中他仿佛看到二两洋烟又在他眼前晃荡，他伸手拍拍胸口定了定神，鼓足勇气爬了起来，爬呀，爬呀，猛然头撞到一个坚硬的东西上。

李五子大叫一声缩成一团，跪在地上磕头如捣蒜，口里不停地哀求着：

"哪个害死你的你去找哪个，我是为整烟吹才来钉桩的，你不要吓我呀……"

过了好一阵不见动静，他才抬起头来大着胆子往前一摸，原来撞在了坟头上："这一下好了，老子把这根桩桩就钉在这里，明天早上二两洋烟给老子拿出来！"李五子心里这样盘算着。

他立即取下裤腰上的铁锤，一手握桩，一手挥锤，"当！当"钉将起来。他估计桩已钉牢实，正欲起身，忽然一声猫头鹰叫唤，吓得他魂不附体，起身就跑。不料一物拖住了他的衣衫,他又跌翻在地。

他拼命爬起来往前一冲,只听后面"刷"的一声,长衫被撕去一大块。

李五子跌跌撞撞跑到家,刚推开房门,大叫一声:"有鬼!"就跌翻在地,口吐白沫,人事不知了……

第二天一大早,王麻子按照两人约定好的条件到西晒滩查看,来到坟坪前见木桩已钉好,那木桩上还飘着李五子的半片长衫,见状忍不住笑道:"嘿嘿,这小子,怕老子不认账还要搞上个记号!"边说边举步就往回走。

来到李五子家,见李五子躺在床上双目紧闭,嘴里不停地念着:"有鬼,有鬼……"

王麻子见此情景哈哈大笑道:"哈哈哈……大白天哪来的鬼呀?"李五子听出是王麻子的声音,慢慢睁开双眼呆呆地盯着他说:"你……你去检查,昨晚老子有没有把木桩钉好?"

王麻子回答:"我去看过,钉好了!"

"看过了,那就说话算话……"

"君子一言,驷马难追!我说过的话绝不反悔。不过你也是,小娃娃放屁——太小气了!那木桩上面本来就刻有记号,你又何必再将衫子撕下一片和木桩钉在一起呢?喏!这是二两洋烟,你拿去称一下少没少?"王麻子递过去二两洋烟。

"什么?……"李五子大呼一声,一下子从床上坐起来。

这时他才明白昨晚钉桩时由于自己太紧张,惊慌之下不小心将木桩钉在长衫前襟上,想到这里李五子长长地出了一口气,自语道:

"唉,他妈的,自己吓自己!"

他马上振作起来,擦去嘴角上的白沫,神气地掉头向里屋大声呼唤:

"娃儿他妈!拿烟枪来!"

"话说"

讲述:周天祥
记录:周天云
2005年12月采录于永胜永北镇

从前有一个穷秀才,家中穷得一块石头打进家去连阻挡的东西都没有。可是他却偏偏爱面子，经常为在同窗处吃了几次饭没有还席而苦恼。

一天，秀才路过湖边拾得一只乌龟回家，两口子决定将同窗好友请来家中做客，以便吃席还席，免被他人耻笑。可是他俩又怕说出吃乌龟肉而有伤大雅。为了不露底，秀才与婆娘商量好，将乌龟肉包装为"话说"，并说定吃饭时喊"话说"即往盘内添乌龟肉。

午后时分，好友应邀来临，不多不少八个刚好坐满一桌。秀才装烟上茶，婆娘调炖"话说"，两人虽忙得满头大汗，但乐得笑口难合。开宴之前秀才自圆其说：

"今天请各位来品尝野味——'话说'，略表心意。"

书呆子们听说是野味，一个个食欲猛增，于是人人放开肚皮大吃。秀才婆娘一碗又一碗将"话说"往盘子里添。

谁知酒未三巡，盘内空空如也，那秀才婆娘也"米汤煮鱼——不动"了。穷秀才见此情景急得额头冒汗，拉开嗓门连声喊：

"婆娘！'话说'、'话说'……"婆娘也只好亮出底牌：

"一个乌龟有多少话说？"

"拾金不昧"的故事

讲述：黄经魁 65岁 农民 高小
记录：周荣新
1999年8月采录于永胜期纳镇清水办事处

明天启年间，北胜州清水驿（现永胜县期纳镇清水办事处）有位叫刘思善的人，因为拾金不昧，成为千古传唱的对象。

事情是这样的：一天，邻里何家不慎失火，一把火把家当、房产全烧光了。忙乱之中，参与救火的人隔着围墙把何家的东西一件件丢到刘家来，刘思善见了，忙收拾起来。捡着捡着，他发现地上的一个布口袋虽小巧，却很沉重，打开一看，啊，全是黄澄澄的金子嗳！刘思善怕人多杂乱，赶忙藏进了自家的卧室。

第二天，何家大人小孩还在痛不欲生、寻死寻活，这边刘思善早备好一桌酒席，请何家老小来赴宴。

何家面对美味佳肴，胃口不开，一点吃饭的心思都没有，任凭刘思善怎么劝解，难得动筷。

这时，刘思善说了一声"得罪"，离席，旋即拎出了一个沉甸甸的布口袋。

何家主人见了自家的藏金袋，喜出望外，赶忙站了起来。刘思善示意他们打开布袋，看有没有短少。何家仔细查看过后，说，"是三百两，是三百两，一两不少，太感激了。"并提出要和刘思善均分三百两金子。刘思善笑了，说："我不是贪图你家的金子才把袋子还你的。如果是这样，我就悄悄藏起来，什么也不说了。你家新遭了灾难，目前最紧要的，是用这些金子重建家园、重振旗鼓，而非忙着感谢。"

何家上上下下转悲为喜，十分高兴，在刘家吃过饭后，考虑如何重振家业去了。

刘思善"拾金不昧"的事迹传出后，北胜州州府派人送来一块"得寿还金"的大匾，并上奏布政使和朝廷，以表彰他高尚而难得的精神。

到了清代，永北知府还将刘思善的姓名牌位列入该府的"忠孝节义"祠中，每年春秋两季，本府人士都要到祠中祭祀参拜。后来，刘思善"拾金不昧"的故事就走进了大清《一统志》和民国时的《共和国修身教科书》以及再后来的《丽江地区民族志》《丽江地区教育志》《新编丽江地区风物志》和《丽江第一村》等若干书籍之中，广为传颂。

天不算高

讲述：周开祥
记录：周天云
2005 年 12 月采录于永胜永北镇

很久以前，有一个皇帝因闲暇无事，便吩咐贴身太监到长街，请一个穷秀才和他猜谜作乐。皇帝命秀才出题，穷秀才再三推辞不过只好应允，随便出题一道：

"请问我主，这普天之下，肥不过的是什么？大不过的是什么？高不过的又是什么？"皇帝听后发出一阵大笑，然后很自信地答道：

"这有何难！这普天之下，肥不过的是猪板油，大不过的自然是本王，这高不过的乃是天！"穷秀才险些笑出声来，拱手言道：

"皇上你没答对。这普天之下，肥不过的是春雨，大不过的是父母，高不过的乃是人心！有道是：'天高不算高，人心比天高！'"皇帝听后哑口无言。

走马皇帝的封赠

讲述：文守珍 女 80岁 农民 不识字
记录：杨慧菊
2006年采录于永胜片角乡

从前，男的穿满襟衣，也就是大襟衣，把心裹起了，忠厚老实，没有女人奸。

有一家讨了个媳妇，这个媳妇有点嫌（看不起）男的。

有一天，男人去犁田，走马皇帝骑在一匹马上从那点过，走马皇帝就对这个男人说："你犁田一天要犁几十几百铧？"他回答不出来就哭着回家对他媳妇说。他媳妇问他那个人可有转回来？他说没有。媳妇就教他说："哪天那个人转回来时你就问他，'大哥你的马要走几十几百步'？"

第二天他就照媳妇教的话问走马皇帝，走马皇帝很奇怪，这个人昨天都不会说，今天咋个就会说了？走马皇帝就问他哪个教他说的，他说是媳妇教的。走马皇帝叫他回去告诉他媳妇，走马皇帝要去他家吃饭。他说："你要吃些啥子哦？我家还没得吃呢。"走马皇帝说："你回去说我要吃七十七双筷，百十百个碗，九十九样菜，要摆转转桌和千只眼的桌子。"他回去就如此这般地把走马皇帝的话说了一遍，并着急地对媳妇说："哪点有这么多哦，我们办不起。"媳妇对他说："不怕，你对他说来得了，办起了。"他就去对走马皇帝说："我媳妇说办起了，你来得了。"

走马皇帝就去了他家，只见磨子上放着筛子，筛子里摆有漆筷、白碗、韭菜，他要的东西一样不少。磨子，筛子就是转转桌和千只眼的桌子，漆筷就是七十七双筷，白碗就是百十百个碗，韭菜就是九十九样菜。走马皇帝想这个婆娘咋个这种奸，咋个这种厉害，会摆得出这些？

"来来来，大哥，吃饭了。"媳妇招呼着走马皇帝，媳妇添菜把裙子拉起来揞盘子，走马皇帝吃完饭就用嘴去舔盘子，舔完就说："多谢裙边嫂。"媳妇就回说："怠慢舔盘哥。"走马皇帝想这个婆娘这样奸，我就不信，我今天硬不信，硬要把她盘翻（说败）。

他骑马走这边上，鞭杆走那边掉下来，就对媳妇说："大嫂，请你把鞭杆捡给我哈。""大哥，不要了嘛。""要呢，鞭杆奇巧，同手指连。夫妻不好，前世的姻缘。"媳妇捡了递给他，他的脚一只跨在马上，一只在马下，问："大嫂，你猜我要上还是要下？"媳妇就一只脚站在门外，一只脚站在门里说："你猜我要出还是要进？"媳妇身上不闲（有身孕），他就说："啊，大肚大肚，路朝哪处？"媳妇说："秃头秃头，路朝哪头？"走马皇帝甘拜下风了。但后来他又想，这世上的女人太聪明了，我就下旨，女人要穿满襟衣服系围腰，把心裹起；男人穿对襟衣服把心胸打开，这样，男人就聪明了。从那时开始，男人慢慢地变奸变聪明了。

这个故事说明了以前男女穿对襟衣和大襟衣的由来。

重男轻女

讲述：陈金玉
记录：和江全
2005年12月采录于永胜永北镇

从前有个秀才，他养了一儿一女，女儿早晚要嫁人，就只宠爱儿子，为儿子请了先生。女儿要满十岁了，虽然聪明过人，他却从来没有正眼看过一眼。

一天，秀才看见兄妹俩坐在门前玩耍，心想，左邻右舍都说自己的女儿才华过人，胜过她哥哥，今天，倒要考考他们，也好弄个究竟。秀才便出了一句对子：

"欠静思，孩儿岂能立志？"儿子听后翘着嘴，摇摇头，跑到院中玩石子去了。

秀才看着女儿，只听女儿脱口对道："无笔墨，家父何曾闻问？"

秀才一惊，又出一句："近戏远书，儿还神气八担。"

女儿应声答道："密儿疏女，父何强言万分？"

秀才一听，连称："对得好，对得好。"

从此再也不冷眼看待女儿了。

贼的来源（彝族支系他留人）

讲述：兰有清
记录：杨如刚
2003年5月采录于永胜六德乡营山村下朗者村

古时候是没有贼，没有小偷的。人们的日子过得非常平安宁静。贼是怎么来的呢？他留人传说："前知三百年是诸葛亮，后知三百年是刘伯温。"这就是说，诸葛亮能知道早他三百年前的事情，刘伯温能知道晚他三百年后的事情。

他们两个是预言家，是最聪明的人。他们每人都树了一根铁杆，说，只要哪一根铁杆先开花，哪一家人就得当皇帝。人们等啊等，等得不耐烦了。

终于有一天，铁杆开花了，可是人们还来不及细看，那天晚上铁杆就被人给偷走了，再也找不回来，就连哪一根铁杆先开花也不知道。偷开花铁杆的人就变成了贼，贼就是这样产生出来的。从此以后，世界上就有了专门偷东西的贼。

让他三尺又何妨

讲述：周开祥
记录：周天云
2005年12月采录于永胜永北镇

从前有两户同院居住的人家，两家人同有一堵隔墙，经常发生吵闹。张三说隔墙地基是张家的，李四说隔墙地基是李家的，互不相让，争吵不休。

张三家里有人在朝为官，且官居当朝宰相之职。张三便想利用权势对李四家施加压力，使其屈服，从而独霸整个隔墙地基。于是给在朝为官的宰相修书一封，要他出面给地方官打个"招呼"。

宰相接到家信，拆书一观哈哈大笑，立即回信一封，他在信中这样写道：

"家中来信为堵墙，让他三尺又何妨；万里长城今还在，不见当年秦始皇。"

张三接到宰相的回信后思考了一个晚上，觉得宰相的话很有道理。

第二天他主动对李四家作了让步；李四家得知宰相的回信内容后，也同样对张三家作了让步。从此张李两家和睦相处，再也不为隔墙这事发生争吵了。

钱福的故事

讲述：李梦游 40 岁 编辑 大专
记录：和江全
2005 年 12 月采录于永胜永北镇

很久很久以前，有一个姓张的财主，生下一个独儿子，取名叫钱福。张财主一心想把儿子抚养成人，专门花钱请了一位先生教他读书，指望他长大后文武双全，光宗耀祖。但是，张钱福是烂泥巴糊不上墙，眼瞅着有他爹高了，斗大的字还识不得几筐。

张财主靠经营马帮，走南闯北倒腾生意积攒下偌大的家产。他有心让儿子赶马做生意，在那条他曾发财的茶马古道上锻炼成人。俗话说得好：赶马三年会做。不企望儿子挣钱，学些精灵见识也好。

于是一个吉日，二十岁的张钱福头戴毡帽，身揣白银三百两，告别父母，赶着五匹马出了门。他将按照父亲的指点，南下采购茶叶，驮到滇西北去卖，然后驮皮货或盐巴回来。

一路上他遵照父亲的盼咐，晓行夜宿，饿了也只使些碎银子，买点粑粑面条之类充饥，太阳未下山就早早歇下，一路倒也无事。

一日，他赶着马走到一座山上，这山树林茂密，溪水潺潺，好一片景色。钱福不识茶树，猜想这儿是不是爹说的茶树坡呢？等遇着人一定要问清楚。如果真是茶树坡，现在才下午，今晚可以买好茶叶，明早就能往回赶。爹把生意说得千难万难，原来这么简单，小事一桩。张钱福想着，心里挺高兴，嘴里哼出一两句他听他爹唱过的赶马调。

翻过垭口，豁然开朗，坡脚一个村庄展现在他面前，那茅屋瓦屋间杂的上空，似乎还有炊烟飘荡。

临近村子，一段平坡，水草丰美，一个老倌躺在草地上，旁边一群雪白的羊在吃草嬉戏，好个如诗如画的场面。钱福如痴如醉，不想走了，马群嘶鸣几声，欢叫着跑去喝水啃草，张钱福走到放羊老倌面前礼貌地问：

"老人家，请问这儿是不是茶树坡？我从北边来，想买一些茶叶"。放羊老倌抬起头来，脸瘦得只有一巴掌，眯着一双三角眼，仔细看了钱福几遍，说：

"茶树坡远着哩，你要去买茶叶，带羊没有？那儿可兴羊换茶叶。小兄弟，不如用你的五匹马调换我的六只羊，六只羊能换十驮茶，换不换随你的便。"张钱福想了想说："马给了你，我拿什么驮茶叶？"放羊老倌说："好兄弟，你不会用银子买十匹马么？"钱福摸摸腰里硬硬的银两，答应了。

赶着羊走路，比骑马慢多了，走了几天都没有人卖茶叶，张钱福累得不行。这天早晨勉强上路了，临近中午，夏天的太阳晒在头顶，汗水浸透了他的衣服。六只羊张着嘴喘气，慢吞吞地走着，任凭他用树枝抽打；突然，羊放开蹄子朝路东跑去。那儿有一个湖泊，湖水碧绿，望一眼凉意顿生，羊喝够了水，卧在湖边树下不走了。张钱福伏下身子喝了一气水，还不解热，又将头埋进水里。

"喂，老弟，你别光顾着自己痛快，吓着我的鸭子。"一个声音吓了他一跳。他一抬头，见一个络腮胡子背着一支猎枪站在面前，又吓了一跳。

"哈哈……"络腮胡子一阵大笑。

"老弟，羊是你的吗？好肥哟！偷的吧？"张钱福连忙解释："是用我的五匹马换的。"

"五马调六羊？你蛮精灵的嘛，不如我们也来个六羊换八鸭。你看，湖中心的那些鸭子，我每天都在这里放它们。你瞧，这湖光山色，啧啧啧！要多美有多美！"络腮胡子夸张地说着，也不管钱福愿不愿意，将猎枪放在他手上说：

"老弟，你到太阳落山的时候，朝天放一枪，鸭子就会游过来。"

络腮胡子赶着羊走后，张钱福无奈地躺在刚才羊卧的地方，顾不了许多，他只想甜甜地睡一觉。他太累了，一会儿就进入了梦乡。他梦见他的鸭子下了很多很多的鸭蛋，鸭蛋又变成一群一群的小鸭，把湖都挤满了。他就往家里赶，赶着赶着鸭子都不见了，他坐在路边哭，一哭梦醒了。他揉揉眼睛，看见鸭子还在，笑了。笑着笑着，张钱福发现红红的夕阳落在湖里，把他的鸭子都染得通红，他拿起枪闭着眼睛开了一枪，枪的惯力将他惯在地上；鸭子一惊，飞上天空，排成一行，向太阳落山的地方飞去了。张钱福睁开眼，再也见不到他的鸭子，他就满世界找，逢人便问："你们有没有见我的鸭子？"这真是：

> 五马调六羊，
> 本钱到了祭；
> 六羊换八鸭，
> 本钱就打塌。

后来呢？听故事的会问。后来是这样的，张钱福的鸭子是野鸭子，当然找不到。本村的一位赶马大哥把他带回村子。张财主夫妇见儿子穿得破破烂烂回来，马也没了，以为儿子遇到了强盗，一口一个儿，喊得眼泪双流。张钱福却笑嘻嘻地问："你们看见我的鸭子了吗？"

张财主夫妇愣住了，费了九牛二虎之力，才弄清儿子出了什么事。他们觉得庆幸的是，儿子竟然将三百两银子原封不动地带回了家，感叹之余，一致认为儿子还是有本事，五匹马丢了算不了什么，只是儿子见人就问他的鸭子，怕是吓傻了。

村里开始有人叫他"张憨憨"，得赶快医治，张财主夫妇四处求医问药，也不见儿子好转。一个白发红颜的老中医开了一个奇怪的处方：让他饲养八只鸭子。

果真儿子一见鸭子，神色马上有了好转，一段时间过去，不再那么傻了。但是，张财主夫妇还是觉得儿子不像以前那么聪明，商量来商量去，决定让儿子出去学乖。

张钱福带着上次的那三百两银子，踏上了东行学乖之路。

走了几日，钱福没有找到什么可学的东西，有些心灰意冷，深一脚浅一脚地走着。弯弯的山路看不到尽头，路边有两个薅苞谷的大嫂在大树下休息。他过去讨水喝，一位胖些的大嫂给他倒了一碗水。他刚要喝，山坡上一匹母马张着腿撒尿，声音很响，他们三个都听见了。胖大嫂挥挥手说：

"这该死的骡马，迟不屙早不屙，还来个高山流水清悠悠，怕人看不见似的。兄弟，别管它，眼不见心不烦，你喝你的。"张钱福一听，叫道：

"学问，真是好学问！马撒尿不说撒尿，高山……什么来着？大嫂，你把刚才说的话教给我，我给你一百两银子。"两位大嫂笑弯了腰，胖大嫂说：

"教你可以，要什么钱，你没有见过骡马撒尿？"费了半个时辰，张钱福终于记住了这句话，放下一百两银子走了，留下两位大嫂在那里发愣。他听见那个瘦点的大嫂说："这不是在做梦吧！"

有了点学问的张钱福走起路来精神多了，路过一条小溪，溪上有一座独木桥，桥下两只鸭子在戏水。他高兴异常，坐在那里傻傻地看。这时恰好有一位先生过桥，瞧见钱福的傻劲儿，摇头晃脑地吟道：

"独木桥难过，水多鸭子少。"张钱福撵上去说：

"先生，你把刚才说的那两句教给我，我给你一百两银子。"接过银子，先生眼睛一亮，感叹道："老朽不才，教了二十多年的书，身无分文。多有两个你这样肯学的学生就好了，真是老天有眼啊！"

学问见长的张钱福，晃晃悠悠走进村子。一条大黄狗挡住了道，对他狂吠，他吓得不敢动弹。一位扛钉耙的农民替他解围，挥舞钉耙吼道：

"老狗，老狗，你莫龇牙，龇牙就给你两钉耙。"

狗吓得跑了，张钱福喊道："大哥，你等等，你把刚才骂狗的话教我，我给你一百两银子。"

"小弟，一边耍去，别逗我了，我要到地里撒粪，没工夫跟你玩。"农民大哥头也不回地往山里赶。张钱福急了，把钱袋子递过去，农民大哥丢下钉耙，接过银两数了又数，咬了又咬，最后说：

"好吧！这可是我祖传的骂狗绝招！你可别说大哥我占你的便宜。"

"哪能呢？"张钱福赔着小心，生怕人家反悔。

银子用完，学问也长了许多，张钱福神气十足地回到家里。他妈赶紧提着茶壶给他倒茶。那茶水从茶壶嘴细细地流出一股，落在茶杯里发出清脆的声音，他顺口说出："高山流水清悠悠。"

张财主夫妇一听，笑得合不拢嘴，他妈又煮了一碗汤圆。张财主有心考考儿子，在碗里加上水，拿一根筷子给他。这样碗里汤太多，汤圆子浮在上面的只有两三个。张钱福费尽力气也无法用一根筷子吃汤圆，想起了学的第二个学问，说道：

"独木桥难过，水多鸭子少，这汤圆我不吃了。"

他妈赶紧递过去另一根筷子，斜了老头子一眼，说："你瞧瞧，我儿多有学问。"

老两口就龇牙咧嘴笑个不够，钱福看在眼里，有意在父母面前卖弄学问，挥动筷子说："老狗，老狗，你莫龇牙，龇牙就给你两钉耙。"老两口一听，气得晕了过去。

听故事的也许又要问：再后来呢？再后来，张财主夫妇一病不起，整天唉声叹气，没折腾多久，先后撒手西去；留下不谙世事的张钱福，生活都不能自理，父母遗下的钱财，不到半年就被人骗得所剩无几。

本族一位大叔拿他的银两最多，也许是心里有愧，也许是出自好心，帮他撮合了一桩婚事，媳妇是邻村有名的丑女，比他大了五岁。

丑媳妇人长得丑，但心地善良，不以丈夫傻而嫌弃他，反倒处处护着他，一心一意地过日子。丑媳妇很能干，村里人再也不敢随便欺负他了。男女之间的事，张钱福一点也不懂，她手把手教会了丈夫，他们两人还把那种事叫：安逸。

一次，张钱福和媳妇回娘家，半路，他要跟媳妇"安逸"。媳妇又羞又气，灵机一动，趁他不注意，从地上捡了一块瓦片夹在腿间，抬手抛进了池塘说：

"'安逸'丢到塘里了，有本事你去捞。"

媳妇走后，张钱福不顾池水的寒冷跳了下去，一遍一遍地在水里打捞。岸上很快站满了围观的人，有熟悉的问他捞什么？他头也不抬地说："安逸。"

人群有一位年迈的财主听成是"安玉"，就想成了价值连城的"平安玉佩"，也跳下去捞，水太凉，老财主受不了，嘴里就不停地发出"嘻嘻"的声音。钱福一见，想到"安逸"时，媳妇就发出这种声音，以为财主捞到了他的"安逸"，于是，他揪住财主，要他赔。老财主是秀才遇到兵——有理讲不清，只好赔他三百两银子了事。钱福把钱拿回家，讲了经过，媳妇抱住他说："呆子，'安逸'在这里呢！我怎么舍得丢？"

一年后，丑媳妇生下了一个儿子，让他到丈母娘家报喜。丈母娘给他一些米和鸡蛋，并教他煮法说："要等水冒水泡，开了的时候，你才能把米下到水里。煮鸡蛋要把壳敲开。"

张钱福边走边记，不知不觉来到河边，河水从岩石上淌下来，翻着水泡。他想起老丈母说的话，这水肯定开了，他将背上的米倒进河里，拿出两个鸡蛋在石头上敲，鸡蛋碎了，蛋清蛋黄流了一地。他伸手去抓，怎么也抓不起来，再看河里，水仍然翻腾，却不见一粒饭浮上来。他坐在河边等了很久，知道饭吃不成了，自言自语地说："老丈母太憨，叫我把米倒进河里，鸡蛋往石头上砸，这怎么吃得成，还是老婆有本事。"他提着剩下的鸡蛋回家问老婆去了。

时间过得飞快，转眼张钱福的儿子一岁多，适逢小舅子娶媳妇，老婆怕他去娘家丢丑，便对他说："这两天你去也帮不上什么忙，我给你做了些干粑粑放在床头，饿了你就拿着吃。第三天才是正事，你过来吃饭，毛驴子脑壳么刮干净点。"说完背着孩子走了。

第三天,张钱福早起,烧了一盆水,脸也不洗,牵出毛驴,用刮胡刀把毛驴子脑壳刮得干干净净,然后赶着毛驴去做客。一路上,人们见他的驴子脑袋光光,嬉笑不止。张钱福很得意,进了丈母娘家的门,他老婆羞得无地自容,赶忙把毛驴赶到后院,对他说:"给你就把人活活气死。等会儿坐席,我把你的脚用绳子拴在桌腿上,我拉一下绳子,你拈一点菜,不拉你不准随便拈。"闻着香喷喷的酒肉味,他的口水都流了,连忙说记住了。

在支客司的吆喝下,张钱福终于入了桌。他老婆负责端菜,菜上齐了,就站在他身边。等同桌的都动了筷,他老婆拉了一下绳子,他装作斯斯文文的样子拈了一块骨头,老婆满意地去照顾另一桌。两只狗在桌下争骨头打架,一下一下牵动着他脚上的绳子,他迫不及待地拈菜,手忙脚乱得赶不上节奏,最后,干脆站起来将一桌菜都拈到他面前。起先人们目瞪口呆,接着哗哗笑开了,不知谁叫了一声:"看憨姑爷噢!"他老婆气昏了过去。

剐死文大爷　吓死谢屠夫

讲述:周兴祥
记录:杨学韬
2007年2月采录于永胜梁官镇

文萃,又名文会友,当地百姓称他文大爷,永北东山村人,清廪生。咸丰十年(1860),大理杜文秀反清起义,文萃同举义旗响应,被杜文秀委以宣略大将军之职,多有战果。

同治八年(1869),云南巡抚岑毓英亲征滇西,岑命军功李自新等攻取南路。杜军守将杨现龙叛变,顺州投降,三川谭奇敏内应,郡内士卒大部归顺清廷,唯永北城和东山营文萃坚守对抗。举义之初,文大爷召集郡内豪强,晓以大义,探其虚实,清除异己,以免他日生事。四方豪强惧怕文萃壮大势力,都齐集文萃堂上。内中一人,姓黄,习甸人,人称黄老板、黄大爷,开采铜矿。文萃听说他为人奸诈刻薄,敛财无数,独霸一方,危害乡里,欲除之。

当夜,文萃把他安排在厢房住下,黄大爷进屋一看,室内陈设豪华,四壁悬挂名家书画,牙雕龙凤床,轻纱莲花帐,不觉心惊肉跳。然而,他却让差役退下，说是长途跋涉，人困马乏，想要早点歇息。他黑灯瞎火，悄然睡下。天亮之时，听到脚步声，他立刻翻身起床，睡在床下。差役端了洗脸水进来，见他睡在地上，问他为什么睡在地上？"这是观音娘娘坐的宝殿啊，不敢睡，不敢睡！"他洗脸时，顺便就把洗脸用的猪胰子给吃了，边吃边说："这定心丸真好吃，就是有点夹嘴夹嘴的。"听了差役的汇报，文萃心想：原来此儿如此憨厚老实，杀了他岂不坏了我一世英名。

另有一个来自黑伍人称"四大爷"的人，文萃耳闻其人刁钻古怪，独来独往，极不愿受他人的控制，最会吃钱——老鼠见了都要脱层皮！文萃以为他是为害一方的奸人贼子，应列入此次开杀的黑名单之首。次日午宴，设席后花园中，园中繁花似锦，曲径暗柳，四周高墙坚壁，每一道门都有两个壮汉把守，气氛肃穆，充满杀机。四大爷心想：这哪是共商大计，分明是鸿门宴，我得处处小心。三巡酒过，文大爷令家丁给每人盛来一大钵头米饭，不劝酒而添饭。四大爷觉得这里边定有名堂。他立即解下腰间的汗巾，铺在桌上，端起大钵头，将那一钵头满满的米饭反扣在汗巾中央，掀起四角，打一个结，大吼一声："来人。我受文大爷款待，已经酒足饭饱，而家里七八十岁的老母亲还饿着肚子，请你把这碗米饭送回家敬奉我老娘。"原来那米饭下面盖着的竟是一丸大银锭，文萃要看四大爷怎么吃下这丸银锭。而这老四声色不露，镇定自若，运筹帷幄，滴水不漏。事后，文萃感叹道："四爷，真乃豪杰也！"黄大爷、四大爷因此保住了性命。

同治九年，清军副将黄文学，率官军千余人四面筑碉，围攻东山营。文萃施计，击毙黄文学，官兵伤亡甚多。毕竟东山营是座孤营，终因孤军无援、内奸出卖，最终，文萃被俘，不久，又被官府判处活剐之刑。

刑前，官府张贴四海文告，招募一名刀斧手，三天过去了，却没人揭榜。文萃虽是一方豪强，但高举反清义旗，保乡为民，许多人都不愿看到他死。后来，一个姓谢的永北城屠夫揭了榜。刑场上，文萃虽被五花大绑在冲天柱上，但他大义凛然，视死如归，目光炯炯。这个姓谢的剑子手，两股颤颤，走上刑场。文萃厉声问他："谢屠夫，我与你他日无冤，今日无仇，他人都不愿杀我，你为什么要揭榜杀我？要死，也让我死个明白。"

"文大人，我当然要让你死个明白。怨只怨你家的那只狼狗，这些年来，你家的狼狗每天来我的肉案上买肉，它嘴里叼着的茶箩里仅放着三文铜钱，我割了两斤上好的瘦肉放在茶箩里，它还是把前爪搭在我案子上不走，等我再割上一斤它才离开。谁不知道那是你家的狼狗？我岂敢得罪你文大人，每天只好多割一斤。我一个穷屠夫，靠卖肉为生，这些年，你们家吃了我多少白食，你说我该不该剐你？"谢屠夫手操一把寒光闪闪的扦猪刀说。文萃长叹一声说："这都是我家厨子所为，也怪我平时对下人管束不严。废话少说，你动手吧。"

谢屠夫怕看文萃怒眼圆睁的样子，在行剐刑之时，他先从文萃的额头开始，剐下额头上的皮，盖住文萃目光炯炯的眼睛，文萃被剐得满脸鲜血淋淋。他忍住剧痛，把流出的鲜血含在嘴里，故意耷拉下脑袋，当谢屠夫右手举起霍霍屠刀，左手来扒他脑袋的时候，文萃运足全身功力，突然发力，将满口鲜血愤然喷向谢屠夫。谢屠夫猝不及防，从未遇见如此坚强的硬汉，更未遇见如此吓人的阵势。加之文大人武功非凡，内功深厚，口里那一股含恨千古的血气，喷突而出，如一把尖刀，直刺谢屠夫面门。谢屠夫哪里抵挡得住如此汹汹来势，只听得"当啷"一声，谢屠夫的屠刀当即落地，人往后一仰，如一节树桩掼倒在地，两眼圆睁，一命呜呼，活活吓死在刑场上。从此，"剐死文大爷，吓死谢屠夫"的故事，便在文萃的家乡世代流传。

长工巧治刁财主

讲述：陈金玉
记录：和江全
2005年12月采录于永胜永北镇

从前有个财主，家里有几十亩田地，年年都有满仓的谷子，很富有。但他为人奸刁刻薄，在本地常年都雇不到一个长工。

有年春天，来了一个后生，对财主说：

"东家，我给你做长工。"财主正为找不到长工而懊恼，但嘴上却说：

"做长工可以，不过要先写字据画押。"

后生问："怎么写？"

"你怎么写都行，只要我看了满意。"

后生找来一位写字先生说："头一条，拖拖拉拉的事我不做。第二条，向后退的事我不做。第三条，事情没做完我不歇。"

写好后他把字据拿给财主，财主觉得很合口味，就按了指印画了押。

春末夏初，财主家割麦了，要割几十亩，打、晒、进仓，全靠后生一人，接下来该去磨粉了，但一天天过去了，后生只做别的事，就是不磨麦。财主问他：

"你怎么还不磨麦？"后生反问："我怎么要磨麦？"财主气得怒火攻心，瞪起眼厉声吼叫："你是长工，你不磨，我磨？"后生自在地说："东家，当初我们的字据头一条写得明明白白，拖拖拉拉的事我不做，磨麦拖拖拉拉当然我不做了！"财主一听，差点没晕过去，可是后生讲得有根有据，没说的，只能认输。但这么多麦子不磨怎么行，没办法，只好咬咬牙找到后生说："嗨，麻烦你了，帮帮忙，把麦子磨了吧，我不会亏待你的，工钱照算，磨一担麦子加一文钱的补贴，怎么样？"

后生手一伸："先给钱，我再磨。"

"好，好。"财主咬着牙给了钱。

又到了插秧的季节，种田人忙得连撒尿都嫌工夫长。可财主家地里没人插秧。他吃了一次亏，仔细想了想，实在找不到有什么漏洞，就叫来后生道：

"你不去插秧，误了季节，我抽你的筋。"

后生笑笑说："秧，我是不插的。"

"怎么讲？"

后生大声说："字据第二条写得清清楚楚，向后退的事我不做，这插秧不是一步一步插着向后退吗？"说完转身就走。

财主坐在椅子上半天缓不过来，长叹了一声，自讲自念道：

"没想到会在一个长工手里背时倒灶！"然而田里要是不插秧今年怎么办？急得他挠头团团转，想来想去没别的办法，又只好找后生说好话：

"好，你没错，我们还是按磨麦的老办法，工钱照算，你每插一百篼秧我给你一文钱的补贴。"

这回后生又赢了。

日子过得真快，转眼就过年了。财主被后生捉弄了两次，多花了好多钱，真比割了他的肉还心疼，越想越不心甘，连火带气病倒了，心想要狠狠整治一下这个长工。

这天他要到医生家去看病，借口走不得路，叫后生背他去。后生知道东家要报复他，心里很快想出了一个办法，背起财主就往医生的住处大步走去。走的路都是下坡路，后生人高腿长，又蹦又跳，财主在他的背脊上上下颠簸，左右摇晃，还没有半里路，就双耳呜呜听不到声音，喉咙痒痒只想吐,连声大叫:"莫跳,莫跳,我受不了啦。"后生哈哈大笑,脚步不停地说:"东家,字据的第三条清清楚楚地写着事情没做完我不歇。我要把你背到医生那里才能歇呢。"财主怕再跑下去连气都会绝掉,只得再三叫停,好话说了一大堆,又拿出了钱,后生才慢慢地背着他向医生家走去。

能媳妇

讲述:王吉珍
记录:单思梅
2007年3月采录于永胜期纳镇中所村

  王五家讨了三个儿媳妇。要过年关时,王五让三个儿媳妇回娘家探亲,但要三个儿媳妇每人带回一样东西:大儿媳要带回一个溜溜圆;二儿媳要带回推上推下;三儿媳要用围裙兜火;还要三个儿媳妇同去同回(大儿媳到娘家要走一天路,二儿媳要走两天路,三儿媳要走三天路)。三个儿媳妇不知怎样完成公公的要求,便向隔壁独居的花大婶哭诉。

  花大婶要大儿媳带回烟盒(旧时装烟叶的盒子是圆形的),二儿媳带回一把伞,三儿媳带回一盒火柴。出门时同去;回来时,三儿媳先去叫二媳妇,最后两人去叫大儿媳一同回家。三个儿媳回家时,王五很满意。知道是花大婶的主意后,王五很钦佩花大婶的聪明能干,因为死了老伴,便娶了花大婶做自己的媳妇。王家自从有了花大婶,日子过得很是舒坦红火。

  王五很高兴,便时常在村人面前夸口:"家中有了能媳妇,万事不求人。"李四听了心里很是不服。一日,趁王五到家里闲坐时,李四在王五坐的草墩下放了一只死猫,说王五坐死了自己家的猫,要王五赔偿。

  李四说:"一只猫十只虎,要赔银子五两五、六十斤干腊肉、五十斤干豆腐。"王五拿不出这么多东西,便回家向花大婶诉说。花大婶把自家坏成两半的木瓢合好放在门后,李四一开门,木瓢便散成了两半。花大婶便说:"天上有地上无,月亮里的蓑萝木,要赔银子六两六、六十斤腊干肉、五十斤干豆腐。"李四听了,再也不敢向王五索赔,对花大婶则佩服得五体投地。

憨姑爷（一）

讲述：周开祥
记录：周天云
2005 年 12 月采录于永胜永北镇

从前，梨花村有一个远近闻名的"憨包男人"，做什么事他总是傻头傻脑、稀里糊涂，简直憨得出奇，娶妻成家后他得了个外号叫——"憨姑爷"。

憨姑爷虽憨，讨的媳妇却很能干。

冬去春来，斗转星移，在一个梨花满枝头的季节媳妇生下一子，全家人乐得合不拢嘴。老母给小孙子取了名字叫"聪明"。名字取好后媳妇对憨姑爷说："你快去我娘家报个喜讯，说我生了个男孩，取名叫'聪明'。"

临行时又再三嘱咐了一番，才让憨姑爷起程。

憨姑爷家在东，丈母娘家在西，中间相隔一座大山，一路上，他嘴里不停地背诵着儿子的名字："聪明……聪明……"

走着走着，忽然一条大沟挡住了去路，沟里的水哗哗直流，沟上连一根木头也没有，怎么办？急得憨姑爷直抓后脑勺："看来只好跳过去了。"

他憋足一股子劲儿，嘴里情不自禁地叫了一声：

"嗨唖驰！"（象声词）一下就跳了过去，接着又往前走，可是当他张口背诵儿子名字时却怎么也想不起来了。

"哎？刚才我还背得的嘛？叫哦，叫嗨唖驰。"于是他又背诵着："嗨唖驰……嗨唖驰……"接着往前走。

不知不觉到了丈母娘家，立足未稳，憨姑爷便迫不及待地跑进屋去，见了丈母娘和老丈人就大声说道：

"我家婆娘生儿子了，名字叫嗨唖驰。"

丈母娘和老丈人听了又是高兴又是好笑。忙问："姑爷，孩子的名字为何如此称呼？"

憨姑爷慌忙答道：

"我妈说了，名字取怪点将来才会成大器。"

老丈人和丈母娘听了只好点头认可。话毕丈母娘提来一篮子鸡蛋和几盒红糖，叮嘱道："姑爷，这鸡蛋和红糖你拿回去给你媳妇补补身子，要记好，水涨时先打鸡蛋，后放红糖。"

憨姑爷连连点头答应，接过鸡蛋、红糖谢了老丈人和丈母娘，口中又反复背诵着丈母娘刚才交代的话："水涨时先打鸡蛋，后放红糖。"

走了一段路，憨姑爷累得口干舌燥浑身冒汗，于是就到附近的河边找水喝。憨姑爷来到河边正遇大河涨水，河水哗啦哗啦地翻滚着。憨姑爷马上想起丈母娘说的话，眉飞色舞地喊："水涨啰！该打鸡蛋了。"提起篮子就把鸡蛋一个接一个地往河里丢了下去，打完鸡蛋又把红糖一盒一盒地往河里扔，一直扔到篮子空了，憨姑爷才松了口气，然后睁大眼睛盯着河面，口中默念着："鸡蛋熟了漂到河面上来，我就可以提一篮回家给婆娘补身子了。"

等呀等呀，等了好一阵子都不见鸡蛋漂上来，憨姑爷着急了，干脆三下五除二脱下衣服裤子一扔，就跳下河捞鸡蛋，捞来捞去还是"竹篮打水一场空"，什么也没捞到。

憨姑爷只好垂头丧气往岸上走，走到岸边一看，衣服裤子被河水冲走了。衣服裤子没有了，憨姑爷赤条条不敢上岸。左看右看，两边只有丛丛芦苇，憨姑爷无奈只好钻进芦苇丛中蹲着等天黑。

憨姑爷（二）

讲述：文守珍
记录：杨慧菊
2006年采录于永胜片角乡

从前有个憨姑爷，他媳妇给他说出门要活泛点，见人家打架，要劝一下；见人家讨媳妇，要说"和乐添喜"；见人家抬人，要说"莫哭了，年成不好，死了算了"；见火烧房子，要去救火；见人家打架，要说"莫打了"。

憨姑爷出门，见人家把火烧得旺旺的，在打铁，锤子打得火喷（火星四溅），他打盆水就倒在火上说："救火，救火！"打铁的人生气了就给他几锤锤，边打边骂："我们在打铁，你救啥火？"他哭着回去告诉他媳妇："老子今天着打了。"他媳妇问他："咋个整个？"他说："我把他们打铁的火泼熄了，他们就打我。"他媳妇说："打铁你要说添锤，添锤。"

第二天，他见到有两条老水牛在打架，就在旁边喊："添锤，添锤。"有条老水牛就往他肚子上撬了一角，把他的肚子撬了钵头大的一个洞，他就去河里洗。老鸹（乌鸦）在天上叫"嘎嘎"，他说："再嘎哈就要我的命了。"一只青蛙"扑通"（不痛）跳到水里，他说："钵头大个洞不痛？"后来他见人家讨媳妇，就去拦住轿子说："莫哭了，年成不好，死了算了。"轿夫把轿子停下来，舅老公就下来打了他一顿。他又回家告诉他媳妇他挨打的事，他媳妇说："人家讨媳妇你要说和乐添喜。"第二天憨姑爷出去看到抬棺材的人，就把人家拉着说："和乐添喜、和乐添喜。"死者家属就把大中小（抬杆）放下来打了他一顿，他回家就怪他媳妇说："这哈也着打，那哈也着打。"

憨姑爷（三）

讲述：王吉珍
记录：单思梅
2007年3月采录于永胜程海镇

憨姑爷的妻子生了一对龙凤胎，儿子取名叫放牛宝，女儿叫锅边转。妻子叫憨姑爷回娘家报喜，憨姑爷怕忘了孩子的名字，便边走边念叨："放牛宝、锅边转。"憨姑爷来到一条小河边，使劲往河对岸跳时忍不住"嘿扎吃！"地叫了一声。憨姑爷便又一路叫着"嘿扎吃"来到了妻子娘家，告诉娘家人妻子生了两个"嘿扎吃"。娘家人送一些鸡蛋给憨姑爷，让憨姑爷回家给妻子补身体，并告诉憨姑爷，要等水涨得"哗哗"响，并冒起水花时，才把鸡蛋打到水里。憨姑爷来到河边，看到"哗哗"的河水正冒着水花，便连忙把鸡蛋全打进了水里。

后来，憨姑爷上山砍一根长长的直木杆，可怜的憨姑爷扛着直木杆只会往前直走，转不了弯，下不了山，活活在山林里饿死了。

三两金子四无福（彝族支系他留人）

讲述：兰有清
记录：杨如刚
2003年5月采录于永胜六德乡营山村下朗者村

很久很久以前，人间有一位务敌，也就是皇帝，死了。这位务敌皇帝，人们不知道他姓什么。姓兰、姓海、姓陈，总之也不知道，也不知道他叫什么名字。

这位务敌皇帝死了之后，请了四个最有本事、最出名的工匠去埋葬他，但却只给他们三两黄金作为工钱，让他们四个人怎么分也分不平。务敌皇帝埋葬好后，四个人开始做饭吃，两个杀山羊做菜，两个人去打酒。打酒的两个人商量说："不如我们在酒里放上毒药，吃饭的时候我们俩不吃酒，让他们吃。我们只吃菜，毒死他们好了。这样我们两个人就可以分三两黄金了。"于是他们就在酒里下了毒。

吃饭了，打酒的两个人不吃酒只吃羊肉；杀羊的两个人，不吃羊肉，只吃酒，最后四个人都被毒药给毒死了。原来杀羊的两个人也商量好了，在羊肉里下了毒，准备毒死打酒的两个人好分黄金，想不到他们都被对方下的毒药给毒死了。其实，四个人都上了这个聪明的务敌皇帝的当。因为这位务敌皇帝担心他的坟墓被人知道，会有人去盗墓，所以不多不少只给了他们三两黄金，结果这四个人，由于人心不足都被毒死了。从此以后，再也无法弄清楚务敌皇帝的墓在哪儿了。

这个故事就叫作"人心不足，三两金子四无福"。四个人死了之后，抬务敌皇帝的龙杆却升上天去，变成了天边的彩虹。夏天雨过天晴的时候，我们经常会看见天边出现七道彩虹，那就是抬务敌皇帝的龙杆升天变成的。现在他留人行走在茫茫山野里，经常看见在山垭口的路边会堆着一堆树枝，每个过路人来到这里，都要捡起一个小石头或者折下一些树枝、树叶堆上去，这是为什么呢？因为人人都传说是务敌皇帝的脚印从这里过去了，是那位人们找不到坟墓的务敌皇帝从这里过去了。当你诚心诚意堆上树枝之后，行走在山里就不会迷路，不会累，就会平安吉祥了。

陈百万的三个小故事（彝族支系他留人）

讲述：陈志清 彝族 66岁 干部 初中　　王正茂 彝族 52岁 农民 小学
记录：杨如刚
2005年11月采录于永胜六德乡他留山

从前，他留人有一个富翁姓陈，大家都叫他陈百万，有人说他有数百万两银子的家产，有人说他有数百万只羊子。

他留人的牧场很广，除了从永胜县城东的他尔波忍峰（又名他鲁补子山，意为他留人的放羊人）和程海边直到四川省的两盐（盐源县、盐边县），还包括宁蒗县的战河一带。

有一次，有两伙在四川境内放牧的人为争夺牧场打起架来，只见漫山遍野是成千上万的羊群和牛群，还有马群，塞满了山谷，塞满了原野。数百个骑马的牧人，跳下马来，聚拢在一起，卷起袖子，拔出腰刀，大打出手，双方都飞马回报他们的主人。来到陈百万家的大门口，两位送信人不期而遇，感到十分惊诧，到大堂上陈百万接见他们，才知道两伙为争夺牧场打架的牧人都是一家人，都是陈百万家的牧人，牛马和羊群也都是陈百万的牛马和羊群。

还有一次，陈百万家的牧人要把牧群赶回家，路过一条河，河边的主人搭了一座独木桥，陈百万家的牧人向主人家租木桥过路，光是放牧的牧羊犬就过了三天三夜。

陈百万把一色的黑绵羊关在一个山谷里，而把另一色的白绵羊关在另一个山谷里，把一色的黑山羊关在一个山谷里，而把另一色的花山羊关在另一个山谷里。陈百万把颜色不同的马分别关在不同的圈棚里，陈百万家的牛群也是这样分色关圈的，可见陈百万的牲畜之多。

在他留古城堡里，出售羊子是先修一个围栏，然后把数百只羊子赶进围栏，然后一围栏一围栏地议价出售，而不是像今天这样一只羊一只羊地讨价还价的，陈百万家出售羊子的围栏是最大的。

他留人有句俗语是这样说的：

"我今天感到很荣幸，因为我今天见到了陈百万的下摆。"

这句话是说陈百万很富有，住在比官府还华丽的房子里，不是一般人所容易见的，见到了他穿着的衣服的下摆就感到十分荣幸了，就感到见到了贵人，一定会有喜事、好事了，因而心情非常好。

亡人魂

讲述：洪瑞
记录：单思梅
2007年3月采录于永胜程海镇一带

很久以前，农村死了人，死者家人要在埋葬后的第七天接死者的阴魂回家，农村叫接"亡人魂"。晚上，死者的家人在自家的天井中放一张方桌，桌上摆上水果、斋饭、烧上香烛，再在桌上竖一木梯，每根梯级上粘贴一张烧给死人的纸钱。传说亡人魂深夜要回家爬上木梯看准自家的方向，以后回家才不会认错家门。亡人魂走过的地方还会留下脚印，据说亡人魂留下什么动物的足印就是什么动物转世的。

刘三的爷爷死后的第七个晚上，家里做好了接亡人魂的所有事宜。刘三既是害怕又是好奇，因此翻来覆去无法入睡。下半夜时，刘三突然听到家里似有人上楼的声响，接着是放置食物的地方传来声响，然后是书房里有了响动，最后还听到碗筷碰撞的响声。刘三想，一定是爷爷的阴魂回来收脚印了（传说，亡人魂还要在生前家里经常走动的地方收自己的脚印），刘三很害怕，不知爷爷的亡人魂会是什么模样。

忽然听到下楼声响，刘三想，爷爷生前最爱自己，所以亡人魂一定会进自己睡的屋里。刘三紧张地从被角里往窗外张望，什么也没看到，却听见身后"咯吱"三声响，刘三以为亡人魂已到身后，吓得魂飞魄散，一身冷汗后浑身发抖。这时身边的哥哥被刘三惊醒，触碰到刘三被汗水浸湿的衣服，还以为刘三尿床。刘三说爷爷的亡人魂就在屋里，哥哥一听也很害怕，紧接着屋内又有"咯吱"声响，哥俩仔细一听，却是叔叔在邻床翻身，晃动了床板的响声。

一会儿，刘三哥俩还看到家里的大黑猫从窗口跳过，并发出"喵喵"的叫声。虚惊一场的刘三哥俩长出一口气，发出了会心的笑声。

他留的银子　岚峨的房子（彝族支系他留人）

讲述：陈正华　彝族　61岁　干部　中专　　罗绍泰
记录：杨如刚
2005年12月采录于永胜六德乡他留山

古时候，他留人与彝族另一支系的岚峨人以兄弟相称（岚峨人现居永胜县程海镇岚峨村委会），岚峨的姑娘常常嫁到他留，与他留是郎舅关系。

岚峨人农耕的时间较早，很会修建房子，也很会做生意。

那时候他留人的牧场十分辽阔，远到四川，畜牧业十分发达，成千上万的羊、马、牛、猪等牲畜在四川出售之后，获得大量的银两驮运回来。由于是长途运输，为安全起见，他留人就把银子藏在羊毛卷里。

回到家里，正赶上崀峨人前来上门收购羊毛，由于是长途运输，信息不灵，而且为了防意外，需要保密的缘故，家里人不知道羊毛卷里藏有银子，就卸下驮子将羊毛卷连同银子一同卖给了崀峨人。崀峨人回到家拆开羊毛卷，得到大量银两，高兴得不得了，还嘲笑他留人说："他留人太傻了，竟然以为羊毛不够重，掺入银锭来增加重量。"

他留人银子多就这样不胫而走，随着崀峨人做生意到处传扬开来。

崀峨人用从他留人那里得来的银子来修房子，房子修得更漂亮了，甚至超过了汉人修的房子，这就是俗话说的："他留的银子，崀峨的房子"，是说他留人银子多，崀峨人房子修得好。

这句谚语曾在滇西北广为流传。

洗衣女

讲述：洪瑞
记录：单思梅
2007年3月采录于永胜程海镇

古时候，一个少年书生特别勤奋，经常攻读诗书到深夜。

一天晚上，书生怎么也点不亮油灯，一摇油灯瓶子，才发觉头天夜晚倒满的灯油没有了。书生以为是被老鼠偷食，临睡时便将油灯用大碗扣住，可天亮一看，灯油又不翼而飞。书生想，一定是有人偷油，查看门窗，结实的门闩却完好无损。连续几晚都如此，书生想探个究竟，便深夜躺在床上装睡。

这时，油灯突然闪亮起来，灯下一个白须老人从布袋里拿出书来看，老人看得很仔细，不时在书上勾勾画画。天亮之前老人收拾好书，正要离开，书生一跃而起抓住老人，责问老人何故总是偷他的灯油。老人笑答："看书生勤学和心地善良，一定前途无量，所以才来借用。"书生说自己并不富裕，没有多余的灯油可以借用。老人说将来会加倍奉还，可书生还是抓住老人不放手。

这时雄鸡已打鸣，老人只好直言相告，说自己是地府专管人间婚姻的神，天亮之前必须离开。书生要老人答出自己的婚姻在何处的问题才肯放手。老人急于脱身只好泄露天机，说午后二时，书生到屋后的河边，就可以看到一个穿花格衣服的洗衣女,她便是书生将来的妻子。

书生将信将疑,午后二时来到小河边,果然看到河对岸有个穿花格上衣的洗衣女,仔细一看,埋头洗衣的小女孩却是满头疥疮。书生没想到老人会配一个这样的女子给他,心里很生气,便操起河边的一根油桐树棍朝河面甩去,谁知一失手,树棍正击中洗衣女头部。洗衣女立刻鲜血直流,晕倒在河边。书生一看闯了祸,急忙逃之夭夭。

事隔十多年,书生果然功成名就,并分赴州县做了大官。当地一官宦便将貌美如花的小女许配给他。花烛之夜,书生细看妻子美如嫦娥,十分满意,仔细端详发现妻子额头发际处有一块疤痕,问其原因,妻子说小时曾是孤儿,落难外乡在河边洗衣服时,被人击伤,幸好当官员的养父路过河边收留了她。书生一听,才知当年果然遇上了管婚姻的神仙。

裙边嫂的故事

讲述:唐正尧 55岁 教师 大专
记录:姬惠 50岁 教师 大专
1982年采录于永胜三川镇

出,还是进

从前有一对恩爱夫妻,男耕女织,小日子倒也过得和美。

一天,丈夫在山坡上开荒,路上来了一个骑马人。这个人就是本地大财主的公子,读了几本《三字经》,会说几句"之乎者也",便以为有了十分的学问,时常要弄点小聪明,出点难题,奚落奚落别人,自我取乐。

这天公子骑着马在路上走着,看见路边挖地的农夫就勒住马头,摇着扇子问道:"农夫哥,你每天挖几千几万锄?"

农夫抬头看看他,又低头看看挖过的大片土地,没有作声。

公子哈哈大笑,说道:"回答不上来了吗?回家问问老婆吧,明天我再来问你。"

说完,得意地走了。

农夫想了很久,也想不出个确切的数字来,只好去问妻子。妻子笑着,叫丈夫如此这般地回答便是了。

第二天，公子果然又来了，问起头一天提出的问题。农夫抬起头，反问道：

"那么请问公子哥，你的马又一天走了几千几万步？"

公子一下哽住了，心想："这问题提得倒有分量。"

就讪笑着问："是你老婆教你这样回答的吗？"

农夫道："是的。又怎样？"

公子说："那好，既然能回答我的问题，那就一定能办下面的事，给我准备一座千层桥，备下百甑饭，百瓶酒，百个碗，七十七双筷，九十九样菜，还要一碗龙尾虎爪汤，三天后，我到你家来吃。"

农夫望着他走了，心里闷闷不乐。这样的招待，他就是倾家荡产也备办不出来呀！可是公子是本地土皇帝的"太子"，不办又怎么行呢？他愁眉苦脸地回到家里。

妻子见了，惊讶地问："怎么了？"

农夫说："为你教我的一句话，惹下祸来了！"

妻子问："什么？"

农夫把经过一五一十地说了。妻子眉头一扬说：

"我当是什么了不起的事呢！这么点事——好办。只管让他来就是了。"

农夫心里纳闷，看着妻子满不在乎的样子，仍不觉提心吊胆。

第四天，公子果然来了。

农夫的妻子迎出大门外。门前一条小溪，溪上一座小桥。

农夫的妻子拿出一件棕衣铺在桥上，说道："请过千层桥。"

公子一看棕衣层层叠叠，正似千层万层，不好说什么，只好骑马过了桥。

公子进到屋里，农夫妻子端出一个蒸满白米饭的甑子，甑子外面用石灰浆涂过，说道："请用白（百）甑饭。"

又指着桌上一白瓷酒瓶说："请用白（百）瓶酒。"

旁边放着个白瓷碗，无花纹图案，自然就是"白（百）碗"了。

农夫妻子左手拿起一只红漆竹筷，右手拿起一只黑漆竹筷，说："请用七（漆）十七（漆）双筷。"

然后又去忙着炒了一盘韭菜炒鸡蛋，顺手用裙边揩揩盘子的水汽，盛了菜放在桌子上，说："请用九（韭）十九样菜。"

接着又从土罐里舀出一大碗葱花茴香汤，口里说道："请用龙尾虎爪汤。"

农夫妻子绣花围裙飘舞着,来去一阵风,转眼之间就办好了这些事。

公子看得眼花缭乱,无懈可击,只好上桌吃饭,觉得韭菜炒鸡蛋十分可口,吃完后,拿起盘子舔了舔。

临走,他又想起这女人先前为了盛菜,用裙边擦盘子水汽的事,还想再奚落一句,就道:"多谢'裙边嫂'了。"

农夫妻子觉得有来无回不是礼,便随口回敬一句:"怠慢'舔盘哥'了。"

公子悻悻然出得门来,一只脚蹬在马镫上,正想上马,但觉得心里疙里疙瘩的,便又来一招,问道:"裙边嫂,你说,我现在是上还是下?"

农夫妻子送他出来,正好跨在门槛上,一只脚在门外,一只脚在门内。她当即停住脚,反问:"舔盘哥,看我是出,还是进?"

公子哥儿非但没有讨到半点便宜,反而弄得言不得语不得,只好骑马跑了。

"公鸡生蛋,牯牛下崽"

公子哥儿嫉恨极了,灰溜溜回到家里。

老财主听儿子一说,不以为然地说:"蠢货,被一个妇人就难倒了,看我的。"

他转身唤来管家,吩咐道:"你去传我的话,叫那农夫三天之内备好两个公鸡蛋、一头牯牛下的崽、海洋大的一坛酒、路样长的一根线。三天后,老爷亲自去,若有差池,就要没收他的土地,将他两口子赶出村去!"

农夫得知财主的命令,愁断了肠。

妻子问:"又出什么事了?"农夫把情况说了一遍。

妻子道:"亏你还是个男子汉呢!兵来将挡,狼来枪打,天塌下来还有地接着,怕什么?到那天你只管在里屋蒙头睡觉。外面的事我来应付。"

三天后,老财主坐着轿子来了,进到院子里,迎面碰见农夫的妻子。

老财主傲慢地问道:"你男人哪里去了?本老爷到此,不来远迎,是何道理?"

农夫妻子道:"老爷亲临寒舍,实在是'下雨出太阳①——难得的事'。不过,我男人生孩子,不能出迎,很是抱歉!"

老财主喝道:"胡说!男人岂能生孩子?天下哪能有此等怪事?"

农夫妻子道:"天下倘有公鸡蛋、牯牛崽,为何男人不能生孩子?"

老财主沉吟片刻,无可奈何地摇摇头又问:"海洋大的一缸酒呢?为何不献出来?"

农夫妻子从围兜里拿出一个酒滤滤,递上去,说:"请老爷找来海一样大的酒缸,定给老爷装满。还得禀告一声,酒到老爷府中,要好好保存;不然缸破酒溢,府中成了酒海,人就成了龟虾了。"

老财主无言可答,手捋胡须,愣了好大一阵,才又问道:"那么路样长的线呢?"

农夫妻子又从围兜里掏出一把尺子,递给老财主。老财主十分不解。

农夫妻子说:"请老爷先量完天下的路有多长,我再给你那样长的线好了。"

老财主瞠目结舌,不知她那围裙里还要变出多少戏法来,只好说一句:"饶你这一回。"转身赶快钻进了轿子。

农夫妻子的围裙从此出了名,人们都亲昵地叫她"裙边嫂"。

当地的妇女们,不论姑娘、大嫂,甚至老婆婆,都爱学她的样,在腰里系一块围裙。

张公有百忍

讲述:文守珍
记录:杨慧菊
2006年采录于永胜片角乡

张员外家有一坝田,起得一房田房(看田的房子),招得一户田主(看田的人),给他家守地。过去没有田的人家多,这户田主生得一个小娃娃。张员外的儿子去串田(看庄稼),看到田家门前放着一碗水,觉得口渴,就去他家说:"我来你家吃点水。""赶忙来,我家生了一个小娃娃,哭得很,我

---

① "下雨出太阳",暗寓假情(晴)。

家打了一碗水。请你把这碗水倒掉，给我家娃娃起个名字。"田主招呼说。张员外的儿子说："水我给你家倒，名字我不会起，等我回去问问我爹。"他回去就对张员外说："爹，今早我去串田，去到田主家，他家生了一个娃娃，叫我给他起个名字，我不会起。"张员外说："等哪天我给瞧瞧哈。"有一天张员外来到田主家，看到他家门口有一棵李子树，已经开花，一定会结果，就回家对儿子说，小娃娃名字叫李果。

后来，李果的妈死了，李果就去张员外家要棺地（坟地）。以前的造孽人（穷人）死了，没有地方埋，就向富人家要。张员外就把一块烂泥塘给他妈做坟地。李果妈就埋在烂泥塘里。从此以后，李果家就好了，慢慢富裕起来，而张员外家就衰败下去。张员外很奇怪，到底是咋整个呢？难道埋李果他妈的烂泥塘是块好地？有一天晚上，张员外就把被窝拿到烂泥塘李果家妈的坟上铺着睡在上面，不一会儿就来了一个白胡子老倌，在张员外屁股上拍了三巴掌，对张员外说："你起来，这儿不是你家的了，这是李果家的。"他回家就觉得很奇怪，在他归逝时告诉他儿子，要把他和李果的妈合墓。他的儿子感到奇怪便说："爹，我家那么好那么大的坟山你不埋，咋个要和李果的妈合墓？她只是个田主。""你莫管，我就是要和李果的妈合墓。"并且告诉他的三个儿子说，他死后，要他们在家守一百天的孝才出门，守不满不要出门。三个儿子很听话，守到九十九天，大哥说，他头发长了，要到街上去剃头，在街上就和别人打架。他的两个兄弟说他大哥："大哥，你咋个不听爹爹给你说的话，今天九十九天，明天就一百天了，一天都忍不过，还跟人家打架。"就把他拉回家了。他默默地想，父亲确实要他们守一百天，咋个今早晨凭空会忙？后来他们三兄弟把坟铲开一看，见他父亲手拉一匹白龙马的龙头，脚刚刚踩上马蹬，没有骑上去，就怪大哥没有忍住这一天，他父亲才没有骑上马。后来，李果家越来越好过，李果还中了状元；如果张家父亲骑上去，他家也就好过了。

这个故事在民间流传说明了这样一个道理：多的都忍了，咋个一小点不能忍，而坏了大事呢？

两弟兄分家（彝族支系他留人）

讲述：王龙科 彝族 40岁 农民 初中
记录：杨如刚
2003年8月采录于永胜六德乡玉水村树柏佐

从前有一户他留人家，父母双亡，仅仅剩下兄弟二人，家中除了一头耕牛外一无所有。有一天，哥哥对弟弟说："我们还是分家各过各的吧。"哥哥有点狡，弟弟有点憨，弟弟同意了，两弟兄就开始分家。

哥哥说："你是要四只脚的还是要八只脚的？"弟弟说："四只脚的东西，像我家耕牛一样的我见过了，八只脚的我还从来没见过，一定是个好东西吧！我就要八只脚的。"结果，哥哥分到了四只脚的耕牛，弟弟分到了一只虱子，是哥哥从牛身上捉下来的。弟弟拿到手心里数了数，果然牛虱子有八只脚。

弟弟离开了家，带着虱子到处游走，虱子饿了就把它养在自己的身上让它吃点血，没事时他就把虱子拿出来放在地上逗着玩。有一天他来到一户人家，拿出虱子在那里逗着玩，一不小心，被这户人家的公鸡给一口吞了。他就在那里号啕大哭，说："我分家什么也没分到，就分到了它，现在它死了，被你家的公鸡吃了，这以后叫我怎么活啊？"这家人没办法，就把那只公鸡赔给了他。他把公鸡养在身边，带着它到处走，有一次一不小心被人家的狗给吃了，他在那里大哭，人家就把狗赔给了他。

弟弟把这条狗养着，他们成了形影不离的好伙伴，他把狗看成是他的亲人，自己舍不得吃也要让狗吃饱。转眼就到了栽秧的大忙季节，弟弟看到哥哥有耕牛犁田。自己的田没有耕牛犁，就回家把木犁配在狗的身上，让他心爱的狗来犁田。不料这条狗的力气很大，田犁得很好，犁得比哥哥的耕牛还快。哥哥见了眼红，就说自己的耕牛病了，天天来向弟弟借狗犁田，好心的弟弟就把狗借给了他。可是哥哥拿这条狗狠心地犁田，又不好好待它，终于有一天狗被哥哥累死了。弟弟非常伤心，就把狗埋在一个向阳的山坡上，并在狗的坟上种了一棵阿皮瓜。不久，瓜籽发了芽，长出来，开花结果，结了一个非常大的瓜。瓜熟了，他担心被人家给偷了，晚上他就躺进一个羊皮袋子里，缩成一团，一动不动地睡在瓜旁守着。一天晚上一个富人来到山坡，看见了大瓜,就把大瓜偷了,又看到瓜旁的口袋,以为是什么宝贝,顺手也把口袋背走了。富人到了家里,打开口袋,弟弟钻了出来,抓住了偷瓜的富人,富人没有办法,又爱面子,就赔了他很多钱。

弟弟有了钱,大摇大摆地回到家。哥哥发觉了弟弟很有钱,就想方设法弄清楚了弟弟发财的门路,于是,他也来学弟弟。哥哥把耕牛累死了,也把耕牛埋在山坡上,也在它上面种了一棵阿皮瓜,很快就长了出来,开花结果,也结了一个很大的瓜。瓜熟了,哥哥也学弟弟一样,天天晚上睡进皮口袋里,守在瓜旁。一天晚上,一个贼走了来,偷走了大瓜,顺手也把皮口袋背走了。贼把瓜和口袋背到半路上,哥哥忍不住"嘟"放了一个很臭的屁。贼就说:"这是什么臭东西,太臭了,不要了。"随手就把皮口袋扔进了悬崖下的大江里。

赊三不如现二

讲述:文守珍
记录:杨慧菊
2006年采录于永胜片角乡

赊三有两大小(两个媳妇),是满家满当的有钱人。现二是个独(孤)人,是个造孽(可怜)人。现二在赊三家帮长工,现二是一个诚实勤恳的人。

有天有人在赊三面前拱现二的毒(说坏话):"赊三,你家那个长工不要要了。"赊三问:"咋个不要了?""你家天天给他吃冷饭,他出去干活就在田埂上晒肚皮,睡瞌睡。你家还以为他出去干活哪!"赊三回家就对两大小说不要现二了,把他撵走算了。现二回来天已经黑了,赊三的两大小觉得现二挺可怜的,天这么晚了,到哪里去住呢?就悄悄地说给现二:"在草楼上歇,不要出声气(弄出响声),明天天不亮就出去,你会越走越亮。"第二早天不亮,两大小捏了一些饭巴坨给现二,现二吃了就走了。

现二走啊走,觉得又饿又累,走到一块大石板前就在上面歇息睡瞌睡,朦胧中有一仙女似的小姐来到他面前叫他,把他从石板上拉起来。现二说:"我是一个叫花子,你不要来拉我。"小姐说:"不怕,我是来搭救你的。"小姐原来是龙宫家三小姐。三小姐把他带到了如画的天宫里,他们就在一起生活,恩恩爱爱,人人羡慕。赊三更是不服气,把现二倒是撵好了,还讨了那好的个婆娘。他就眼浅(妒忌),成天想着现二的龙三小姐。有天他叫脚下(下面)的人去跟现二说赊三找他,现二觉得奇怪,问带信的人叫他去做什么,带信的人说你去了就知道了。现二就去赊三家了。现二说:"赊三哥,你叫我来做什么?"赊三说:"现二哥,我喊你来和你商量件事情,你给喜欢?"现二说:"咋个说过?"赊三说:"我两个换,我的家换给你,婆娘儿女全部换给你。你来我家,我去你家。"现二很难过,哭着把赊三的话告诉了三小姐,三小姐说:"你不要哭,我只是搭救你的,不能和你长时间生活,明天你就去对赊三说同意换给他。"第二天现二就告诉了赊三并和赊三签字画押。现二说:"赊三哥你不要反悔噢。"赊三说:"不会。"从此,现二就来赊三家生活,赊三就去了现二家。三小姐头晚不和赊三同房。第二晚也不和他同房。赊三问三小姐说:"你给是看不起我,为什么不和我同房?"三小姐说:"我和你同房要三晚上以后,你打盆水给我,洗洗澡我就和你同房了。"第三晚上,赊三打了一盆水,三小姐手扶盆边跳进盆里,就变成了一眼井,那如画的天宫也没有了,赊三变成了一个穷光蛋,只得去要饭。有一天,他要饭来到了他原来的家门口,两大小吩咐下人说:"你们出去瞧瞧,是谁在要饭,可怜,给他点,一样留给他些。"下人出去看了,说来的是赊三。第二天他又来,娃娃说:"又来了哪个?"现二说:"到底是哪个,我要出去瞧瞧。"现二出去一看是赊三,就说:"赊三哥,你咋过搞的,会变成这种样子?"赊三说:"现二哥,我换给你换背湿了,你倒好了,我只是在河路坝头,原来的啥子都没得了。"现二说:"是你心甘情愿换的,怪不得哪个。"赊三天天去要饭,后悔乃至气死了。

赊三和现二的故事就演变成交易场中的话把儿:与其赊三块给你,不如两块现钱卖给你。

大力士王鄂的故事（傈僳族）

讲述：石开呈
记录：祝发清　尚仲豪
1982年采录于永胜松坪乡

从前,在永胜县松坪一带,有一个傈僳族大力士,名叫王鄂。
王鄂干活,十个小伙子都抵不过他。王鄂背的背子,十个小伙子都背不动。

王鄂饭量也相当大，每顿饭要吃十二支筷子那么高的一堆粟米粑粑。

王鄂帮人放羊，每天都要路过楼梅村。

楼梅村中有一块大石板，长约五尺，宽约四尺，又平又滑，三四个小伙子才能翻得起来。如果要抬的话，就要十多个小伙子了。

王鄂在山上帮人家鞣羊皮，正需要一块大石板，于是他每天赶羊上山时，就一个人轻轻地把石板抬起来夹在腋下，带到放羊的地方鞣羊皮，傍晚放羊回来时，再把石板夹在腋下带回来。

村子里的乡亲见他腋下夹块大石板轻松自如，满不在乎，一个个惊得张大了嘴巴。

有一天王鄂正在山上放羊，忽然从森林里蹿出一只凶恶的老虎来，妄图偷羊吃。

王鄂看在眼里，不慌不忙地朝老虎走去，准备截击猛虎。

当他快接近老虎时，老虎发现了他，就转身向他扑过来。

王鄂毫不畏缩，勇敢地迎上去。当猛虎扑到他跟前时，他用手指头弹了一下，凶恶的老虎霎时就断了气，口吐鲜血，倒在王鄂身边。

傍晚，王鄂扛着死老虎，赶着羊群回到村里。

乡亲们听说王鄂打着老虎，纷纷来看，询问他是如何打死老虎的。

他说是用手指头弹死的，大家都不相信。越是这样，前来看稀奇的就更多了。

有一个壮汉很嫉妒王鄂，讥讽他说："我才不信呢，手指头能弹死老虎，王鄂成神仙了！他有本事来弹我一下试试嘛！"

王鄂被弄得不耐烦了，就用手指头轻轻弹了他一下，那壮汉当即口吐白沫，一命呜呼。

以后，再也没有人敢惹王鄂了。

这一年，楼梅村乡亲们种在山里的庄稼成熟了，但大家也为此发愁，因为庄稼一成熟，就会被野兽糟蹋，田地里留下了粗重的牛脚印。

大家奇怪的是：为什么没有其他野兽的脚印？只有野牛的。有的人怀疑是村子里的黄牛吃的，但谁也没有看到过，弄得大家莫名其妙。

后来，王鄂就和几个勇敢的小伙子夜里进山去暗中调查，才发现是地边的一个大石头在作祟。

每到半夜，大石头就变成一条大牯子出来吃庄稼，天亮前又回到原地变成大石头。

大家发愁无法制服石牛。

王鄂挺身而出，说："大家不要怕，我有办法。"

他叫乡亲们找来一根粗大结实的棕绳，用棕绳拴住大石头，然后叫十个小伙子拉住棕绳的一头，他一个人拉着棕绳的另一头，喊声"一二三"，一齐拼命拉紧棕绳。

等到小伙子们将要筋疲力尽时，王鄂才喊"住手"，说是石牛被勒死了。大家一看，只见石头上留下一圈深深的绳痕。

从此，乡亲们的庄稼就再也没有被糟蹋了。

以后，放牛放羊经过石牛身边，都要重重地抽它一鞭子，以示惩罚。

一天，王鄂到很远的地方去放羊，路过一个村子，见一伙人在那里砍一棵树，干得满头大汗。

不一会，树被砍倒了，他们准备把它划成两半抬到河上搭桥，王鄂看了一会儿就连忙赶羊上山了。

等他放羊回来，见木料还没有被划开，十二把斧头被夹在树上，动弹不得。王鄂看了很奇怪，就对他们说："你们干了半天也没有划开木料，要是我呀，一下就划开了。"

那些人咋会信王鄂的话，对他说："如果你能一下子把木料划开，我们就把十二把斧头送给你。"

王鄂正需要一把斧子带着上山砍柴，也可以当武器用，这下送上门来了，当然高兴得很，就说："可以，只怕你们舍不得十二把斧子。"

那伙人料定王鄂没么大的力气，便满口答应。

双方谈好条件，王鄂就动起手来。只见他一只手抬起大树，另一只手轻轻一扳，就把大树撕成了两半丢在地上。

那伙人一个个惊得目瞪口呆，你望我，我望你，说不出话来。等他们惊魂稍定，王鄂已把十二把斧子拿走了。

那伙人输了十二把斧头，心里很不是滋味，对王鄂又嫉妒又恼恨，就商量着去县衙门告状，诬陷王鄂抢走了他们的斧头。

这县官平时贪赃枉法，现在有人告状，以为又可以捞一把了，便不分青红皂白，派了三个县丁前去捉拿王鄂归案。

县丁来到王鄂家，家里人说他帮人犁田去了。

县丁来到田边，看到王鄂正在驾着一条大牯子犁田，就像刚从泥塘里抓出来的茨菰一样，满身是泥。

几个县丁都怕脏，不便上前捉他，就站在田埂上命令王鄂赶快跟他们到县衙门去，说有人告你了。

王鄂听了，就停住活儿，不慌不忙地卸下牛架子，用水洗掉大水牛身上的烂泥巴，又洗净自己的身体，然后用两只手轻轻地把大水牛抬回牛厩里。

三个县丁看到王鄂力气这么大，吓得直打哆嗦，哪个敢上前捆绑他，只是蹑手蹑脚地押着他返回县城里。

县官听了三个县丁的禀报，害怕起来，立即指挥十多个强壮兵丁把王鄂抓起来，用几根粗绳子把他捆在大柱子上，并派几个兵丁日夜看守着。

起先，王鄂没有反抗，任其摆布。后来他轻轻动了一下，霎时柱摇屋晃，整个县衙门都震动起来了。

看守的兵丁吓得大声叫喊："不好了，不好了！王鄂把县衙门整倒了，赶快放了他吧！"

县官被震得头晕目眩，听了禀报，更是吓得面如土色，立即下令释放王鄂。

他亲自解开王鄂身上的绳子，对王鄂说："你没有什么事了，可以回家了。"

王鄂回到村子里，乡亲们都很惊奇，想不到县太爷会无罪释放他。要是别人，早被投入到大监牢里去了。

王鄂把经过一说，乡亲们无不拍手称快，夸奖他为大家出了一口气。

从此，"大力士"王鄂的名声越走越远。

但王鄂还是一如既往，凭着自己的一身力气，帮人家放羊、种地，过着清贫的生活。他为人忠厚老实，好打抱不平，官家和坏人都惧怕他三分，而乡亲们却更加敬重他。

阿赤格不那（树果卡麂子）（彝族支系他留人）

讲述：兰荣美 彝族 30岁 干部 初中
记录：杨如刚
2005年12月采录于永胜六德乡营山村三板桥村

从前，有两弟兄在山上树林里开荒挖生地，到中午时候很累很饿了，就歇下来做中午饭吃，煮好了一铁锅喷香的酸腌菜豆米汤。正准备吃的时候，不远处突然跑出来一只麂子,在那里摘那种叫作"格不"的野果子吃。可是一不小心,一枚野果卡住了麂子的喉咙,那只麂子倒在了地上。

兄弟俩都看见了麂子倒在那里,弟弟就对哥哥说:"吃福来了,我们得吃麂子肉了。赶快倒了豆米汤,把铁锅空出来煮麂子肉吃,否则还没有煮肉的东西呢。"于是两弟兄就倒掉了豆米汤,拎着铁锅要去剐麂子。

可是还没有走到麂子的跟前,麂子却咽下了树果,苏醒过来,蹦跳起来,飞一样地跑走了。两兄弟什么也得不到,只好垂头丧气地回来。不但麂子肉吃不上,就连豆米汤也喝不上,只好挨饿了。

猎人的故事

讲述:段朝武 46岁 教师 大学
记录:杨桃
2006年4月采录

从前,在金官的章斐地方有一个姓吴的猎人。当地人叫猎人为打山匠。因为他姓吴,人们就叫他"吴打山",久而久之,反而谁也不知道他的真名字了。

吴打山是一个勇敢的猎人。他常上山去打猎,每当捕获野猪、老熊以及野兔等猎物,常分给乡里的穷人吃。人们都非常敬重他。

慢慢地,吴打山年纪大了,他常常想自己一身打猎的好本事总得有人传下去啊,于是就收了几个十五六岁的小孩子跟他学习武艺。孩子们在他的教导下也很有进步,常常能射到野兔之类。这时老猎人想,是应该练一下他们真本事的时候了,于是带了孩子们往原始森林的深处进发。

他们翻过了一座高山,捕到了一只野狼和几只野兔。不知不觉他们来到一座山顶,山上云雾腾腾,山风吹来有几分凉气,他们都很累了。老猎人看到了一棵倒在地上的水桶般的大树,看上去很光滑,就叫弟子们坐在树上休息一下。大家吃着干粮、喝着水,感觉好极了。这时老猎人抽起了烟斗,他抽一锅烟后习惯性地把烟锅在树身上轻轻敲了几下,但声音听起来有点不对。他仔细一看吓了一大跳,原来他们坐着的是一条巨蛇。

那巨蛇吃饱了在山坡上晒太阳睡着了,猎人没有惊叫。他沉着地对大家说,现在我给大家特殊训练,请你们闭上眼睛,不许偷看,谁先摸到山下谁就将获得胜利。

孩子们都高兴地闭上眼睛摸到了山下。等到了山下，老猎人叫他们睁开眼睛，才把刚才的险情对大家说了出来。听完后大家都吸了口冷气，心想要不是这样，惊动了大蛇，大家就死无葬身之地了，不得不佩服师傅的沉着冷静，给大家上了生动的一堂课。

子土司惨死之谜

讲述：魏成华 32 岁 干部 大专
记录：米承新
2005 年 11 月采录于永胜顺州乡

顺州子土司第十三代子天明，是子土司家族的最后一位土司。

子天明在位时，子土司家已经到了衰败的时候。他所管辖的地方主要是上顺州（即现在的顺州乡）和下顺州（即现在的板桥）的大湾、板桥、腊果、金明、批西等地。

子天明每年都到板桥去收租，他到板桥时总是骑着高头大马，前后跟着十几个护卫，护卫都带着火枪，十分猖狂。

他每到一村总是欺行霸市，更为可恨的是，他在板桥还常常强占民女。他所管辖的地方，人民对他是深恶痛绝。最为恨他的是大湾和腊果的两村人民。

这年八月的一天，子天明又带着他的队伍来到板桥的大湾村收租。

由于这一年板桥这一带收成不好，因此对于子天明的这次到来，大湾和腊果的村民更是怨恨在心。

子天明将他的队伍扎营于大湾村，到了晚上下起了大雨，酒足饭饱后子天明躺在床上吹起了大烟，叫他的几个部下在外边候着。不知不觉，子天明进入了梦乡。

当他正在做黄粱美梦的时候，万万没想到，一直对他仇恨已久的大湾和腊果人，早已布置了一个送他上西天的计划。

大湾和腊果两村组织了一二十个有胆有识的男子汉。

他们买通了子天明的手下，当他从梦中惊醒时，已经被捆住，手下被两村的人们换下。人们将子天明带到大湾村后的一个山洞，将其杀死。据说死时阳具已被割去，三天后他的尸体又被架到村后的一棵大树上。

这样子天明的一生就在板桥的大湾村结束。他死时只有二十二岁。子土司家也就这样走向灭亡了。

牛皮圣旨

讲述：杨成永
记录：杨学韬
2007年2月采录于永胜程海中学

金沙江边，有一个庄子叫作"白石庄"。据说，从前它不叫"白石庄"，而是叫"白吃庄"。

关于"白吃庄"的来历，还有这样一段千古佳话。

当年赵匡胤落难流落到此，他到庄子里乞讨。庄主出来一看，这人好生面善，且身材魁梧，其貌不凡，将来必定不是甘居人下的人。他立即把赵匡胤让进堂上，以礼相待，又吩咐下人备酒肉款待。当夜，庄主留赵匡胤住下，次日又设酒宴相待。

一连三日，庄主毫不懈怠。数日来，赵匡胤东家讨，西家要，总是半饥半饱。不曾想遇上这好心厚道的庄主，吃得他红光满面，乐不思蜀。梁园虽好却不是久恋之家。到了第四天，赵匡胤向庄主辞别，庄主也不挽留。临别时，赵匡胤叫庄主拿出笔墨和便于保存的书写纸来。庄主吩咐家人拿出笔墨和一张牛皮。赵匡胤就在牛皮上写下了"白吃庄"三个字，又在左下方签了一个龙形的图案外加一个"赵"字。写完，他搁下笔说："将来倘若有人来向你收取钱粮，你就拿这东西给他看。"说完，他辞别庄主而去。

有一天，一队官兵前来征收钱粮，庄主拿出写了字的牛皮给官兵看，那带头的官员看了，立即跪下说："这是当今圣上的手谕！"

那些士兵听说这牛皮竟然是圣旨，也赶紧跪下。从此官府再也不来庄上征收钱粮。这庄子就叫"白吃庄"。拿着"牛皮当圣旨"也成了金沙江两岸人们的口头禅。

仙人马脚迹

讲述：周兴祥
记录：杨学韬
2007年2月采录于永胜星湖镇

由永胜县城向南，有一条河，叫仙人河。仙人河里有一块巨石，方圆约数丈，其平如砥，巨石中央有一蹄印，据说是当年一匹白色的仙马留下的，所以，叫作"仙人马脚迹"。这儿有一个村子，就叫"仙人马脚迹村"。

相传很久以前，有一天，永北府高土司家大宴宾客，忽然，门外来了一个衣衫褴褛的老婆婆。下人以为是个讨饭的，就吩咐里边赏她一份酒饭，想打发她走。可是，她却说："我是你家老爷的贵客，你们不让我进去，就叫你们老爷来见我。"正在这时，高老爷送一位客人到大门口，听说有人要见他，上前一看，却是一个他并不认识的老婆婆。

高老爷看她虽然破衣敝屣，但十分面善，慈祥中暗含几分仙风道骨，忙上前笑迎道："怠慢了，老人家里边请。"然后，为她在堂上设了一桌丰盛的宴席。吃饱喝足了，老婆婆这才慢吞吞地从腰间摸出一样东西，说是她要送给高老爷的礼物，大家一看，原来是一双草鞋，账房收也不是，不收也不是。下人去问高老爷，高老爷说："就把它挂在马圈房的圈栏上吧。"

说话的当儿，老婆婆倏忽不见了，众人十分诧异。高老爷也觉得有些蹊跷："赶快跟我去看看，那草鞋肯定不是凡物。"来到马房一看，那匹高老爷常骑的大白马，已把草鞋吃了。马夫牵出马来，这马已是不同从前，它光芒四射，四蹄生风，蹄下如有雷霆，鬃毛一抖，霍霍有声。突然，白马挣脱缰绳，腾空跃起，越过高墙，向南飞腾而去。人们一阵风追了出来，只见马背上骑着的就是老婆婆，只是她身上穿的已是水袖纱衫，满面红光，手持净尘，飘飘而去。

人们寻迹追去，不见踪影，只见河里那巨石上留下马蹄的印迹，后人把它叫作"仙人马脚迹"。

高老爷十分怀恋白马，在城西的山坡上盖了一座庙，就叫"白马庙"。有永胜才女张瑞贞的诗《题白马庙》为证：

灵骨西坡见素容，
人知白马不知龙。
如今且向山偎卧，
只待云雷上九重。

灵药

讲述：李玉珍
记录：王秀梅
2005年12月采录于永胜程海镇

程海湖畔西边有一个小村子，村子里的一家人遭遇了不幸，全家人整日愁容满面。

老人用小罐盛了最后一点儿米，熬点儿稀粥给病儿喝，好让他别饿着肚子走；母亲怀里抱着奄奄一息的儿子，泪水挂在眼角，无奈地看着自己的爱儿，不知道还能活多久；小儿眼里无光地看着大人们在为他做着最后的安排。

就在这时，院子里刮起了一阵旋风，一条大蟒出现在院子中，它顺着墙壁爬上房梁。

大家抬头看着蟒蛇，心里在想：莫非是屋漏更遭连夜雨不成？或是何方神圣来救爱儿？

正想着，那条大蟒对着熬粥的瓦罐，张开嘴吐出来一股黏液后，便停在原地一动不动地注视着病儿。

病儿的妈妈明白蟒蛇的用意，但还是不放心地说：

"这是蛇毒，不可服用，会要了孩子的命。"老人却说："死马当作活马医吧，说不定这是一剂灵药呢！"便倒出稀粥让孙儿服下。

看着小儿喝下粥，大蟒便爬走了。

说也奇了，第二天，小儿的病就好了，又可以蹦蹦跳跳了。全家人感激涕零。

从此，村里人把大蟒送灵药的故事传了下来，奉蛇为神灵，碰到蛇或大蟒都绕道而行，不再去伤害它们。

木匠的故事

讲述：何以训 68岁 医生 大专
记录：杨学韬
2007年2月采录于永胜梁官镇

一

剑川木匠或许是得到了鲁班的真传，在滇西乃至云南的土木建筑方面，其工艺的精湛，技术的精巧，构思的巧妙都是首屈一指的。三川坝的许多庙堂和有名气人家的古典民居，都是由剑川木匠建造的。

据说梁官北街周大爷家的房屋也是剑川木匠所造。剑川木匠大师傅姓段，他手下有三个徒弟，平时多由大徒弟画线掌墨，另外两个徒弟做助手。段大师傅是不做活的，除了关键时候指点一二，大多时间就躺在榻上吹大烟。周大爷知道剑川木匠木活做得精巧，但是，他们更精于旁门左道、巫法邪术。因此，小心服侍，不敢怠慢。主房修缮完毕之后，又盖圈房。既是圈房，周大爷就没在意，因此，供给段大师傅吹的大烟，由每天三回，减为两回。段大师傅心里很不受用，他想给周大爷也来点不痛快。完工的那天，段师傅把徒弟们支开，趁人不备，便将一帖符咒塞进了圈门的榫口里。

从此之后，周大爷家的牲畜总是赶不进圈。令周大爷十分生气的是，就连那条平素最听话的牛，也打死不进圈。周大爷没法，只好找来几个年轻力壮的后生，前拉后推，硬是把它赶进圈去。第二天，家里忙着下地种田，可是这牛整死也拉不出来。

后来，周大爷请了一个叫智胡子的方士，动用法术才查出符咒，又将符咒钉在柱子上，端着一碗法水，连含三口喷向符咒，念动真言，化解了符咒，周大爷家方才平安无事。

二

梁官北街九号老宅是一座典型的三川坝民居——四合院。原来这座四合院是何大爷手上所建，西面是一排五间的马圈房。坐北朝南的这一所是主房，何大爷过世后，家境败落，主房世代相传，最后传给了他的一个老光棍重孙子。曾经恢宏一时的四合院,如今就只剩下这所已被改造为砖混结构的房屋,院子也早已和老宅子隔开。

据老一辈说,这座四合院,也是剑川木匠所建。建成之后,曾经出了许多怪事。每当夜深人静的时候,坐北朝南的主房堂屋里就会发出"刷刷"的响声,那响声由小到大,由慢到快,听了令人毛骨悚然。这声音刚停,又听见"嘩呤嘩呤"的铃声,由远而近地传来,像是有人骑马而过。当你刚刚从疲倦中进入梦乡,又会有摇骰子的声音和"么二三,败家当……"等吆三喝六的喧闹声清晰地传进耳朵里,让人听了心惊肉跳。后来有人发现那刷刷的声音,是一个小毛人顺着中柱爬上去又梭下来所发出的响声。

原来,这小毛人是剑川木匠用凿把子拴上乱头发做成,再加上咒语,把它放在中柱榫口中,一到夜晚,它就会出来作怪。而那马铃和吆三喝六的声音,至今也没人知道是安了什么机关。

这座四合院的大门是和东屋连接在一起的,大门盖得极其讲究。飞檐斗拱,雕梁画栋。后来就坍塌了,撤除的时候,挖出两个小木人和一只小戽水桶。从前,每当夜深人静,就会听到"哗啦哗啦"的响声,这响声就是戽水的声音。剑川木匠做的这两个小木人和这只戽水桶,加持了咒语,所以,小木人会戽水。原来夜深人静时听到的声音,就是这两个小木人戽水的声音。谁要是得罪了剑川木匠,戽水桶安装向外,小木人就向外戽水,院里人家的财源就要被戽光;谁要是让剑川木匠开心,戽水桶安装向里,小木人就向里戽水,院里人家就会财源滚滚而来。

四合院败落成现在这个样子,人们都说,就是当年何大爷曾经得罪了剑川木匠的缘故。

鸡饥鼠暑

讲述:秦志高 42 岁 农民 小学
记录:王秀梅
2005 年 12 月采录于永胜程海镇秦家铺

宋朝年间,有一位姓贾的秀才赴京赶考。

一天中午,因天气酷热,秀才到路旁村子里歇息,正逢一老一少在打场上晒谷子,几只鸡来偷吃谷粒,小孩拿个竹筒打去。老人见他是个读书人,便将刚才之事作成一上联，让他来对：鸡饥盗稻童筒打。

这上联每两字同韵，出得太绝，贾秀才虽然满腹经纶，也没办法，直到红日西沉，还未对上来，只得留宿在老人家中。

晚上，贾秀才在床上辗转反侧，为对下联难以成寐。忽听一只老鼠蹿到屋梁上歇凉，故咳一声，吓得老鼠仓皇逃走。贾秀才灵机一动，翻身下床，叫醒老人说："下联有了。"随即朗声念道："鼠暑凉梁客咳惊。"

饥鸡暑鼠

讲述：秦志高
记录：王秀梅
2005年12月采录于永胜程海秦家铺

有个秀才家里老鼠多，夏天人在檐下乘凉，老鼠也敢"吱吱"叫着从梁上跑过。秀才请画师画了一只大猫，挂在屋梁上，果然把老鼠吓跑了。于是，秀才想出一联：暑鼠凉梁，提笔描猫惊暑鼠。

想要对出下联，但总是想不妥当。

后来有一天，院子里晒着谷子，几只鸡跑来偷吃，秀才娘子叫小孩捡石头打鸡，秀才见状，顿有所悟，笑着说："下联有了，有了。"便喜滋滋地吟道："饥鸡盗稻，呼童拾石打饥鸡。"

阿依楚屏（彝族）

讲述：马永发
记录：邱继成
2005年10月采录于永胜羊坪乡

在小凉山的褶皱里，居住着我们的少数民族同胞——彝族。

相传有一位名叫阿依楚屏的人，他家世代以养羊为生，到了阿依楚屏这一代，已经养了六代的羊。

因为小凉山草场丰富，很适宜养羊，阿依楚屏又很会养羊，所以他的羊子繁衍得很快，也很多，多到简直很难计数。

为了保持绵羊种群旺盛的生命力，每年他都要将羊聚拢在山坡上，用滚木滚死一些老、病、瘦的羊，每滚一次都要死很多的羊，这样他的羊群才保持了旺盛的生命力。

就在这一年，他发现羊群中有一只很特别的羊，它的叫声很大很响亮。阿依楚屏就给它取名叫"纳给哈佳"，只要它一叫，很远的地方都能听到。

其他的绵羊也听它的话，只要它在哪里，其他的羊都会围在它周围。

当地土司施哥知道后，就想把羊王"纳给哈佳"弄到手。

不管施哥土司许什么愿，还是恐吓，阿依楚屏都不答应将"纳给哈佳"送给土司。

土司恼羞成怒，就派人把阿依楚屏抓到土司府囚禁起来，并派家丁杀了"纳给哈佳"。

阿依楚屏在狱中受到了非人的虐待，只好写信给家人求救。

阿依楚屏的妻子阿丝木嘎接到丈夫的信后，心如刀绞。她立即四处去请救兵，很多人都怕土司的势力，不敢去救阿依楚屏。

有一天，阿丝木嘎来到好古拉打这个地方请救兵，她声泪俱下地讲述了丈夫的遭遇，得到了好古拉打民众的同情，他们很快组成了一支队伍去救阿依楚屏。

经过激烈的战斗，打败了施哥土司。土司施哥见势不妙，带着一部分人跑了。愤怒的好古拉打民众放火烧毁了土司官署，同时，派出一部分人马去追杀施哥土司。施哥土司在逃亡的路上上吊自杀了。

阿依楚屏回到家里，继续养羊。后来，他的羊越养越多，一家人过着幸福的生活。

睡迷糊了（彝族支系他留人）

讲述：兰有清
记录：杨如刚
2003年5月采录于永胜六德乡营山村下朗者村

他留人有"好汉要讨九门妻"的说法。从前，有一个人去串青春棚，那天晚上他串了九个婆娘才回来。由于串了一夜，回来的时候天都大亮了。他一跨进门，就看见他的老母亲已经在打扫院坝了。这样害羞难堪的事情没有人看见，天却看见了。

天过意不去，就赶紧扯拢了来，天马上变黑了，等儿子进屋后才又亮开，为的是不让他们母子相见。乘着天黑的这会儿，儿子赶紧回到了自己的房里，说："哦，我以为天还没亮，就睡迷糊了，才一会会儿，原来天都大亮了。"赶紧走出屋来。刹那间，天就大亮开了。母亲说："天也是刚刚才大亮开的。"

现在，人们在清晨的时候，往往觉得天还没有亮，觉得还早，想再睡一会儿，可是一睡又睡迷糊了，等到醒来一看，天都大亮了，就赶紧爬起来，说："哦，我睡迷糊了，才一会会儿，天都大亮了。"其实天早就已经大亮了，只是天不愿看到那串青春棚起晚的人回家遇到老母亲会发生很难堪的场面，天才同情地又故意黑了一会儿，所以你就觉得天还没亮，你就睡迷糊了。

"睡迷糊了"这句话就是这样来的。

西天问活佛

讲述：文守珍
记录：杨慧菊
2006年采录于永胜片角乡

有个小伙子是个独子，生活得很造孽（可怜）。他帮人挑粪，一天一升米。他想，我天天去帮人挑烂粪，却总是攒不到余粮，到底是什么原因呢？他就去算八字，八字先生给他说，你去西天问活佛。他问拿什么去，先生告诉他拿一升米去。

他就开始攒一升米，但是左一天攒不起来，右一天也攒不起来，一升米总是攒不满。有一天，他对主人说，我帮你家挑快点，你帮我把米撮满点，我要去西天问活佛。主人家就满满地撮了一升米给他，他打了一个喷嚏又把米打倒了，还是不满。最后七攒八攒终于攒了一升米，他说今晚不睡觉了，我要守着这一升米。他就把灯点起来看书，瞧了一阵，有三只白耗子来吃他那升米。他说："耗子，你们不要吃我的米了，这升米是我攒了去西天问活佛的，你们吃了我攒不起来咋个去？"三只白耗子点点头走了，天亮了他就把那升米背起来出发了。

他走到一座山神庙前，天已经黑了，说："山神老爷，你保佑我，我来和你讨歇一夜,我去西天问活佛。"山神老爷说:"好,好,你来我的脊背后面歇息,不然等我的豺狼虎豹回来,会把你撕吃了。你去西天问活佛顺带帮我问一下,说我做了好多年的山神,但没有成果。"

第二早晨,他早早起床又继续走,来到一条河边,遇到一条大蟒蛇。他说:"蛇哥哥,你放我过去,我去西天问活佛。"蟒蛇说:"你去西天问活佛顺带帮我问一下,我在这河里好多年了,会不会成龙?你要帮我问,不问转来我就把你吃掉。"

一路走来天又快黑了,村子又离得远,两头都没有人家户,只中间有一户人家,他就去讨歇,说:"大妈,我和你家讨歇一夜。"大妈说:"我家房子烂,歇不成。"他说:"不怕,我达①你讨歇一夜,我去西天问活佛。""好嘛,那你要帮我家顺带问一下,我老两个七八十岁了,就有一个独姑娘,但眼睛双盲,怎么才能看得见?"

他在那户人家歇了一夜,第二天又早早地起床继续赶路。走啊走,历尽多少艰辛,好不容易到了西天找到了活佛。活佛问他:"你问他事还是问你事。"他说:"我事也问,他事也问。"活佛说:"问你事就不能问他事了。"他说:"咋个整?我如果不问他事,就会对他们失信,回去也活不成。"活佛说你只能问一样,他说:"也不管了,我就问他事。"便对活佛说:"我就问三件事。""哪三件?""第一件就是有个山神做了好多年的山神,没有成果。"活佛说:"山神左边有三缸金,右边有三缸银,他如果舍得那三缸金和那三缸银就能有成果。""第二件是有一条大蟒蛇在河里几十年了,没有成龙。"活佛说:"你回去说给它,它嘴里含着一颗宝珠,它如果舍得它那颗宝珠就会成龙。""第三件是有家老两个七八十岁了,就有一个独姑娘,眼睛看不见,老两个老了找不到吃的。"活佛说:"你告诉她,见了她的亲丈夫眼睛就好了。"

他忠忠诚诚把别人的三件事问完了,自己的事问不了也不管了,问完就往回走。

他又回到那户人家说:"大妈,我回来了。"大妈说:"你给有②帮我家问?"他说:"问了,活佛说她见了她的亲丈夫眼睛就好了。"就又在她家歇了一夜,第二早那姑娘的眼睛就好了,姑娘的爹说:"你就是我女儿的亲丈夫了,你就在我家住下吧。"他说:"我在你家也行,但还有两件事必须要去答复,等

---

① 达:方言,和的意思。
② 给有:方言,有没有之意。

我答复后再回来。"他就回到河边，那条大蟒就在那里等着了，蟒蛇说："你是否帮我问了？"他把活佛的话告诉了老蟒，老蟒说："好，你把手摊开，我把珠子吐给你。"他又来到山神庙把活佛的话告诉了山神，山神说："好，你来把金银挖去吧。"就这样他金也有，银也有，宝珠也有，姑娘也有，家也有了。

幻 想 故 事

三姐妹

讲述：王洪球 35 岁 教师 本科　　蒋志玲 女 35 岁 教师 本科
记录：杨慧菊
2005 年 11 月采录于永胜片角乡

相传很久很久以前，金沙江南岸气候非常恶劣。

一条干河横穿片角，把这块贫瘠而又干涸的土地均匀地分成了两片。

那时，天宫里住着许多仙女，雷公的三个女儿也在其中。

她们过着衣食无忧的生活。

可是，雷公的脾气喜怒无常，稍不顺心便整日绷着脸，让三位女儿没日没夜地为他纺织绸布。

纺好了白色的还要纺灰色，纺好了灰色的还要纺黑色，有时还一连几天都让她们纺红绸呢。

三姐妹受尽了雷公的折磨，无法忍受他的无理取闹，心中苦闷极了。

在一个月明星稀的晚上，她们趁宫内众人熟睡之机，偷偷逃出天宫，飞向人间，想到凡间看看，顺便散散心。

她们在姐姐的带领下，驾着彩云，迎着和风，穿过一座座青山，越过一片片梯田。

她们飞呀飞呀，游遍了大江南北。

她们来到卜甲这一地带时，傻了眼：

一间间低矮破烂的茅草屋萧瑟凄凉，一坝坝田地里长满了枯黄的野草，一个个小土坡全是光秃秃的……

一种怜悯之情油然而生：这是怎么回事呢，人间为何这般模样？

"河！这河怎么没水呢？"三姐妹异口同声地说。

于是她们在河的上空停了下来。

大姐忍不住愤愤不平地说："天公真残忍，这么长时间暴烈的天气，别说庄稼，就是人也得被晒死……"

"是呀！你看若不是这样的话，河中怎么会没有一滴水呢？尽是沙砾乱石。"二姐接过了话茬。

"你们别尽说没水的话了。听说，雷公要是大发雷霆，非骂得雨婆婆泣不成声不可。几天大雨不断，河水直往上涨，冲断河堤，冲毁良田，那才叫惨呢！要是雷公高兴呀，那就半年几个月不吭一声，准把草儿烤得焦黄，连河里的乱石也得发烫呢！"快嘴的妹妹接过话头说得头头是道。

大姐叹息道："唉，原来人间如此荒凉。天公在上为何不解民间苦呀！回宫后，我们姐妹仨一定得好好想想办法，帮帮人们，可不能让宫里的人再那么任性，得让雨婆婆、雷公公不再吵吵闹闹。只有他俩和和睦睦了，世间才会风调雨顺，五谷丰登。人间才会太平呀！"

"你说得对，回去后我们一起努力，为解除民间疾苦出点力，也不枉来人间一趟了！"两个妹妹高兴地附和着。

三姐妹正谈得起劲。"喔，喔，喔！"鸡打鸣了。

天亮了！这可怎么办？回宫已迟，泄露天机，可得天打雷劈，押入十八层地狱。

两位姐姐说："与其坐以待毙，不如就地化为清泉，以解人们的燃眉之急，了却咱们的心愿。"

说完她们快速取下发簪往地上一扔，三姐妹倏地从空中落了下来，在河心和两岸立即化成了三股温泉。

从那以后，河里有了水，人们在这儿辛勤劳作，引水灌溉，庄稼得到了好收成。

为了感谢三姐妹赐水的恩情，人们还在泉水旁边修了水池，铺上了石板。

常常有村民带着全家老少在这儿洗脸、泡脚、洗澡、洗衣，那欢乐的嬉戏声、歌唱声时常会引来不少过往的行人。

三姐妹的故事从此在民间世世代代流传。

两老表

讲述：黄桂珍 女 78 岁 农民 小学
记录：陈丽琴 女 35 岁 干部 中专
2005 年 12 月采录于永胜永北镇

从前，有两个老表，一个在东村，一个在西村。

东村的老表心地善良，忠厚老实。

西村的老表精明滑头。

两老表家境贫寒，二人便相约到很远的地方去做生意。

二人同心协力，省吃俭用，三年后，便赚了一笔数目不小的钱。

他俩惦记着家里的老小，于是就起程回家了。

一路上跋山涉水，风餐露宿，不知不觉已经走了一个多月，他二人掰着指头算算，估计再走半月就可以到家了。

东村的老表想到不久就可以和家人团聚了，脚步加紧，走得更快了。

而西村的老表却磨磨蹭蹭老拖在后边。他一边走一边盘算：

"这么多的钱，要是都归我一个人，那该多好啊！"

于是，他就打起了坏主意，想了一个谋财害命的毒办法。

二人途中经过一座万丈悬崖，西村老表看四周无人，就对东村的老表说：

"表弟，你也走累了，把包袱拿来我挎一段路。"

东村老表还以为他是关心自己，就把包袱给了西村老表。

快走到悬崖边，西村老表抢先一步，走到悬崖边，装模作样地朝下看了看，大声叫道："表弟，快来看，崖子底下好像有个怪东西。"

东村老表一听，忙说："我看看。"

他刚刚走到悬崖边，伸长脖子往下看，西村老表趁他不备，用力一推，东村老表没来得及叫一声，就掉了下去。

西村老表见状，连忙溜走了。回到家里假惺惺地哭着对东村老表的家人说：

"表弟不小心连人和钱都掉到崖底去了。"

家人听了，哭得死去活来，但又没有办法。

西村老表用这些昧心钱，买田地、买牛羊，从此就富了起来。

再说东村老表稀里糊涂地朝崖下跌去，还算走运，被悬崖峭壁上的一棵树挂住，只不过受了点皮肉伤。

他顺着从崖头上垂下来的树藤子，费了九牛二虎之力才爬上来。

他身无半文，只好白天采些野果充饥，喝些山泉解渴，晚上就在破庙中歇脚。

有天晚上，他又在一座破庙中歇脚，就睡在神龛底下。

忽然，迷迷糊糊的，他听到说话声。他好奇地往外一瞧，妈呀！原来不是人，是三只会说话的豺狗。

他吓得一动也不敢动，屏住呼吸，听它们讲些什么。

只听见其中最小的一只问道："大哥，你今天吃饱了没有？"

有一只答道："我今天吃得饱饱的，运气真不孬。"

小的那只又问道："二哥，你呢？"

另外一只又答道："我也跟大哥一样。小兄弟，那你呢？"二哥反问道。

小的那只回答："也跟二位哥哥一样。"

"唉！"只听大的那只叹了口气。

另外两只忙问："大哥为哪样事叹气？"

大的那只说："我们要是凡人，那该多好啊！山神菩萨后面埋着的一窖银子，就可以享受了，可惜我们拿了它无用，我们没有这福气花掉这笔银子喽。"

另两只连忙说："大哥，不要太难过了，我们不用这些银子不也过得很好吗？天色不早了，我们就找个地方歇息去吧！"

说着三只豺狗就慢慢地走了。

东村老表把豺狗的话听得一清二楚。

等它们走远了，他到山神菩萨的后面挖了起来，果然挖到一堆银子。

看着那么多白花花的银子，他高兴地向山神爷连连叩头，对山神爷说："多谢山神菩萨搭救我，我回去一定多做好事，多救济乡亲们，来报答您的大恩大德。"

说完，又叩了三个响头，到家后，家里的人被他吓了个半死，还以为他是鬼呢。

后来他向家人说明真相后，家人又惊又喜。

从此，他家就富了起来。

他真的不食言，经常接济那些贫苦的乡亲，成了远近闻名的善人，日子也越过越红火。

西村老表夺了那笔昧心钱后，整天吃喝嫖赌，很快就把钱花光了，又成了一无所有的穷光蛋。

他听说了东村老表没有死，还发了大财，又打起坏主意来了。

他厚着脸皮到东村老表家去，淌着眼泪，虚情假意地说：

"表弟我还以为再也见不到你了，那天我实在是没有拉住你，才让你掉下去的。你真是福大命大，今天我们喝上几杯，庆贺庆贺。"

于是二人就喝起酒来。西村老表不停地敬酒，把东村老表灌醉了，他便趁机问道："表弟，你是怎样有这么多钱的？你能说给我听听吗？"

东村老表的心太善良了，他就把如何跌下崖去被树挂住，如何爬上来，又听见豺狗说话，挖到银子的经过原原本本讲出来，末了，还说：

"如果你不相信可以再到那庙里去，躲起来，说不定还有银子挖。"

西村老表听了，装不相信的样子说：

"你说得太神了，我倒要去试试。"

于是他迫不及待地去了，还是睡在神龛底下。

不知过了多久，他果然听到了说话声，一看，真的是三只豺狗。

只听见还是小的那只问道："大哥，今天你吃饱了吗？"

大的那只答道："今天运气真孬，连个野兔都没有碰到，到现在肚子还是空的，真饿死我了。"

小的那只又问道："二哥，你呢？"

另一只也答道："今天我也什么都没有吃到，跟大哥一样。小弟，你呢？"二哥问道。

"我也什么都没有吃到，跟二位哥哥一样。二位哥哥不用发愁，总会有东西吃的。"小的那只安慰道。

三只豺狗都不说话了。过了一阵子，只听到大的那只怒气冲冲地说：

"那天我们讲的那些话，被哪个贪财鬼听到了？把我们的银子挖了个一干二净。要是被我碰到，我非吃了他不可。"

说话间，小的那只用鼻子嗅了嗅，说："大哥，我好像闻到了生人气。"

另两只也仔细嗅了嗅说："嗯，真的有生人气。"

大的那只更加愤怒地说："这个贪财鬼，还嫌不够又来了。小弟，去把他给找出来,我们痛痛快快地饱餐一顿,人肉是最好的美味。"

小的那只就找了起来,不一会儿,就从神龛底下把吓得半死的西村老表找了出来。三只愤怒的豺狗扑了上去,三下五除二就把他给吃掉了。

真是害人终害己,山神庙中把命丢。

小姑娘和老变婆

讲述:杨慧菊
记录:杨娟 女 18岁 学生 高中
2005年12月采录于永胜片角乡

从前在一个很远很远的山庄,住着一户四口之家,爸爸、妈妈,还有姐妹俩,大的六岁,小的三岁。

妈妈常年多病,田地里的活儿和上山砍柴全是父亲一人承担。

姐姐虽然只有六岁,但她很懂事,很勤快,时常到田里帮助父亲捡石头、割叶子烧地等。妈妈多是在家做饭洗衣。

尽管如此,在这样山高皇帝远的地方,他们家的日子倒也过得愉快。

可天有不测风云。

有一天,爸爸上山去砍柴,不幸掉下山崖摔死了。全家人哭得死去活来,万分悲痛地埋葬了父亲。

家里的顶梁柱没了,妈妈不得不拖着病怏怏的身子,强挣扎着下地干活。

日子一天不如一天,妈妈的病也更加重了。

一天,妈妈终于病得起不了床了。

妈妈在姐妹俩的啼哭声中撒手而去了。

从此,姐妹俩无依无靠,更可怜了。

这一年,姐姐八岁,妹妹五岁。

有一天,她们去山林里采野果,一不小心,姐姐从树上掉了下来,伤心地哭了:

"要是爸爸妈妈不死,该有多好啊!"

其实姐妹俩的行踪已经被一双眼睛盯了两天了,听到姐姐的话,那双眼睛活了起来,骨碌碌转个不停:

"我的好运气终于来了。她们没有父母,是孤儿。我想个办法,到她们家去,吃掉她们,好几天没有打牙祭了!怎么吃呢?对,应该先吃小的,小的肉特嫩。"

天黑了,姐妹俩准备睡觉。

"咚咚咚,咚咚咚!"

是谁敲门?姐姐想。

"咚咚咚!快开门,我是外婆,看你们来了!"

莫不是外婆真的来了?妈妈过去讲过,外婆家住在很远很远的地方。

妹妹听说是外婆,高兴极了,姐姐来不及阻挡,妹妹已经打开了门。

只见进来一位老婆婆,手里提着一篮鸡蛋,瘪瘪的嘴,尖尖的牙,塌塌的鼻头,斜斜的眼睛,姐妹俩被吓了一大跳:外婆怎么这样丑?妈妈那么漂亮,母女俩一点都不像。

妹妹看见鸡蛋,就什么也不顾了。

从妈妈去世就再也没有见过鸡蛋了,今天一见,不管生的熟的,拿起就往嘴里送,无论她怎么吃,就是咬不动。

"外婆,这鸡蛋怎么咬不破?"

"傻外孙女,走了这么长的路,天又冷,鸡蛋结冻了,要明天才可以吃。"

妹妹听了,可怜地放下鸡蛋。

姐姐端个凳子给外婆,外婆已经在坛坛上坐了下来,只听见淅沥唰拉响。

妹妹问外婆是什么东西响。外婆连忙说,那是老鼠闹。姐姐也听见了响声,也觉得奇怪。

姐姐也很喜欢鸡蛋,伸手摸了摸,拿了拿,觉得很沉,很粗糙,有些可疑,但她没有言声。

洗过脚脸,没有什么东西给外婆吃,而外婆也说不饿,也就睡觉了。

妹妹偏要跟外婆睡,这正合外婆的心意。

睡到半夜三更,姐姐被一阵声音吵醒,仔细一听,原来声音是从外婆那儿传过来的,她好像在吃什么。

姐姐问:"外婆,你在吃什么?"

外婆回答说:"我包里有几颗豆子,一时睡不着觉,就把它吃了,你吃不吃?"说着就递了过来。

姐姐接过一摸，呀！什么豆子，分明是节手指头，又细又嫩，她想起来外婆不坐凳子而坐在坛坛上，坛子里为何会有响声，难道她就是妈妈讲过的长尾巴会吃人的老变婆？那声音一定是她的尾巴弄出的响！

她伸手一摸篮里，哪里是鸡蛋，全是硬铮铮的石头。

她更加确信这"外婆"就是老变婆，妹妹已经被她吃掉了。

她越想越害怕，得想办法逃走！

睡了一会儿，听听"外婆"没有动静，大概是睡着了。

对，得趁这机会逃走！她轻手轻脚地起床，想不到老变婆还是听见了。

"孩子，你要干什么？"

"外婆，我要拉屎。"

外婆说："忍一忍吧，要不就解在屋里。"

姐姐说："不行，我每天晚上都有这个习惯，解在屋里会很臭的。"

姐姐知道她是不放心自己，就又想出一个办法，对她说：

"用一根绳子拴着你和我，你随时拉一拉，感到重，就证明我还在。"

老变婆想，对，就这么办，这样她就跑不掉了，再说她把屎屙掉，吃起来才香。我才吃了她妹妹，肚子还胀鼓鼓的，待我好好地睡上一觉，再慢慢地吃她吧。

于是绳子的一端拴在老变婆的手上，另一端拴在姐姐的脚上。

绳子很长，姐姐不慌不忙地出来，到了门外，急忙把绳子解下来拴在一根木头上，然后逃走了。

她跑呀跑，天快亮了，遇到了一位老猎人。她把发生的事告诉了老猎人，老猎人很气愤，就和小姑娘一起赶回她家。

再说，老变婆隔一些时候就拉一拉绳子，每次都觉得很沉，也就很放心，这时还睡得正香。

老猎人一箭就把老变婆射死了，为民除了一害。

老猎人看姑娘可怜，就把她带到很远很远的老家去了。

王老大遇怪

讲述：洪瑞
记录：单思梅
2007年3月采录于永胜程海镇季官村

王老大是个庄稼汉，一年四季以种田为生。

一天夜间，王老大身披棕制的蓑衣，拿了一把锄头到田间扒夜水。水引到田间，王老大就在沟边荒草坪上枕着锄头半躺着。到下半夜时，沟里的水声突然小了，王老大便起身看个究竟。就在他刚起身时，忽然看到远处有盏灯从水面上漂下来，王老大使劲揉眼，以为是月亮的倒影，可天上也没有月亮。他以为一定是有人想偷水搞的恶作剧，把蜡烛点放在木板上。亮光漂浮着到了高田埂旁时就忽然不见了，王老大以为被水打翻来灭了，便翻起身看。就在这时，一个长脸的大汉突然从田埂上爬了上来，头发长长地向上竖着，两只眼睛发出绿光，眉心有一亮点比绿眼睛还亮，身上穿的衣服很薄，被微风吹得不时飘动。

他一张狰狞的笑脸盯着王老大，王老大被吓出一身冷汗，丢下蓑衣就用锄头朝怪人挖去。怪人向后一退闪过，他边挖边往回走，怪人也跟随他到街口才退回去不见了。王老大到家门口吓得发不出声音，只好用锄头敲门，家人开门发现他一身湿衣服，以为是跌到了水沟里，便烧火让他烤，换了一身干衣服，一个时辰后身体暖和了才讲出话来。

王老大全身无力，一睡就是两天，大病一场，吃药调理几天后才恢复元气。

深山遇怪

讲述：洪瑞
记录：单思梅
2007年3月采录于永胜程海镇季官村

很久以前，农村起房造屋都要到深山砍木料，吃住都在山间，直到砍够一座房子的木料。王家村王老汉眼看儿女长大成人，便到深山砍木料准备建一所新房。

眼看木料就要被砍够的一天晚上，一个妇人手拎吊马绳，呼唤着牲畜来到老汉窝棚前，询问王老汉有没有见到一匹紫色的马。妇人的马丢了，她想在王老汉炭火边坐一夜，天明好继续找马。心地善良的王老汉不好拒绝，但细看妇人细皮嫩肉，穿着的衣物也不像牧马人家，便心生疑虑，趁妇人放置吊马绳时，王老汉就偷偷将砍木料的斧头放置身后，和衣睡在火堆另一面。

妇人看着王老汉打呼噜睡熟时，忽然全身抖动，脸上现出长毛，嘴一张伸出一条五寸长的舌头，双眼射出绿色的凶光，向王老汉扑去。装睡的王老汉一惊，抽出身后的斧头使出全身力气向妇人砍去，只听一声长叫，妇人和斧头都不知去向。王老汉怕此怪还会来打扰，就用弹木料用的墨斗线在窝棚周围拉放了一圈（旧时人们认为墨斗线有避邪的功能）。

天亮的时候，王老汉看到妇人的吊马绳原来是一根藤条。斧头却怎么也找不到了。王老汉把此事讲给村里人听，有人说王老汉是遇上了鬼怪，也有人说王老汉是砍木料太累，产生了幻觉。

鬼推磨

讲述：安桂方 55岁 农民 初中
记录：杨慧菊
2005年10月采录于永胜片角乡

很久以前，有一个端公外出给人家作法事，路程很远，回家的时候天快要黑了。他骑着一匹马，走在偏僻的山路上，走了不大一会儿，天完全黑了下来。他走着走着，突然听到一个女人的声音：

"大哥，等等我跟你一路走。"端公回头一看，一个人影来到了他的面前，感觉好像是个少妇。他还没有来得及回答是否要一起走，那女人就很轻便地从后面跳上马背，并双手搂抱着他的腰。

端公吓了一大跳：是何方的女子竟然如此大胆，深更半夜在外面与一个陌生男人搭伴还搂着他的腰，这是有违妇道的。这个女人一定不平常，她一定不是人而是鬼。如果是鬼就难逃他的法咒。

他悄悄地从腰间摸出作法事的印章，在少妇的衣服上盖了一个印，如果是鬼靠她自己是难以变回原形的。

一路走去谁也不说一句话，天快亮了，那少妇在后面磨来磨去的，好像有浑身的虱子在叮咬她。端公知道了这妇人是鬼，天快亮了她急于脱身，但法印盖在她身上，她是无法变回去了，除非别人替她脱掉衣服。

天亮了，那女鬼变不回身，只好跟端公到了他家，端公对妻子说是买来的佣人。

于是，就天天让这个女鬼替他家推磨。

这女鬼好像一匹骡子，不知疲倦，力气大得出奇，而且还很勤快。端公的妻子吩咐她做什么她就赶快去做，而且做得很好，这可把端公的妻子乐坏了。

有一天，端公要出门去办事，临走的时候叮嘱妻子，要妻子看好这个女鬼，千万不要给她脱衣服。

端公走后，女鬼觉得脱身的机会来了，就对端公的妻子说：

"我来你家这么长的时间，从来没有脱过衣服洗澡，身上不知长了多少虱子，请你替我脱一下衣服，我也好洗个澡。"

端公的妻子想起端公说的话，说什么也不同意，宁愿给她捉虱子。

于是，她就给女鬼捉虱子，捉了一会儿，女鬼又对她说："我衣服本来就脏，身上也有很多汗，即使你现在帮我捉干净了，明天也还是会生的。如果你不放心的话，你就守在我旁边好了。"

女鬼知道，如果端公回来，她就无法脱身了，怎么能错失这个良机呢？她就千方百计骗端公的妻子。

端公的妻子心想，也是了，她身上这么脏，也该洗一洗，我寸步不离开她，守着她，她就不会跑掉了。

她就替女鬼脱衣服，哪知刚脱下来，那女鬼就化作一股青烟不见了。

雪压竹梢头点地

讲述：周开祥
记录：周天云
2005年12月采录于永胜永北镇

传说很久以前，有一天晚上下了一场大雪。雪下得很大很大，铺天盖地地整整下了一夜。

第二天清晨，白雪皑皑，分外妖娆。

此时有一位老师带着一群学生在校园中扫雪。

园中郁郁葱葱长有一丛竹子，竹梢上堆积着一层厚厚的白雪，一阵风吹过，那竹尖儿忽高忽低随风飘舞。

老师触景生情，诗兴大发，于是召集学生吟诗作对，描述雪景。

师曰："雪压竹梢头点地，你们将下联对来。"

学生听完老师的上联，一个个皱眉抓腮，谁也将下联对之不上，于是一齐向老师请教："老师，我们无法答对，敬请赐教，将下联告知！"

谁知那位老师出上联时也未曾想过下联该是什么。

他被学生突如其来的这一问，马上急得面红耳赤，张口结舌，二目圆睁，面子、尊严一齐涌上心头，于是气堵咽喉，"嘣咚"一声仰面朝天倒地而亡。

自那日开始，这所校舍便再也没有人敢前去就读住宿。

由于那位老师出题憋死了自己，死后阴魂不散，每天天黑时分，校园内便出现他的声音——"雪压竹梢头点地……"

一天，一个卖烟花爆竹的生意人到此地，正巧碰上镇子里赶集，客栈都住得满满的。这位客商听说那所校舍空着，便要前往住宿。

有人劝说道："这位客官，此校园你不能前去。"

"却是为何？"客商这样问。

"客官你不知道，校园内有鬼。"

客商听完，不恐不惊地抿嘴一笑，言道："不必担心，我自有法儿对之。"话毕挑起货郎担，不慌不忙迈步直往那学校而去。

客商进入校园，找了一个妥善的地方放下货担，然后挑选了一间上好的书房关上门窗，点燃灯卧床歇息。

由于做了一天生意，筋疲力尽，因此没躺下多久客商便呼呼入睡，鼾声如雷，点着的灯也随着鼾声渐渐熄灭。

午夜时分，忽然"咣当"一声风推窗开，这才将他从睡梦中惊醒。他"刷"地一下掀开被盖坐将起来，正欲下床关窗，忽然断断续续、隐隐约约听见有声音。

他轻脚轻手倚窗细听，声音来自竹林附近，好像有一人口中不停地背诵着"雪压竹梢头点地"，似在转悠着寻求下联。

客商待那声音靠近窗户之时，张口对出下联："风吹荷叶背朝天。"

语音刚落，只见一黑影"扑通"一声跪在窗下，连朝窗内磕了三个响头，霎时无影无踪。听说从此以后，那所校园就再也没有听到过念对联的声音了。

玉蝴蝶

讲述：洪瑞
记录：单思梅
2007 年 3 月采录于永胜程海镇一带

古时候，一书生赴京赶考，在途中患病，等书生病好了赶到京城时，考期已过。他怕来回路途遥远，耗费大，又误了来年考期，便在京城就读。书生找到一寺庙，借了两间小屋住了下来。为取得功名，书生攻读诗书很勤奋，三餐自己做着吃，除到附近买点生活用品外，足不出户。

过了半年多，一天，太阳快要西落时，一小妇人身背竹箩进门来，求书生给留宿。妇人诉说：男人染痨病，无力上街买生活用品，公婆年老、小孩年幼，她来赶集要爬两座大山，三个密林，天黑时黑熊虎豹出没，她很难赶到家，借住一宿，天明就走。

妇人再三苦求，书生只好答应，让她在外间做饭的小屋歇息，不许妇人进入他的书房，扰乱他读书。妇人很规矩，不走动，也不多言，一夜无声无息地坐在火塘边烤火取暖，天一明，说声"谢谢"就走了。第二个街天的傍晚，妇人又来借宿，并带来烧火的干木柴、扫帚、饭碗、辣椒、白菜、萝卜和小盆等一些生活用品。这样一连五个街天，从不走进书生书房半步，也不问书生是哪里人氏。半夜，书生打算安睡休息时，妇人对书生说："相公，我是阴间人，我死了二十年了，因我坟头压着一块白石头，故迟迟不得超生转世。我知道你是正经人，不贪烟酒、不重女色，下半年考期到时你准是皇榜高中的官人。我只求你做一件事，天明后，从这里向东走一里半路，在一草坡上有三座坟，请你把最右边坟头上的白石头拿掉。"

妇人见书生应允，便从身上拿出一对一模一样的玉蝴蝶，送给书生一只说："你把它带在身边，它能保你四季平安，官运亨通，十六年后，我还会来报答你。"说完，妇人一转身就不见了。

第二天，书生吃完饭出门，在妇人说的地方，果真见到了三座坟，书生搬起了右边坟头上的白石头，丢到了山沟里。

下半年，书生果然皇榜高中，并做了大官。数年后，书生娶了一个妻子，妻子后来生病死亡，后经官员介绍续弦，花烛夜见夫人颈上戴着的一只玉蝴蝶似曾相识，问及夫人，夫人说，母亲生她时，她就含着这只玉蝴蝶出世，奇怪的是一日不戴就会生病，所以就时时戴在身上。

书生忆起十六年前搬白石头的事，从随身携带的箱里拿出自己的玉蝴蝶，果然和夫人的一模一样。真是人正身正，连鬼都会信任。

罗文秀才的故事

讲述：洪瑞
记录：单思梅
2007年3月采录于永胜程海镇一带

传说很久以前，有个叫罗文秀才的神人，他无论走到哪里都点化人间，造福人类。

一天，罗文秀才来到永胜县涛源镇，听一妇人对别人说，家里才砌的围墙由于来不及盖墙头，被一场雨淋垮了，只好重新砌上。秀才一听，随手从妇人的篮子里拿起一把菜，将菜叶一片一片盖在墙头上，一边盖一边说："给你一把菜，今后墙头不用盖，雨水越淋越硬，三年过后，还要长绿青苔。"说完就走了。妇人回头看她篮里的菜，却一把没少。盖在墙头的菜却紧紧地拿不下来了。从此，涛源镇一带，用土砌的泥墙，不用盖墙头，雨越淋越结实。

晚上，罗秀才住在涛源金江街正中的旅店里。正是蚊虫多的季节，有蚊帐的床铺已住满。店主满含歉意地只好请客人住无蚊帐的床。秀才说："人在中间睡，微风对着吹，蚊虫两边飞。"一夜到亮，没蚊帐的床上没有一只蚊子飞。一直到现在，金江街边有蚊子，可街中心一只蚊子也没有。

秀才来到清邑（现在永胜期纳镇清水办事处），在一卖酒店休息，看着店主从井里打起酒来卖给客人。秀才感叹："主人卖酒真方便省事。"可主人却不满现状回答："好是好，可喂猪没酒糟。"秀才听后说："人心不识好，井里打酒卖，还嫌无酒糟，今后就用玉米煮，有酒也有糟。"边说边往酒罐里放了几粒玉米，店主从井里打起的酒顿时全变成了水。从此，酒就要用粮食酿造了。

秀才经过一卖豆浆的摊子，看到一个锅里煎熬着一些豆浆，问原因，才知是一老人想吃豆浆块，请主人煎熬。秀才从白石头墙上抠出一块白石块，用刀刮下一些白粉，用水调和后和着锅里的热豆浆一同冲入桶里说："豆浆做豆腐，离不了加石膏。"说完，倒进桶里的豆浆一会儿就全变成了豆腐。

秀才来到清邑的热水塘，看到造纸作坊的工人，先用小刀刮，再用手指一张张提纸，很是费力，速度也很慢。秀才要工人给他两张纸，他能用纸筒吹纸，一次可以提十多张，还很省力。可工人不给他，还说他只会吹牛。罗秀才只好走了。后来工人听说了豆浆变豆腐的事后，知道错过了仙人指点，立刻去追赶秀才。终于追上了秀才，秀才说："不能转头了，转回头也已过时了。"秀才从地上捡起一滑溜溜的圆石头送给工人，要工人用石头擦一下就可以提一张，果然，造纸比以前省力多了。

罗秀才来到程海镇石湾，看到人们在石山下烧石灰很辛苦。这时，罗秀才也走累了，想要口水喝。罗秀才还说，可以让窑里的石头，边烧边自动翻滚，熟石灰可以自动退出，窑上面又可以不断丢上生的石灰石，窑里就可以源源不断烧出熟石灰了。可烧石灰的人不但不给他水喝，还骂他是疯子。由于没人相信罗秀才的话，因此现在烧石灰仍然是很艰难、很漫长的事。不但只能装满窑慢慢地烧，而且烧好后，还得分拣出许多生石头重烧。

独脚鬼的由来（彝族支系他留人）

讲述：兰绍龙 彝族 60岁 农民 小学
记录：杨如刚
2005年12月采录于永胜六德乡他留山

古代的他留人对独脚鬼从少年时代起就深怀恐惧，独脚鬼的故事是这样开始的：

远古的时候，就洞格（独脚鬼）是不吃人的，而且它有两只完好的脚，和人是亲家、朋友的关系。它虽然变化多端，但只是去偷吃牛马牲口，还有山中的野兽。

有一次，就洞格乘着黑夜出来作害，吃了好几匹老百姓的牛马，喝足了血，吃饱了骨头和肉，现出了原形。

它来到了大路上，这是一条穿过他留古城堡的茶马古道，古道很宽阔很干净，由青石板铺成。

独脚鬼感到很累，就躺在石板古道上休息一会儿，不知不觉睡着了，把一双脚长长地伸在那里，它的脚很长很长，像石板古道一样长。

它打着呼噜，睡得很香很沉。

天亮了，一队马帮开过来，足足有几百匹马"嘚嘚"地踏来，摇着叮当响的铃铛。

独脚鬼实在是吃得太饱睡得太沉了，等到它醒来时，已来不及变化躲藏，来不及收回它长长的双脚，结果有一只脚被马帮的马给踩断了，而且踩了个粉碎，另一只脚勉强保住了。

从此就洞格成了名副其实的"独脚鬼"，它拖着一条腿，有时拄着拐杖出来害人。

今天他留人坐在客人面前是不能把腿长长地伸出去的，因为这就像独脚鬼一样，是不礼貌的行为。

独脚鬼为什么会吃人（一）（彝族支系他留人）

讲述：海庆高 彝族 37岁 农民 小学　　王新荣 彝族 44岁 农民 小学
记录：杨如刚
2005年12月采录于永胜六德乡他留山

古时候，他留人喜欢打猎，常常用扣子来下野兽。

有一个他留人放下扣子，可是连续几天，明明下着的野物却都不明不白地丢失了，不知被谁给拿走了。

他很气愤，就想出一个办法来，要收拾收拾这个贼。

这一天，他的扣子又下着了一个麂子。他没有解下扣子和麂子，却找来一个皮口袋，在里面装满了松巴纽（松树结的干透了的果实）。他把皮口袋高高地吊在麂子的上面，然后躲在一边等着，看是谁来偷猎物。

不久，独脚鬼走了过来，它拄着一根黄金做的拐杖，来偷麂子了。这个他留人乘它弯腰不防备的时候，突然将手中的绳索一放，皮口袋猛地砸下来，重重地打在独脚鬼的背上。独脚鬼惊叫着逃跑了，连拐杖也没顾得上拿。

过了几天，独脚鬼来找他，对他说：

"亲家，您下着的麂子我偷吃了几个，实在对不起您了。可是我一辈子离不开这根拐棍，请您把它还给我吧。您要多少金银财宝我都给您。"

那时候独脚鬼和人还是亲家、老庚、朋友，独脚鬼也是不吃人的，只偷吃些马牛牲口和山中的野兽。

　　这个人看着独脚鬼说得可怜，就把拐棍还给了它，独脚鬼就带着这个人去它家拿财宝。

　　独脚鬼的家在一个大山崖上的大石洞里。大石洞有两扇大石门，只有独脚鬼才打得开。

　　独脚鬼"哗"地把石门打开，只见石洞里堆满了金银珠宝，灿烂辉煌，金光四射，射得人睁不开眼睛。独脚鬼说：

　　"亲家，这些东西任由你拿，想拿什么拿什么，想拿多少拿多少。"

　　可是这个人心太重，他想完全占了独脚鬼的这些财宝，不禁心里一琢磨，生出诡计来，决定独吞，就讨好独脚鬼说：

　　"亲家，你的这些财宝我并不稀罕，只是亲家您是要经常出门的，你出门去了就没有人给你守房子了，刚好这段时间我也没什么事做，就让我留下来给你守房子吧，这样您就可以放心地出门去了。"

　　独脚鬼说："正好我要出门三天，亲家，你怕等不得我。"

　　这个人忙回答说："等得，等得，我一定等得，你就放心地出门去吧。"

　　这个人就留了下来，他盘算着等独脚鬼走后，一趟一趟地往家里搬金银财宝。可是他失算了，独脚鬼刚一跨出门，大石门就自动关上了，再也打不开了。

　　独脚鬼一出门，三年后才回来，这个人早就饿死在了石洞里。独脚鬼不知道发生了什么事，抚着他早已风干了的尸体叫着：

　　"亲家，亲家，亲家您怎么了？"独脚鬼一边喊他，一边用舌头舔他，从头舔到脚，又从脚舔到头。

　　"亲家，亲家您醒醒。"独脚鬼舔到了一点咸味，是一种它从来没有尝到过的味道，独脚鬼自言自语地说道：

　　"我亲家是吃盐巴长大的，我从来没有吃过盐巴，这味道就是盐味吧，真好吃。我咬一口吃吃看，是不是更好吃。"

　　独脚鬼一口咬下去，吃了起来，觉得味道好吃极了。独脚鬼又吃了一口，越吃越觉得味道好，吃得津津有味，不知不觉就把这个人给吃掉了。

　　从此后独脚鬼就会吃人了，先是吃死人，肚子饿极了就吃活人。

独脚鬼为什么会吃人（二）（彝族支系他留人）

讲述：海庆高　王新荣
记录：杨如刚
2005年12月采录于永胜六德乡他留山

独脚鬼是从哪里来的，怎么来的，什么时候来的？它最后又去了哪里？没有人知道了，只知道独脚鬼吃人、吃牛马，危害人间，给人间带来瘟疫和灾难祸乱，非常恐怖可怕。那么独脚鬼为什么会吃人呢？

远古的时候，独脚鬼和人是亲家，它和一个人结下了亲家。

有一天它的这个亲家不幸死了，亲家死后，大家在旁边烧了一堆火，为他守灵。它的亲家没有装棺材，就那么放着。

夜深了大家都睡着了，独脚鬼来了，它不知道它的亲家已经死了，把它的亲家抱着问："亲家，亲家，你怎么了？怎么了？你醒醒，你醒醒。你怎么不说话，怎么不和我说话呀？"

"我的亲家太冷了，我给他烤烤火。"

独脚鬼把它的亲家抱着在火塘边烤，翻过去烤，翻过来烤，它的亲家总是不醒，身上却烤出油来。

这是什么味道呢？独脚鬼不禁用鼻子去闻，"这么香啊！我尝尝。"就用舌头去舔，"味道好极了。"就吃起来。

先从手指甲开始吃，吃得很香很脆，最后把它的亲家整个儿地吃掉了。从此以后，独脚鬼就会吃人了。

独脚鬼来到村子里，无影无踪，无声无息。有时候它飞一样地来，很难被人发觉。

它只要一闻到油香味就来吃人，闻到哪家的油香味就来吃哪一家的人。它最喜欢吃小孩子。它悄悄地来到熟睡的小孩子中间，变成他们的外婆，睡到他们中间。

它会迷昏左边的小孩子，开始吃他，它先吃小孩子的手指，一节一节地吃，吃得很香，发出"咯嗒、咯嗒"的脆响，右边的小孩子不知道就问它："外婆、外婆你吃的什么？"

"我吃的干蚕豆，很香哟。"独脚鬼回答。

"我也要吃。"小孩说。

独脚鬼就在黑暗之中把一小节手指递给小孩。"咸的，腥的，嚼不动，呸，不好吃。"

小孩吐了手指头。独脚鬼说："别闹别闹，好好睡觉。"

独脚鬼哄他。其他小孩子也以为外婆是在吃豆子，独脚鬼就这样把小孩子一个一个地给吃了。

所以他留人说，一定要把家里的油收拾好，紧紧地盖好，要不然油的香味传出去，独脚鬼闻到了就会来吃小孩子。

有一天，独脚鬼吃饱了人，睡在大路上。它吃得太饱，睡得太沉，马帮来了也不知道。一大队马帮过路直冲它而来，它来不及躲避，马帮的马就把它的脚给踩断了一只。

从此以后，独脚鬼就怕马铃铛。只要马铃铛一响它就以为是马帮来了，马帮的马又要来踩断它的脚了，它就没命地逃跑了，有时化作一阵风，有时化作一缕烟。

现在他留人的巫师尼婆作道场攆鬼，手里必不可少的要拿着一个马铃铛，一边摇铃铛一边唱一边跳，就是这样来的。因为独脚鬼这些恶鬼怕马铃铛的声响，铃声一响就赶快逃跑了。

人和苍蝇的故事（一）

讲述：海正华
记录：简良开 63 岁 干部 大专
1998 年采录于永胜六德乡他留山

在盘古开天辟地时，世间所有的动物都可以互称"哥们儿"。传说最古时人类不知道哪里有火。有一天苍蝇对人说：

"哥们儿，你需要火，我知道火在哪里，我带你去。但有个条件，不管到哪儿，你必须背我；不管做什么食物，我先吃。"

人很需要火，就答应了。所以从那以后苍蝇便扒在人的背上，喜欢吃人做熟的食物。

苍蝇又说："哥们儿，我没房子，你住哪儿我就住哪儿吧。"

所以从那以后，人住哪儿，苍蝇便飞到哪儿，直到现在也没有窝。

人和苍蝇的故事（二）（彝族支系他留人）

讲述：陈汝怀 彝族 34岁 干部 初中
记录：杨如刚
2006年4月采录于永胜六德乡他留山

传说在盘古开天辟地时，人和世间所有的动物都是亲密的好朋友，他们可以互相通话，可以互相称"哥们兄弟"。那时候人不知道哪里有火，很难生活。

有一天，苍蝇对人说："兄弟你需要火，我知道哪里有火，我可以带你去取，但你得答应我一个条件。"

"兄弟，只要能弄到火，我什么条件都答应你。"人说。

苍蝇说："那好，兄弟，以后无论你到哪里你都要背着我，你做的食物无论是什么都要我先吃，还有因为我没有房子，所以以后你住哪儿我就住哪儿，好吗？"

"这不难，兄弟，就按你说的办。"人完全答应了苍蝇的要求。苍蝇就带人找到了火，还教人钻木取火，后来还教人用火镰打火。

可是，从此以后，只要人到哪里苍蝇就到哪里，而且总是歇在他的背上，这是人答应了要背着苍蝇走的缘故。人做食物的时候苍蝇总是先去吃，有时连赶都赶不开，这也是人答应的缘故。人住到哪儿苍蝇就飞到哪儿，这也是人答应苍蝇让它同人一起住的，直到现在苍蝇也没有自己的房子。

老变婆（一）

讲述：罗明秀
记录：龙天胜
2006年5月采录于永胜片角乡

在片角的新街、南庄、梭罗一带，流传着一个老变婆的趣怪故事。

很久以前，东山脚下有一个不知名的村子，村里住着一户平常农家，共四口人。父亲四十多岁，憨厚老实。母亲三十多岁，勤俭持家。家里一双女儿，一憨一敏，憨厚的为姐，十五岁，聪明的为妹，十四岁。一家四口人，日出而作，日落而息，平静地生活着。

再过两天，便到农历五月初五端午节，父亲和母亲有事要出远门，想到家中没有大人与女儿相伴，便吩咐两个女儿把外婆接来，一来可过节串亲，二来可跟着照看家屋。外婆家住大东山背后，要翻九十九道深箐，涉九十九条山溪，过九十九座松木桥。姐妹俩记得小时候跟随父母到过外婆家，迄今也有十载春秋了。姐妹俩循着模糊的记忆，沿着山路前行。姐妹俩穿行在山道里，快乐得两肋生翅。

进得山寨，姐妹俩才发觉记忆中外婆的家，原先有几户邻居，如今已是断垣残墙。荒草萋萋处有一茅舍，一个老态龙钟的老奶正躺在木板上闭目养神，姐妹俩认出了是她们的外婆。

把外婆接到家中，已是暮色笼罩的傍晚。晚上三人挤一张床，憨姐姐跟外婆睡床头，妹妹睡床尾。夜半时分，妹妹在睡意蒙眬中，听见"咯噔咯噔"的咀嚼声，醒来发觉声音是从外婆口中传出，于是好奇地问："外婆，你在吃什么？"外婆懒懒地答道："我在吃干蚕豆。"妹妹感觉惊讶，夜半三更哪来的干蚕豆，于是说道："你给我几颗尝尝。"等外婆把嚼在嘴里的半截东西递过来时，妹妹闻到了一股刺鼻的血腥味，借着窗外透进的淡淡星光，发觉那竟是一截手指头，用脚一探，哪里还有姐姐的身子，这才明白姐姐早已被外婆残忍地吃掉了。妹妹心跳如鼓，头发直竖。待稍微恢复神智，已是后半夜。聪明的妹妹借故要出门方便，但外婆坚决不同意，让她用一根长麻绳拴在脚杆上，隔一会儿拉一下，隔一会儿拉一下。在一拉一扯中，外婆放松了警惕。后来，妹妹悄悄踮脚出了堂屋，把绳拴在了狗脚上，而外婆浑然不知。

天快亮了，年幼的妹妹思来想去，只好爬上院中一棵桃树躲藏起来，等待天亮。不知不觉中，困乏的妹妹竟睡着了。

天大亮了，外婆推门出来，发现了妹妹，恶狠狠地命令道："快下来，我要吃了你。"就在妹妹惊慌失措之际，发现树上挂满了熟透的毛桃子，便对外婆说："外婆，你想吃桃吗？"外婆的头摇成了拨浪鼓。妹妹又说："外婆，你先吃几个桃，我就下来嘛。"外婆心想：你始终都难逃我手心，先吃几个桃又何妨？于是冷冷说道："你摘几个，我尝尝。"妹妹赶忙说："这桃子毛毛太多，你先把火钳烧红了递给我摘桃。"外婆不知是计，就把烧红的火钳递给了妹妹。妹妹赶紧从树上夹了一个桃，故意吹了吹，对外婆说："你把嘴张开，我喂你。"树下的外婆早已对妹妹垂涎三尺，便迫不及待地叫喂。妹妹把夹着桃子的火钳伸进了外婆的嘴里，鬼怪最忌怕铁器，炽红的火钳烫死了歹毒的外婆。

外婆倒下后，溅起一阵阴风，她的尸体变成了千千万万只大毛虫，将整个院坝遍布围住，连桃树的根部都爬满了。妹妹不敢下来，心中十分着急。就在这时，她看见墙外正有一位牵着白马的青年路过，赶紧大声呼救。青年一看那满地毛虫，也面露难色。妹妹急中生智："大哥，大哥，你若接我下来，我就给你做媳妇。"青年于是想办法蹬上马背，纵身一跃到了桃树下，接住了妹妹。

妹妹未食言，她骑上青年人的白马，和他一起去了远方的深山。

数年以后，姐妹俩的父母转回家里，见家已不存，人去楼空，一地荒芜凋敝，凄凄惨惨，伤心不已。原来，姐妹俩的外婆在早些年便死了。一个人模鬼心的孽怪来到这里，专门害人。

从此，老变婆的故事便流传下来。如今，哪家小孩如果不听话，乱哭瞎闹，父母便会说："老变婆来了。"这时，哭闹的小孩往往哭声收敛，安静下来。

老变婆（二）

讲述：李玉珍
记录：王秀梅
2006年4月采录于永胜程海镇

从前有一个村子住着许多人家，大人从不让小孩子出去玩，怕遇上老变婆。

有一家的父母因为生意上的事要出远门，便告诉两姊妹，晚上让外婆来家中陪她们睡。

大人走后，两姊妹便把门插好，等待外婆到来。

天渐渐黑了，两姊妹害怕得抱成一团，这时传来了敲门声，大姐便去开门。为了证实是不是外婆，她小心地问："外婆，请把你的手伸进来让我看看。"

门洞里便伸进来一只手，女孩一看，手上长着许多毛，便说："你不是我外婆，外婆的手上没有毛。"

过了一会，手又伸进来，手上倒是没毛了，女孩说："你也不是我外婆，外婆的手上有一只玉镯子。"

又过了一会儿，老变婆用茅草编织了一个手镯，变成玉镯子，再次把手伸进门洞里，女孩便说："这才是我外婆。"

说着就打开了门，让"外婆"进了屋。

两姊妹在外婆的陪护下渐渐进入了梦乡，后来妹妹被一阵声响惊醒，便问："外婆，外婆你在吃什么？"

假外婆说："我在吃烧豆子。"

妹妹嚷着也要吃，假外婆便递给她。妹妹发觉是大姐的手指头，便嚷着要屙尿，假外婆便跟了出去。妹妹知道斗不过老变婆，就问："外婆你屙不屙尿？"

老变婆怕妹妹起疑心，就说也要屙。妹妹便找来一只罐子，这只罐子不大不小正好夹住老变婆的屁股。

妹妹便爬到树上大声喊叫，村子里的大人被惊醒了，知道是老变婆在小女孩家里了，于是拿起农具冲进院子，把老变婆活活打死了。

妹妹凭借自己的聪明才智为乡亲们除了一害。现在这个故事还广为流传，只要哪家的小孩不乖，就说：

"老变婆来喽！"

老变婆的故事

讲述：单宗藩 68 岁 农民 小学
记录：单思梅
2007 年 3 月采录于永胜程海镇清水村

从前，山林里住着一户人家。一天，父母要到很远的集市上做事，便交代幼小的两个女儿，陌生人来时不要开门，晚上外村的外婆会来做伴。不料，父母的话被躲在屋后的老变婆听到了。

晚上，老变婆在路口把年老的外婆吃了，装成外婆的模样来到两姐妹家敲门。妹妹听到敲门声就要开门，十来岁的姐姐要外婆把手伸进来看看再开。老变婆伸进毛茸茸的一只手，姐妹俩说："你不是外婆，外婆的手上没毛。"老变婆连忙冲另一只手吹了一口气去了毛，重新伸进去，妹妹正要开门，姐姐又说："你不是外婆，外婆的手上有一颗痣！"老变婆又在手上变出一颗痣来。这时，姐妹俩才开了门。

老变婆进门后，不坐椅子，却要坐在大陶罐上，姐姐听到外婆身下的罐子里老有响动，便问外婆是什么在响，外婆说肚子不好，是放屁的声响。后来，幼小的妹妹搂着外婆在床头睡，姐姐睡在床尾。姐姐半夜醒来，突然听到外婆吃东西的声音。姐姐问外婆吃什么？外婆说吃烧豆子。姐姐要吃，外婆拗不过只好给姐姐一颗。姐姐接到手却发现是一个带指甲的小指头，姐姐用脚一探，才发觉妹妹没有了。这时，姐姐才知道是遇上吃人的老变婆了。

聪明的姐姐假装要上厕所，老变婆要姐姐解在门后，姐姐说怕臭，老变婆只好用床头的绳子拴住姐姐的一只脚才让姐姐出门，姐姐出门便把绳子拴在屋外的狗腿上。老变婆见姐姐老不回来，使劲一拉绳子，却被狗咬了一口。气急败坏的老变婆摔死了小狗，出门找姐姐，发现姐姐扒在高高的桃树上。姐姐要老变婆把烧红的火钳递到树上，好摘桃子给老变婆吃。结果姐姐趁老变婆闭着眼吞桃子时，使劲用火钳往老变婆嘴里插去，老变婆活活被火钳烫死了。倒在地上的老变婆身后拖着一条又黑又长的尾巴。原来，老变婆因为怕露出长尾巴才要坐在大陶罐上，罐子里的声音是尾巴动时发出的。

死去的老变婆顷刻间变成一堆黑乎乎的毛毛虫，爬满了桃树，姐姐怎么也下不了树。这时，天也亮了，远处来了一个年轻的货郎，救下了姐姐。姐姐后来嫁给了货郎，过上了幸福的生活。

鬼怕恶人

讲述：刘文育 60岁 农民 初中
记录：王立家
2006年4月采录于永胜永北镇

阴曹地府里有一群鬼，他们有的肥头大耳，每天有吃不完的酒肉，用不完的金银。而另外有一些鬼，却饿得皮包骨头，穿着破衣烂裳，每天为生计发愁。

有一天，有个小鬼实在饿得难以支撑下去，于是他胆战心惊地去向那些有吃有穿的大鬼们讨教经验。

但那些大鬼根本没把他放在眼里,毫不理会。在他的苦苦哀求下,有个老鬼向他传授经验,告诉他怎样才能讨到饭吃和得到钱财。

老鬼为了证明他所教的方法好用,就带着小鬼来到人们常走的小路上告诉他:"你看我是怎样讨得钱财和饭吃。"说完便在路上仰面朝天一躺。

这时走来一位老年妇女,他便把脚一伸,把那妇人绊了一个大跟头,趴在地上半晌,没有爬起来,待那妇人站起来后回到家中,忙拿出纸钱来,又是烧纸钱,又是泼水饭,口中还念念有词,于是那老鬼饱餐一顿。小鬼看在眼里,记在心里。

第二天,小鬼仿照昨天学到的方法,也往那小路上一躺,心想今天肯定有吃的、有钱用。

这时他听到脚步声,睁眼一看,妈呀!吓死我了,只见走来一个身强力壮的年轻人,长相很凶,脚穿一双大皮靴,眼看那双大脚马上就要踩在他瘦小的身上。他吓出一身冷汗,就地一滚,躲开了那致命的一脚,胆战心惊地说:

"幸好躲得快,要不然就被那恶人踩死了。命是保住了,可今天还是讨不到饭吃,又要饿肚子了。"

他叹息:"唉,我的命怎么这样苦啊!"

这真是应了那句:"鬼怕恶人。"

人物故事

刘慥的故事

讲述：杨森
记录：周荣兴
1976年8月采录于永胜期纳镇清水办事处

白鹤含书

刘慥[①]启蒙得早，五岁上学，读书地点在家乡清水驿东山半山腰的桂香阁。他上学的第一天，就流传开了一个家喻户晓的故事。

事情是这样的：头一天下午，年高德劭的教师周琰给所教的几个学生布置好一篇作文后，略感身体不适，就回到了寝室。他刚躺下不久便做了一个梦，梦见天空飞来一只雪白的丹顶鹤，鹤嘴里叼着一本书，在学校上空盘旋三圈后，歇在了大殿高高翘起的房檐上。丹顶鹤会说话，连叫数声"有贵人光临！有贵人光临！"又翩然飞走了……周琰醒来，夕阳衔窗，小小的寝室光亮堂堂，除了几把椅子、一张书桌上面的几摞线装书外，什么也没有，才知是南柯一梦。白日做梦，周老先生很觉奇怪，走出寝室，回到教室，见学生们还在埋头写作文，并没有什么"贵人光临"。他出得教室，在不大的校

[①] 刘慥（1706—1767），字君顾，号介亭，永胜期纳清水人。14岁写成第一部诗集《啸梅堂时艺》，35岁拔贡，36岁中举，37岁考取进士，三年内连进三甲。考取进士后，被选入翰林院任编修，参与主编《一统志》。主编了永胜第一部志书清乾隆《永北府志》，著有《词馆课艺》《和鸣集》等诗文。

园里走动。放学后，周琰老先生还在等"贵人光临"，可等了一夜，除了他和另外两个年轻老师，连一只兔子都没有到来。

次日凌晨，周老先生心中有事，起得早，早早就候在山门，踮着脚尖，伸长脖子，目不转睛地盯着弯弯折折从大门一直铺展到山下的几千级石台阶。看着看着，山脚下来了一高一矮两个人，像是谁家的父亲送孩子读书来了。两人吃力地登着一级级石台阶。走着走着，孩子绑腿的绷带松开了，妨碍走路，孩子停了下来。这孩子怕石台阶脏，又怕路边的灰尘，不忍心把好端端的书本放在地上，略一思索，就把书脊叼在嘴里，腾出双手去系腿上的绷带……周老先生看在眼里，一下子明白了——"白鹤含书"指的就是这机灵的孩子！

这机灵的孩子正是刘慥。他入学后，显示出非凡的聪颖，加之勤奋好学，待人极有礼貌，各门课程样样领先，深得老师的厚爱和器重。老师们都不惜精力多加指教。周琰老先生更是付出了平生所学。

奏免金课

长江上游为什么叫"金沙江"？因为盛产沙金的缘故。永胜县涛源乡过去为什么称"金江"？还是盛产沙金的缘故。过去，金沙江沿岸的少数民族，见了遍地金子，不知作何用途，就将其拿来戴在头上作装饰，仅此而已。自从明朝初年中原的大军到永胜设置澜沧卫屯田戍边后，随之而来的大量家属、商人，看到金沙江大批的沙金，才揭开了永胜江边淘金的历史。淘金的鼎盛时期，一户至少一人。

架金床，收入颇丰。那么多人集中在江边，淘来淘去，到了清初，沙金含量骤减，可朝廷沿用明朝旧制，每户仍征金一钱五分，年征金科十四两五钱，另加二两，便是十六两五钱；再加上知府规定征收的三两，每户就得共纳金十九两五钱，金课赋税很重。这时的永北府金沙江边，由于沙金减少得厉害，原来的淘金人因不堪重负大半已逃亡，继续淘金的，不是没有出路，就是外乡流落到此的穷人，有时一天得一二分，有时接连几天见不着一点金子。

朝廷的课税不减，知府的收入也不能丢，没办法，那些收金的杂役们，就得守在金沙江边，挨家挨户去征讨。淘金人拿不出金子被逼走了，他们就把这家人的金课摊在全村人的头上；如果一个村的人都逃亡了，就把这村的金课摊在那村人的头上；如果找不到淘金人，就找那些不淘金的农民；如果连种田的农民都被逼走了，他们就找那些山上以放牧为生的少数民族……被逼的人如果走不掉了，便只有卖儿卖女，缴纳金课……这就是清朝"康乾盛世"永北府金沙江边淘金人的税赋写照。

刘慥有感于家乡民众的疾苦，在进士及第选入翰林院当编修不久，听说朝廷豁免了丽江的夷丁课、鹤庆的站丁课，便冒着丢官乃至杀头的危险，据实写成了《请免金课奏》，要求"仁厚"的乾隆皇帝减免永北的金课。他的奏疏一上，嗨，还真打动了乾隆，遂减免了永北繁重的金课。

手得"无"字

楚雄有一个镇南庄，镇南庄有个"灵官桥"，据说，经过的学子将来得不得官，得多大的官，求之非常灵验。

刘慥为书生时，进省城参加乡试途中，一晚住灵官桥。到了夜间，他做了一个梦，梦得灵官提起他的左手，一句话不说，写了个"无"字就走了。

刘慥醒后很惶恐，以为命运多舛，前途不保，此行算是赔了辛苦白跑腿，陕西的骡子去送铜——亏了大本了。没承想，他乡试中了举人，接着又考取了进士，还当了编修、知府，直到代理"巡抚"。

正在这大有希望之时，他得了风湿，导致右体偏瘫……刘慥顿悟：左边一个提手，上写一个"无"字，岂不是"巡抚"的"抚"字吗？噢，灵官告诉我，仕途到此为止，不能再强求了，一强求，必招来杀身之祸，不如急流勇退。于是他以身患疾病为由，要求皇上让其"告老还乡"。

乾隆舍不得让他走，温言细语对他说，"尔非借病规避之人，可善为调摄，病愈来京。其眷隆之礼正未已也！"刘慥得以回乡，在家休养六年后，于六十一岁时病逝于家中。

白鹤衔书

讲述：屈绍龙 60 岁 农民 高中
记录：杨学韬
2007 年 2 月采录于永胜星湖

刘慥家结庐永北府清邑街，和这儿的人家一样，他家的大门和墙头盖的也是茅草。干茅草容易被风刮走,人们又要在茅草上面压一层土。有一年,刘愷家大门上突然长出一丛茅草,过了些时日,有一对异常美丽的鸟来此筑巢,不久,产下了卵,又过了一些时日,竟然孵出了两只幼鸟。

后来,那幼鸟会飞了。它妈妈带着它们绕着刘家的院子飞了三圈,才依依不舍地飞走了。有人说那是凤凰。

凤凰飞走的那一天,一声清脆的婴儿啼哭,打破了刘家小院的宁静。一个小生命出世了,他就是刘愷。

童子年年长,龙门年年开。家无读书子,官从何处来?唱着家乡的童谣,刘愷一天天长大了,无论是放牛还是割草,他总是要偷空在地上或者沙滩上写字,回家的时候,常常骑在牛背上朗诵古人的诗歌。他七岁那年,父母非常理解他渴望读书的心情,准备送他去上学。刘愷上学的头天夜里,他的先生做了一个梦,睡梦中,有一只仙鹤翩翩降落在堂前,只见那只白鹤嘴里衔着一本书向他频频点首,梦中醒来,甚觉诧异。

第二天,刘愷一大早就匆匆来到学堂。当他来到学堂的院子中央,远远地便看见先生端坐在堂上。他来不及细想,走上前去,进了大堂,纳头便拜,不曾想手里的书没处放,便把书衔在嘴里,叩了三个头。行过师生之礼,刘愷站在一边,先生仔细打量一番,这个新来的学生,天庭饱满,额头放光,长身伟干,美丰仪,体丰硕,气度不凡。又懂礼节,行礼之时,口中衔书,莫不是昨夜梦中的白鹤?此人必定不凡,将来定成大器,今后一定要悉心教导,可别误了国之栋梁。

刘愷学成,乾隆二年,进京殿试,果然中了二甲进士。后来,官至二品。

滇西才女高玉柱

讲述:杨继曾 干部 小学
记录:杨学韬
1965年采录于永胜梁官镇

高玉柱,原名高擎宇,北胜灵源人,世袭北胜土知州高长钦之女。年幼时家中设有私塾,聘杨昌为师,教以经史子集。稍长,诗词歌赋,跃马狩猎,无不精通,时人称为滇西才女、闺中俊杰。

一九二九年,龙云追缴张汝骥到永胜,面见高玉柱,对她的才能极为赏识，意欲娶为儿媳。

一九三二年五月，龙云的儿子龙绳武率兵一营及随从秘书，借军政事务来到永北高家相亲。当时，高玉柱想一试龙公子的才情，便邀他到观音箐游玩，高玉柱出一联请龙公子对："龙王庙，妙龙王，龙子龙孙龙父王"，龙公子对不上来，玉柱便自对了下联："观音箐，庆观音，观山观水观世音"，龙公子很觉惭愧，怏怏而回。

第二天，玉柱又题诗一首送给龙公子，其诗云：

> 骑云驾雾乘风来，
> 两朵莲花并蒂开。
> 风调雨顺民安乐，
> 算是人间不二才。

龙公子步原韵答诗云：

> 骑云驾雾奉命来，
> 哪爱牡丹儿时开。
> 佛峰仙子辽东豚，
> 怎算人间不二才。

高玉柱读回诗后愤然拒绝了这门婚事，龙公子也即刻动身走了。

据传，此事因龙公子才不如玉柱，应和诗是随从秘书代和的。秘书嫉妒玉柱的才华，竟以"辽东豚"①相讽。搅浑了这段千古奇缘。

关于这段往事，高玉柱在给她的友人的信中写道：

> 遥吟俯唱，逸兴遄飞，天籁鸣时，好音妙霞。李白斗酒诗百篇，诗人老去，雪案沉埋，吟一卷骚友其离。当是时也，翩翩公子却是无肠，赫赫将军，半属负腹，遥瞩浊气飞腾，惟有掩鼻而避。欲求良友于闺阃，而林下风过踪迹渺，辨琴人去知音无。脂粉队，鹊鸦群，见之恶心。自谓此身无同志，惟有枝头作良朋。乃蜂窗蚁槛，邂逅偶出意外；茧丝绳迹，学士畅吐心肝。深闺弱翰，漫夸咏絮之才。闻苑仙才，窃有立雪之志，高谈未已，俗虑施生。文字朋友，敢云道义之交；诗词唱

---

① 典故说的是：古时候，有一户人家，有一头花腰猪很漂亮，本地罕见以为稀奇，想卖好价钱，往辽东去卖，殊不知辽东所产的猪，全是花腰猪。花腰猪在辽东，溢不值钱。

和，本属清雅之举，乐而不淫，自问固属无愧，而凡夫俗子，难免妄造黑白，有鉴于此，能无攫手？

高玉柱所著诗文甚多，她的许多妙联趣对，更是家喻户晓。

玉柱家居时，其风采才情名噪一方，永北名士常与之交往。永北贡生徐冠三，就是高家的常客之一。有一天，徐老贡生喝醉了酒，偏偏倒倒去到高家，高家正要吃晚饭，高玉柱见那老贡爷蹒跚醉态，煞是好笑，就笑眯眯地迎上前去，拉着他的衣袖说："老贡爷，看你醉得，又去哪家赴宴了？不过，我还是要出个对，你老若能对上，我再敬你三杯，如何？"

老贡爷舌头麻木地说："二小姐，我老冠是酒肆中的豪客，我没醉。冠三斗酒诗百篇，出对来！"

玉柱口占一联："福德庭前来一白发老翁哈哈笑笑哈哈呸笑个不了"。

老贡爷将着银须，稍一沉吟，笑向玉柱说："鬼丫头，你听着。宴开堂上有个红颜妮子娇滴滴滴滴娇娇嗨娇得爱人！"

对罢，摇头晃脑大叫："有劳二小姐，赏三杯酒来。"

接着，二人频频举杯，笑声满庭院，醇酒洒衣袖，好一幅学士、才女潇洒不羁的晚宴图。

有一次，亲友的喜宴上，高朋满座，冠三与玉柱同席，冠三即兴口占一联给玉柱："羊同驴行遍地核桃松子"，玉柱略加思索对曰："兔随鸡走一路竹叶梅花"。冠三暗暗叫好，随口又出一联"儿郎（莪南）放羊青草弯大羊饱（杨堡）小羊饱（杨堡）"。高玉柱一听，此联暗含程海周边的地名，这样一想便以三川地名对出下联："军（金）官骑马上睦科上马惊（井）下马惊（井）"。冠三见院中石榴树一排，桃树数株，又以此为题出一对联："弯腰桃树倒开花蜜蜂仰采"，玉柱抬手一指石榴树对云："歪嘴石榴偏结子喜鹊横啄"。冠三兴趣更浓，就对玉柱悄悄说，开个玩笑你别在意，我用笔写出上联，你也笔答，不可口答。冠三笔录上联道："吕氏夫人下口更比上口大"，玉柱看了上联挥毫疾书下联："徐家小姐旁人胜过正人多"。冠三本是逢场作戏，无意间为了取乐，挖苦女人，不想玉柱与之同类，得罪了这位二小姐，不但没占便宜，反遭玉柱挖苦，微微赧颜。一看玉柱的坐骑拴在大门外的吊马桩上，于是计上心来，挥毫又书一联："骡人骑骡马骡上骡下"，玉柱也不客气，她知道冠三素来说话结巴，便疾书一联作为回敬："结人说绝话绝子绝孙"！冠三哈哈大笑，拱手说："巧才、巧才，老夫甘拜下风也！"说完，离席飘然而去。

征联择偶

讲述：唐兆坤 84岁 教师 高中
记录：周荣兴
2001年2月采录于永胜县城及广大乡村

高玉柱是清末永北最后一任世袭土司高长钦的二女儿，出身名门，美貌异常，又加性格活泼，能做诗、善骑射，琴棋书画样样精通，长到十五六岁时，登门求婚者三教九流，络绎不绝，令已然没落却威风犹存的高土司衙门应接不暇。

高玉柱对求偶者要求很高，曾以自己的出生、修养等自撰一联，声明"凡对出下联者，不论贫富贵贱、高矮胖瘦、年龄大小、是何民族，一律以身相许，且终生不渝！"她出的上联是：

好女子己酉生何人可配？

高玉柱一联，一语既出，整个永北直隶州为之哗然，群情激奋，一时间乡井肆里，争出下联者车载斗量不可计数。有道是"曲高和寡"，应之者虽众，和之者却寡，在高玉柱的对联面前，多少英雄豪俊纷纷败下阵来。应对时，人们才知这副上联的奇妙。那对联究竟奇妙在哪里呢？君请看："好"字拆开，是"女子"；"己酉生"是说，高玉柱生于清末己酉年（宣统元年，1909年），己酉两字，又合成最后一个"配"字；而"人""可"不就是"何"吗？——这副对联，语义明确，出言恳切而优美，可不是一般的拆字游戏能比拟的。试想，面对这样一位才女的诗句，什么样的男儿、什么样的生辰、什么样的心胸和抱负，才能与之相配呢？没有，一个人也不够格，所以，从清末到如今，还没有人能对上这副上联呢！

没人有才华可和高玉柱联对，那么高官呢？一九三一年农历五月，云南省省长龙云的公子、滇军步兵一团一营营长龙绳武亲率本部人马，借故军政事务，由大理转永北"公干"，顺便向高玉柱求婚。按理，借省长的高枝，重新恢复高土司家刚失去不久的权势，并不是一件难事，因而，高家待龙公子为上宾，千方百计撮合高玉柱与龙绳武的婚事。当年，龙绳武年少英俊、风流倜傥，高玉柱也心生几分爱慕，可转念一想，要是龙公子徒有其表，金玉其外败絮其中后悔可就晚了。不，还得试试他的才学。于是，高玉柱约龙公子到永北东郊的胜地——观音箐散步游玩，龙公子正求之不得。高土司家就在观音箐附近，两人说着说着很快就到了景区。高玉柱触景生情，随手就得了一副上联，微笑着说出，并十分有礼貌地邀请龙公子应对下联。高玉柱随口而出的上联是：

  观音箐，庆观音，观山观水观世音。

  上联风趣幽默，点明地点和游览的目的，还隐含身处幽静之所，却关心民间疾苦的心声，确是一副好联。龙公子龙绳武听了，心里一阵阵发急，却尴尬地瓷在原地，抓耳挠腮，光张着嘴巴、红着脸颊应答不出。还是高玉柱解了龙公子的窘迫。只见她又是微微一笑，随口道出下联：

  龙王庙，妙龙王，龙子龙孙龙父王。

  下联对仗工整，妙趣横生，借用"大水冲了龙王庙，一家人不识一家人"之意，有嘲讽龙公子的意思。龙绳武再也沉不住气，羞愤之下，拂袖而去，第二天便离开了永北。很显然，因为对联不过关，高玉柱的婚事再次告吹。她只好终生独身，全力投入后来的抗日战争之中，当上了国民政府边疆宣慰团的少将团长，积极争取西南各地方土司投身伟大的民族救亡运动，直至三十六岁因积劳成疾，在昆明去世。

动 物 故 事

蜈蚣毙蛇

讲述：王金龙 女 彝族 48岁 干部 本科　兰绍开 彝族 40岁 干部 中专
记录：马霁鸿 回族 51岁 高中
2005年12月采录于永胜六德乡他留山

街子上有一壮汉，以杀猪卖肉为业。

日子久了，人们忘了他的名字，个个都只叫他屠夫。

一天，屠夫在搬动砧板时，有一条蜈蚣爬了出来，又迅速爬到墙角里。

连着几天，都是这样。屠夫虽以屠宰为业，但对这条蜈蚣却另眼相看，怀了一片怜惜之心。

他不但没有伤蜈蚣一只脚，反而每天剁了碎肉，丢给蜈蚣吃，在它旁边一蹲就是老半晌。

时辰被屠夫一个一个"蹲"了过去，蜈蚣的个儿也一点一点变粗变长。

时间越长，屠夫对蜈蚣的依恋感越强，蜈蚣也越不把屠夫当作"屠夫"。

屠夫觉得就这么看着还不过瘾，就试着去触摸蜈蚣，蜈蚣竟然一动也不动。偶尔轻轻扭一扭，动作也不大，反而让人觉得它好像是在逗屠夫，让屠夫为它抓痒痒似的。

一来二去，屠夫的胆子变大了，蜈蚣也变得很是大方了，屠夫将手伸过去，它就爬到屠夫的手掌里。半个月之后，蜈蚣就把屠夫的身体看成了自己的"操场"，爬遍他全身玩耍，却不伤他的一根毫毛。

有一个街子天，屠夫将蜈蚣带到街上去玩，让它安静地卧在屠案旁边。

买肉的人和过路的人看见了，一个个大惊失色，有的发出尖叫声，有的边快步走开边回过头来张望。

屠夫赶紧做了笑脸告诉他们，这条蜈蚣是自己家养了的，是条乖蜈蚣，不会伤人，不怕的。

他一边说着，一边还让蜈蚣爬到自己手上、脸上。

但人们还是害怕，一个比一个避得远。

有的人还说，屠夫一定是着了魔了，要不然蜈蚣怎么不叮咬他呢？

蜈蚣这种阴毒的野物，咋个会养得家呢？就连那些老主顾，也不到他案前来买肉了。

屠夫看到这种情况，觉得不好玩了，自己生意也做不成了，只好把蜈蚣紧紧藏了起来。

以后，屠夫做了一个木箱子，让蜈蚣住在里面。

那蜈蚣真的乖顺，把木箱子当作了自己的家，只在里面爬上翻下，并不超越一步。

过了一个月，蜈蚣长到了身长一尺多，身宽半寸那么大。

某天，屠夫在街上听说，有一个地方出了大蛇。这蛇极为凶残，糟害得那方的百姓没有一天安生日子。

他心想，自己所喂养的蜈蚣会起大作用的。

他也不对什么人讲，自己又做了一个长为一尺六寸，宽为七至八寸的木箱（比先前的大多了），继续饲养蜈蚣。

蜈蚣也不辜负屠夫的厚爱，猛吃猛长，很快就长到了小猪那么大。

这时，屠夫背上蜈蚣，外出做生意了。

路上，有人告诉屠夫，他要去的那个地方，千万不能去了，那里的大蛇伤人吃人，厉害无穷。

屠夫谢过人家的好言劝说，迈开大步直往那里赶路。

当晚，屠夫赶到了目的地，找了一户庄稼人家，请求借宿一晚。主人告诉他，这里有大蛇，住不得，家里人都到外地躲蛇去了，自己是没办法才留下来守家的，过一阵也要躲到山背后去。屠夫笑呵呵地答道：

"我就是特意冲着这孽障东西来的！看看到底哪个怕哪个！"

吃过晚饭，主人拉上堂屋门，躲出去了，屠夫销好堂屋门，和衣躺下。

睡到半夜，屠夫听到堂屋门"嘎嘎"直响。他警觉地立即翻身起床，怀抱了装有蜈蚣的木箱，紧紧盯着门板。

不一会儿，门发出一声怪响后，"哐当"一声倒在地上，一条水桶般粗的长虫张着血盆大口刷刷爬了进来。屠夫低沉地说了一声："蜈蚣好汉，就看你的啦！"

说罢对准大蛇打开了木箱，只见一团红光闪过，蜈蚣"嗖"的一下跳进了蛇口。

接着，蜈蚣径直钻进了蛇肚子里，又是翻滚，又是叮咬，又是拉屎撒尿，直闹腾得大蛇乱扭乱撞，急忙掉转脑壳，向门外逃去。

蜈蚣在它肚子里，它怎么逃？还没有扭出一丈远，就脑壳一甩，身子一伸，在院子里了却了性命。

第二天早上，等到太阳升起来一竹竿高，照得山冈四野一片明晃晃的时候，主人才站在山顶上颤声颤气地喊：

"客人大哥，客人大哥，你咋个样了？"

屠夫站在院子里，手托了装着蜈蚣的木箱，脚踩蛇头回道：

"主人家，你看看，我脚下这个物件是什么？快回来吧，快回来吧，再也不用担惊受怕了。"

主人回来了，一家人回来了，乡亲们也都回来了。

男女老少簇拥着这位救命恩人，纷纷请求他留下来，大伙要为他盖一所大瓦房，天天用好酒好肉侍奉他，直到永远。

蛇肚割福（彝族支系他留人）

讲述：王金龙　兰绍开
记录：马霁鸿
2005年12月采录于永胜六德乡他留山

石公，是住在大山深处的一位老人。

虽然他居住的地方山明水秀，四季鸟语花香，但他打发走的每一个日子都是极为凄凉悲苦的，因为他膝下无儿无女，也无别的亲人。

更苦的是山冈上没有他的一头牲畜，山坡下也没有他的一寸田地。

苦命的石公老人只以砍柴为生。

随着身子骨一天天老迈，石公的步子越来越小，柴捆子越来越细，嚼在嘴里的日子更不消说，一日比一日坚硬如铁了。

但石公还是紧咬牙关,将日子一天一天过了下来。

这一天是街子天,石公挑着柴到街上去卖。

正在路上走着,忽然看到前面有一条大蛇横横地睡着,挡住了去路。

石公急忙刹住脚步,背上的汗毛"刷"地竖起,小腿也禁不住簌簌筛起糠来。

他朝前不敢迈步,朝后也不敢动脚,正不知怎么办才好时,那条大蛇却懒洋洋地蠕动起来,慢慢爬向路边,爬进草丛,让出了道路。

第二个街子天,石公又去卖柴。

一路上,他在心中一遍又一遍地念叨着,千万别再碰上那条大蛇。

说来也巧,在他走拢上回那个地方时,偏偏又遇上了那条大蛇!

石公正在惊慌不止,手脚无措之时,忽然听到了话语声:

"老人家,你为何穿得这么破烂?而且,这么大年纪了,还要每个街子天都去卖柴?"

真奇怪,周围并不见人影,咋个会有人的声气?

石公看了一眼前后左右,肚子里在嘀咕:莫非是这条蛇通人性,在和我说话?

他壮一壮胆,看定那条大蛇。

果然,话是那条蛇说出来的,它又在说了:

"难道你无儿无女,只是自己一个孤人过日子吗?"

听着蛇的口气那么温和,对自己又那么怜悯关切,石公的心情轻松了下来,平时还难得有人这么问一问呢!他索性将柴放下,在一块平石头上坐稳了,从初一到十五地慢慢讲了自己的身世和处境。

听罢石公的叙说,大蛇深深地叹了一口气:

"好可怜!"

它轻轻地向石公的身边靠了靠,仍然轻声细语地说:

"有一个地方,那里的不少人得了一种怪病,不能吃饭也不能做活,只能成天躺着,奄奄一息。多少医生都去看过了,就是找不到一种药医那怪病。但医那怪病的药,你却马上就可以得到了。"

大蛇见石公一副慈眉善目,在耐心地听,就接着说:

"我张开嘴巴,你跳进我的肚子里,将我的肝割一小块下来,将它带回家后,切成薄片,在火旁烘干,放在杵臼里舂成粉。然后,你包好这肝粉,去到那个地方,为那些得怪病的人治疗。怎么个治法呢?你取一丁点儿肝粉，用开水冲了，让病人喝下。到第二天早上，病人一觉醒来，身上的病便无影无踪了。"

沉默了一小会儿，大蛇补充说道：

"老人家，你为人治病，救人性命，日子一定会热火起来的。不过，你在用药时，切不可用多了，否则就浪费了，这种药一点点就能救活一条人命哩。"

石公老人依照大蛇所说，割下了一小块蛇肝（也就是割下了石公老人的福气），制成了神药，然后径直去了得怪病的那个地方。

到了那个地方，石公找了一户宽敞干净的人家，对他家说："我是一个做生意的人，也会治一些疑难怪病，请求在你家住宿一宵，希望能给个方便。"

敦厚诚实的山里人，哪有推辞之理？

石公住下后，他会治怪病的消息也很快传遍了远远近近。

陆陆续续地，就有一些人打着火把，将信将疑地前来找石公，诉说病人的症状，姑且"死马当活马医"。

他们所说的情况，正与大蛇所说的相同。

石公好言好语告诉他们，病情已记住了，一定能治好，请他们放心回去睡觉，第二天再来诊治拿药。

恰巧，石公所在的那一家也有这样一个病人，在主人的再三要求下，石公让他先吃了药。

真是神奇！东家的那个病人第二天早上一起床，浑身都觉得舒爽轻松，肚子也叽里咕噜乱叫起来，直想吞吃东西。

他急不可耐地催促家里人快做早饭，一定要快！快！

很快地，前来求医的病人围圆了石公。

石公一一为他们分发神药。吃了神药的病人，自然都是药到病除，一个个对石公感激不尽，一声声称他为圣医恩人，并搜尽家中所藏银两，捧给石公，作为酬谢。

石公至此衣食不愁了。

只可惜，石公的神药数量太少，他又治病救命心切，下药过重了些，分给七八个病人后药便没有了。

他细细抚摸着包袱，也觉得银两还不够多。他自然想到了那条大蛇。

于是，在又一个街子天，他重操旧业，去街上卖柴。那条大蛇仿佛在专门等他似的，仍然睡在原地。

蛇问他情况怎么样？他说药的效力神奇得很，只是数量太少，还有好多病人没能吃上，并请求蛇再让他割一块肝。

开始蛇没有答应，在石公的反复乞求下，蛇才应允。

但蛇告诉石公，自己的肝有限，不能割得太多，不然自己受不了。

石公连连点头说："晓得晓得，不割多，不割多就是了。"

石公又一次跳进了蛇肚里。

虽然他答应过不多割蛇肝，但刀子一举起来，眼睛前面就有一堆堆白花花的银子在乱晃，他一狠心，刀口就朝蛇肝的大块处直落下去。

蛇猛然剧痛，紧紧闭上了嘴巴。

石公在蛇肚里呼吸不到空气，闷得胸口欲裂，手舞脚蹬胡乱挣扎。

可蛇口就是紧紧闭着，一点点缝隙也不张开。石公又拼力扭动了一阵后，便没有了动静。

他留人对那些贪心的人有一句谚语：

给了你小手指，你还想要大拇指。

石公这个人，挂牵着"大拇指"，结果老命倒被"大拇指"搓捻没了。

煮蛇成银

讲述：王金龙　兰绍开
记录：马霁鸿
2005年12月采录于永胜六德乡他留山

在遥远的深山夹缝中，有姐妹二人，姐姐叫作阿花，妹妹名为阿叶。

姐妹二人一个比一个美丽，一个比一个聪明，远远近近的乡亲，都将她们视为深山里的明珠，森林中的瑰宝。

然而，正如两片花瓣从树上落下来以后，一片落在清清泉水中，一片却落在污泥塘子里。两姐妹虽然同一条根所生养，同一对奶所哺育，性格却各不相同，命运也完全不一样。

姐妹二人成家以后，隔着一条大箐居住。

姐姐阿花家住在箐东。

妹妹阿叶家住在箐西。

这边的桃花开了，那边看得见一片粉红的云彩。

那边的炊烟升起来了，这边闻得到大米饭的香味。

姐妹俩虽然各自成了家，各耕种各的田地，却不觉得惦念之苦。

有时候，姐妹俩不约而同地朝对面望，互相都望到了，就招一招手，笑一笑，还说上一些贴心的话。尽管她们说得轻声细语，就像当年在闺房里说话一般，但彼此都相信，自己说的话，对方肯定听得一清二楚了，要不那边咋个会不住地点头呢？

日子一天天过去，桃花一片片凋落。不幸的乌云渐渐罩严了妹妹阿叶的头顶。

就在她生下一男二女三个孩子后，丈夫得了一场重病。

阿叶请遍了远远近近的医生，挖遍了高山深谷的药材，也没能使丈夫的脸上回转一点点春色。

最终，丈夫喉头一滚，双脚一伸，流下两滴寒泪，别家而去。

为治丈夫的病，耗尽了所有的财产，阿叶的家只剩下了一个又朽又薄的空壳壳。

家中的灶头，热了上顿冷下顿。鸡叫声早已听不到了，屋里最大的响动，倒是孩子们饥肠里发出的咕咕声。

阿叶望着孩子骨瘦如柴，孩子望着母亲脸如黄蜡。

望着望着，母子的眼窝就变成了咕噜噜冒水的两对泉眼。

万般无奈之下，阿叶只得硬了头皮绷了脸面去寻求姐姐的帮助。

到底是同胞骨肉。阿花见阿叶讨上门来，连忙热情相待，好言抚慰，又是给她撮米，又是给她割干肉。还告诉妹妹，以后有了难处，只管上门来说，这里砍下手指头当柴，也不能让妹妹家断了灶火。

但是，第三次上门，话就不好说了。妹妹听到姐姐口中吐出的言语是："我这里又不是龙洞水，长流不息。"还说："要想吃长流水，自己要想办法去刨个泉眼！"

怪姐姐不讲情义吗？好像怪不起，姐姐已经大大方方解过两次衣兜了，只是她话不该说得那样硬如岩石尖如锥子。

怪天怪地吗？别人也是那么一副天地，有什么好怪的，只怪自己命不好了。

下一步我咋个跨出去呢？娃儿他爹，你千万托个梦给我，为我指条路啊……

阿叶头发重，脚打飘，一路委屈着，一路想着心事，磕磕绊绊在山路上乱晃,也不知要走到哪里去。

拐过一道弯,阿叶恍恍惚惚中看到前面盘着一团东西,又像牛屎,又像蛇。

走拢几步一看,竟然是一条大蛇。

阿叶被惊吓出一身冷汗,但马上又镇静下来。她想,反正也没有什么路可走了,不如试一试自己的运气如何。于是,她打开衣兜,躬下身来,一字一拍悠悠念道:

"大蛇,大蛇,你是龙命请上天,你是蛇命请钻草。你是我的财,请入我的衣兜。"

说也怪,那条大蛇竟能够听懂阿叶的话。只见它慢慢蠕动,慢慢伸开身子,又慢慢地爬进了阿叶的衣兜。

阿叶兜着大蛇,回到家中。几个孩子又是大声嚎哭,又是叫着妈妈,令人深深悲怜。

阿叶一边安抚孩子,一边叫他们快快动手,一个烧火,一个挑水倒入锅中,并告诉他们说:"今天我们家煮一锅肉,够够地吃!"

阿叶将大蛇轻轻放入锅中,又赶紧盖上锅盖,并在锅盖上压了两块大石头,以防大蛇顶开锅盖,爬了出来。

然后,在灶窝洞里加了一把柴,好让蛇肉快快煮熟。

咕嘟咕嘟,锅里的水煮涨一阵后,紧紧盖着的锅盖还是被顶了起来,接着,压在锅盖上的两块大石头也咕咚咕咚滚落在地。

阿叶赶紧站起来,去按锅盖,千万不能让一家人的口福溜走掉呀!可她手还没有挨拢锅盖,就惊得身子动不了啦!从张开的锅盖缝里射出来一片耀眼的银光!

呆了半晌,阿叶才回转神来。

这时,锅盖的缝已张得很大,银光也越发闪亮。她试着去揭锅盖,平时轻飘飘的锅盖,这时却好像磨盘一样沉重。

她深憋了一口气,猛一使力,终于打开了锅盖。

这时,她的双眼也放出了从未有过的闪闪光芒:大铁锅里,水不见了,蛇不见了,只有满满一锅银子!

竹子和蛇（彝族支系他留人）

讲述：海炳文 彝族 71岁 农民 不识字
记录：杨如刚
2005年12月采录于永胜六德乡他留山

竹子和蛇原本住在天上，是两兄弟。可是有一天它俩竟然为了争谁是哥哥，谁是弟弟打起架来。

务敌知道了很生气，就对它俩说：

"住在天上还嫌不舒服，我把你们下放到地上去。你俩原本是好兄弟，看你俩长得多像，都是尖尖的头，细长细长的身子。既然一定要争哥哥当，那就这样办吧，你俩落到地上，看谁先站起来谁就是哥哥，往后做弟弟的一定得听哥哥的话。"

说完务敌把竹子和蛇抛了下来。

竹子落到地上深深地扎入泥土，直直地站着，可是蛇却怎么也站不起来，只好认了竹子做哥哥，远远地跑开了。

今天他留人打蛇、抓捕蛇，一定要找一根竹棍。假如用石头去打，一下子不容易打中，蛇就逃脱了，甚至会掉转头攻击人。

而如果用竹棍去打蛇，蛇就很乖，很容易对付。

这是因为竹子是蛇的哥哥，蛇是竹子的弟弟。

务敌说过，弟弟要听哥哥的话，哥哥要打它，它当然不敢乱动了。

人和蛇的故事（彝族支系他留人）

讲述：罗绍泰 彝族 51岁 农民 初中
记录：杨如刚
2006年4月采录于永胜六德乡他留山

很久很久以前，有一个人和蛇互称兄弟。他们互相通话，互相关怀，亲密无间，忠诚相伴。他俩感情很好。

可是这个人很穷，要吃的没吃的，要穿的没穿的，要住的没住的，日子十分难过,看着十分可怜。

一天,蛇问人:"兄弟,你是怎么搞的,你怎么穷得什么都没有呢?"

这个人诉苦道:"我从小无爹无娘,没有一分田地,身无分文,我不受穷,你叫我怎么办呢?"

"看在你和我是好哥们儿的份儿上,我给你想想办法。"蛇说:"离这里不远的地方有一个村寨,他们那里得了瘟疫,人们病得连看病的力气都没有了,快要病死了。如果你去把他们的病治好,他们会很感激你的,会给你许多许多的钱财的,这样一来你就不穷了。"

这个人说:"我又不是医生,不会看病,再说我也没有药啊。"

蛇说:"这不要紧,我有法子帮助你,你把我的肝割去,把它磨成粉粉,让人们冲开水喝了,他们的病就好了。"

"可是我怎么才能拿到你的肝呢?割了你的肝你会没命的,我的好兄弟。"这个人回答道。

蛇说:"没关系的,我张开嘴,你爬进去割一块就可以了。我的肝割掉一部分是不会伤害我的,既然是好兄弟我只能这样帮助你了。"

这个人照做了,割了蛇的一块肝,磨成粉,把药让全村人喝了,全村人的病马上就好了,大家非常感激他,赠送给他很多的钱财,还让他在那个村寨里安了家。

这个人一转眼变成了富翁,有了田地,有了妻子儿女,还有了很多的钱。

可是这个人慢慢地忘本变质了,他好吃懒做,花钱如流水,很快他觉得钱太少了,不够用了。怎么办呢?他想来想去想起他的蛇兄弟来,于是他装扮成一个穷人的样子,再次找到那条蛇,向那条蛇撒谎说:"好兄弟,上次你只给了我一半的肝,村里的人没有完全治好,他们并没有怎么感激我,没给我什么,我还是像以前一样穷。"

蛇说:"不可能吧,我给你的一半肝,应该能够完全治好村里的人了,你解决生活应该不成问题了。"

这个人骗蛇说:"好兄弟,你如果不相信我,可以跟我到村子里去看,请你再照顾照顾兄弟。"

这个人恳求道:"求求你再给我一点肝。好兄弟你帮人帮到底,再给我一点肝去救他们,把他们全治好了,他们或许会给我很多钱,我也就不穷了,也就不会再来麻烦你了。"

蛇说:"可是,我已给过你一半了,再给我就没命了。"

人说:"我只要一点点,一点点就够了,一点点不会有事的。"

最后蛇经不住他的请求就同意了。这个人就像上次一样，钻进了蛇的肚子里。但这个人心很厚，他想：上次我割了它的一半的肝它都没有死，它可能是骗我的。就一刀下去把蛇仅存的一半的肝也给割了。蛇没了肝立刻就死了，蛇口紧闭，这个人出不来也死了。

从那以后蛇和人就不再像以前那样友好了，闹翻了。人蛇互相仇视，互相迫害，在自然环境中人更怕蛇。

从那以后直到现在，蛇再也没有了肝，只有胆。其实蛇原来是有肝的，是被人给割了。

老虎怕青蛙（彝族支系他留人）

讲述：海发新
记录：杨如刚
2005年12月采录于永胜六德乡他留山

古时候，他留人放牧行猎经常要在山林中过夜，一定要找一个低洼有山泉水的箐边宿营，原因是这里住着青蛙，而老虎怕青蛙，人住在这里就比较安全了。为什么老虎会怕青蛙呢？原来是这样的。

有一天，百兽之王——老虎十分饥饿，忙出来在山林中巡游。偏偏这一天动物们像听到消息一样都躲藏了，老虎跑了半天一无所获。它饥渴难耐，来到一条低洼的箐边遇到了一只青蛙。老虎想吃掉青蛙，就对青蛙说：

"青蛙，我们来比赛跳箐，我输了就给你当午餐吃，你输了就给我当午餐吃。"

青蛙说："好吧。"

比赛开始了，老虎一弓腰，"呼哧"一下跳过了深箐，可是一抬头青蛙却早落在它的前面。老虎赶紧转过身一跃而回，可是一抬眼青蛙又早落在它的前头。老虎急忙又转身跳过大箐，可还是落到青蛙的后面。

老虎跳过来跳过去，跳了十多次累得满头大汗，可次次都是青蛙跳到老虎的前头。这样跳箐比赛老虎输了。

老虎一点也不明白其中的缘故，其实很简单，老虎跳箐时总是先垂下尾巴，青蛙跟在后面乘机咬住虎尾上的毛。老虎起跳，总是首先尾巴向上一扬，用力向前一甩，然后跃起腾空，自然而然轻轻松松就把青蛙甩到了老虎的前头，老虎当然输了。

老虎很不服气，暴跳如雷地对青蛙说：

"你整天待在这潮湿低洼阴冷的箐沟里，什么也没见过也没吃过，只是吃些泥土。我奔驰在高山大岭，连风都追不上我，吃的就更不用说了，什么马、牛、羊，什么鹿、獐、麂子、兔子之类的数不胜数，甚至还有那些大象、犀牛，等等。"

"不见得吧！"青蛙冷冷打断老虎的夸耀。

"我吃过的东西，我敢打赌，你连听都没有听说过，不信我们来比赛吐，看谁吃过的东西多。"

"比就比。"

老虎坐在地上，伸长脖子，吐了半天才吐出几根光骨头。青蛙张开嘴，轻轻一吐，就吐出了两枚圆圆的树果，可是老虎不认识树果，青蛙就对老虎说：

"这是你第十代祖宗的眼珠子，你看像不像？"

老虎一看，圆圆的，还真像自己的眼珠子，吓了一跳，青蛙轻轻一吐，又吐出两枚圆圆的树果。

"这是你第五代祖宗的眼珠子。"

老虎更惊骇了。青蛙边说边吐，又吐出两枚树果。

"噢，朋友，你知道你的那些祖先哪里去了吗？我忘了告诉你，我们青蛙最爱吃你们老虎了，你看，这是你爷爷的眼珠子……"

还没等青蛙说完，老虎心想："这家伙不得了，我的爷爷那些祖先都被它吃了，我跳也跳不赢它，没准等会儿就来吃我了，还不快跑？"

老虎猛然跳起来，一跃七八丈，闪电般翻过了几匹山梁，头也不回地逃跑了。

从此以后，老虎再也不到山箐边来了，因为山箐里住着青蛙。

鸡同鸭讲（彝族支系他留人）

讲述：兰新发
记录：杨如刚
2003年4月采录于永胜六德乡营山村三板桥村

古时候鸡和鸭一同到天神务故那里去领枪[①]，鸡走得快，鸭子走路很慢，

---

① 枪：雄性生殖器。

鸡早早地报了到，领到枪返了回来。半路上遇到了鸭子，它还在那里蹒跚赶路，又忙又累，满头是汗。鸡领到了一根较长的枪，就拿到鸭子面前炫耀。

鸭子就对鸡说："你走路快，你再回去领一支吧，这支借我用好了。再说，这支也不是什么好枪，你不知道务敌那里还有比这更长更好的呢！"鸡信以为真，就把枪借给了鸭子，又急急忙忙跑回来向务敌重新领一支。务敌说："你刚刚才领了，又来领，没有了，你回去放屁去吧！"

鸡垂头丧气而回，落了个一场空，就来向鸭子要枪，可是鸭子拿着枪一个纵步就跳下河去了，再也不把枪还给鸡。鸡追不上鸭子，急得干瞪眼，就站在河岸上伸长脖子大叫道："喔喔喔，喔喔喔。"其实它不是喔喔地叫，它是在大叫："还还我，还还我！"

鸡是在向鸭子要它的枪呢。鸭子就在河中心拍打着翅膀，高兴地回答："嘻嘻刷刷，嘻嘻刷刷。"它是在回答说："借我耍耍，借我耍耍。"

每天早晨天亮的时候，公鸡就喔喔地叫了："还还我，还还我。"它是在向鸭子要枪呢。而鸭子"嘻嘻刷刷"地叫，是在回答鸡："借我耍耍，借我耍耍。"雄性鸭子的生殖器在禽类中较长也是这样来的。

公鸡喝水

讲述：杨瑞仙 女 45 岁 初中
记录：张正光
2005 年 11 月采录于永胜永北镇

有一只公鸡，整天都在鸡群中威风凛凛地走来走去，就像是在检阅队伍。

有一天，公鸡去找水喝。在半路上遇到斑鸠。斑鸠说：

"公鸡哥哥，你到什么地方去呀？"公鸡神气十足地说：

"我去找水喝。"斑鸠说：

"公鸡哥哥，我也是去找水喝的，我俩结伴而行吧！"

在路上，公鸡炫耀起自己的容貌是多么美丽，羽毛是多么漂亮，冠子是多么雄伟，唱出来的歌声是多么优美动听……它们找了半天，也找不着水塘。斑鸠说：

"没有水塘，我俩就来挖一个吧。"公鸡摆摆冠子凶恶地说：

"简直是岂有此理,你平时是多么亲热地叫我'哥哥',可是连这么一点小事都不愿意一个人干,真是黄鼠狼给鸡拜年——没安好心。"

斑鸠听了公鸡的话,非常气愤,于是想把水塘挖好以后戏弄一下公鸡。

公鸡在旁边得意地看着,斑鸠把水塘挖好了。泉水像一串一串的银珍珠,咕嘟咕嘟地冒出来了。斑鸠一埋头,就喝到了水。公鸡渴得熬不住了,就去喝水。斑鸠说:

"叫你挖水塘你不挖,别人挖了你就来喝现成的水。你这种懒人呀,雷公公会把你劈死的!"

公鸡害怕,从此它喝一口水,就抬起头来望望天,喝一口水,又抬起头来望望天。

简单与复杂

讲述:杨瑞仙
记录:张正光
2005年11月采录于永胜永北镇

有一天,森林里狮王的案头上,放着两份绝密的报告。一份是狐狸的,另一份是野猪的。

狐狸的报告忧心忡忡:

"狮王啊,您可要睁着眼睛睡觉,那老虎正想得到您的王位呢,您可听到它野心勃勃的咆哮?"

野猪的报告可谓热情洋溢:

"狮王啊,老虎对您多么忠实孝敬!它随时都关心您老人家的健康,您可听到它饱含深情的问好?"

狐狸骂:

"老虎是地道的野心家。"

野猪赞:

"老虎是接班的好苗子。"

狮王对两种说法半信半疑,从此以后关注老虎的一举一动。它时而觉得老虎英俊威武,时而觉得老虎猥琐卑小;时而觉得老虎忠心可对天,时而觉得老虎皮笑肉不笑……

一件简单的小事就这样被"好心者"弄得复杂微妙！至于那狮王对老虎的态度如何呢？这已凝成一个永恒的问号……

虱子与跳蚤

讲述：宋老头 80岁 农民 小学
记录：钱金国
2005年10月采录于永胜松坪米厘

传说虱子和跳蚤是一家，它们过着很幸福的生活。

一天，它俩在家煮好一锅鸡肉，就上山去砍柴，边走边说今天来比赛，谁背的柴多，又先到家，谁就能吃那锅鸡肉，不然就喝汤。

它俩气喘吁吁地来到山上，跳蚤砍好柴就急忙跳着回家了。

虱子不慌不忙地捆好柴，背在背上稳稳地朝着家里走去。

跳蚤没跳三步背子就垮了，只好重把柴捆好背在背上，可还没跳两步背子又垮了，反复这样。而虱子慢慢地超过了跳蚤，跳蚤见到虱子走远了，心里更是着急，跳的步子越来越大，背子就越垮了，连续捆了几十次背子都到不了家。

跳蚤喘着粗气到家一看，锅里只剩下残汤剩水。它端起铁锅把汤一饮而尽，生气地走到树下。

这时虱子已吃饱了肚子在休息歇凉，跳蚤把铁锅砸向虱子，正好砸在虱子的屁股上。

从此，虱子的屁股上永远留下了一块黑印。

水牛和骡子的故事（彝族支系他留人）

讲述：兰新发
记录：杨如刚
2003年4月采录于永胜六德乡营山村三板桥村

一开始的时候，水牛和骡子还有其他动物统统要到天神务敌那里去领枪。水牛和骡子领了枪回来，它们就在半路相遇了。骡子一看自己的枪不如水牛的，就骗水牛说："来我们把枪拿出来比一比。"

它们就在那里比枪，骡子说："你的枪不好，一点都不漂亮，太笨重了，也没有我的好使，不如我们交换吧。"

水牛信以为真，就和骡子换了枪，骡子拿着枪一溜烟跑上山冈溜走了。水牛追不上骡子，后面走了来。其他动物见了就笑，说水牛那么大的身体，才有那么细小的枪太不配了。水牛才知道上了当，可它又追不上骡子，拿骡子没办法，就发出了"嗯、嗯、嗯"的声音。

水牛"嗯嗯"地叫，是实在不满意和骡子换的枪，非常不高兴，发出了怨恨声。骡子得到了又大又长的好枪，就在那里仰着脖子，放开喉咙，"哦嘿嗬、哦嘿嗬"地大叫，是因为骡子高兴得不得了，才那样叫的。

戴头套的狼和狐狸

讲述：马玉珍 女 68 岁 农民 小学
记录：钱金国
2005 年 10 月采录于永胜松坪乡

狼和狐狸在山上找食物充饥，狐狸说：

"狼大哥，我们装羊的头套要派上用场了，快把它给我戴上，我的肚子饿了。"狼也说："我的肚子也饿得咕咕叫了。"

就在这个时候，前面的树林中好像有什么响动，它们往前一看，高兴极了，从山上跑来五只绵羊，狐狸说：

"狼大哥，快动手吧，咱俩把它们都吃了。"

狼和狐狸猛扑过去，没想到那五只绵羊一转身将它们围在中间，狼和狐狸还没有搞清楚怎么回事，就被打翻在地了。

狼和狐狸一看那些绵羊，突然变成五只猎狗，每条狗都戴着一个头套面具。狼和狐狸无可奈何地躺在地上，狼和狐狸说：

"用假面具害人是不能干的，到头来只有自己害自己。"

青蛙和老虎

讲述：马永发
记录：邱继成
2005年10月采录于永胜羊坪乡

从前，有只饥饿的老虎外出觅食，见到一只青蛙，垂涎三尺。老虎对青蛙说：

"我要吃掉你。"

青蛙说：

"我们先来比赛，如果我输了，你就可以吃我。"

青蛙和老虎先比赛跳远，青蛙趁老虎不注意，爬在老虎背上，等老虎跳过后，落在地上时，青蛙再往前跳，就超过了老虎。老虎输了不服气，要求比赛吐物，老虎还是输了。老虎连输两次，青蛙才没被它吃掉。

老虎又累、又饿、又气，不一会儿就睡着了。青蛙趁老虎酣睡之际，悄悄将装了几粒沙子的猪尿泡拴在老虎的尾巴上，并大喊：

"青蛙击鼓，大军到了！"

老虎信以为真，慌忙逃窜，愈跑"沙、沙"声愈响。它只好不停地跑，最后它跑到树林里，窜入刺丛，猪尿泡被刺破，才听不到"沙、沙"声，老虎才停下来休息。

这时，出来一只猴子，猴子看着气喘吁吁的老虎就问是怎么回事？老虎把事情的经过讲给猴子听。猴子听了说：

"那是青蛙的诡计，不要被它蒙骗。"

猴子又极力怂恿老虎去找青蛙报仇，还说如果老虎不相信它，可以把自己和老虎拴在一起，去找青蛙报仇，老虎这才同意去找青蛙。

青蛙看见老虎来了，还和猴子绑在一起，就知道是猴子怂恿老虎来的。它眼珠一转，大声吼道：

"该死的猴子，你终于拉头老虎来还我的债了，是头肥的还是瘦的？"

老虎听到后，怀疑这是猴子和青蛙预先策划好的阴谋，便转身往回跑，猴子还来不及说服老虎，就被拖死了。

人变猴与人学猴（彝族支系他留人）

讲述：兰新发　　兰绍吉
记录：杨如刚
2003年4月采录于永胜六德乡营山村三板桥村

猴子非常像人，眼睛像人，脸也像人，原来猴子是人变的。

古时候，有一个人很穷，他没有防冻的油膏，又要干活。寒冷的冬天来了，他的手和脚都被冻开了很多宽裂，开"尖口子"了，很是疼痛。有一次他到山里去，看见了一大块山羊的板油，白花花地掉在那里，他很高兴，就急急忙忙去捡。羊板油用火烧了滴在"尖口子"上，对治愈手脚开裂效果非常好。他想把羊板油捡来用，不料那块羊板油是一个老猎人用来下狐狸的，他就被老猎人的猎扣给扣住了，拴在那里动弹不得。可是这个老猎人却不幸去世了，谁也不知道他下的猎扣。

这个人被拴在那里很长时间，他没有被饿死，全身却长出毛来，后来连尾巴也长出来了，他挣脱了扣子，从此就变成了山中的猴子。猴子就是这样从人变出来的。

他留人死人的时候要大办丧事，要在院子里搭青棚，举行追悼会，要请吹将来吹唢呐，要请"铎系"来唱古老的经文、写古老的字符，要跳丧跳神，还要请汉族先生来记账，做"签点"，要大操大办好几天，参加的人很多，很累，很隆重。这又是从猴子那里学来的。

很久以前，山中有一只老猴子死了，所有山中的猴子都在那里搭青棚大办丧事。人看见了就从猴子那里学来了，是猴子教的，连铎系唱的经也是猴子教给的。猴子不教人是不会的，所以说，猴子是人的老师。

猴子埋儿尾朝天

讲述：周开祥
记录：周天云
2005年12月采录于永胜永北镇

在自然环境中，动物的生活、繁殖都各有其特性，猴子也不例外。传说母猴在生儿育女时，要寻觅一个依山傍水的地方。原因是小猴生下来时就要将它抱到河里为它洗澡，清掉小猴身上沾着的污物。

一次一只母猴生下一只小猴，它按照祖先传下来的"规矩"，抱着刚生下来的小宝贝去到河边为它洗澡清污。

它一边为宝宝清洗，一边不时地向空中探望。

忽然，一只饿老鹰在空中盘旋觅食，尖尖的爪子、锋利的鹰嘴令它望而生畏。

老猴发现空中飞舞的饿鹰，马上感到凶多吉少，它怕饿老鹰把心爱的小宝宝叼走。

于是赶紧将小猴使劲按入水底，想待老鹰飞远后再将小宝贝拿出水面。

谁知那只可恶的老鹰一直在老猴的头顶盘旋，所以老猴就一直将它紧紧按在水底不让其露出水面。

按呀、压呀，就这样拼命地将小猴按压了很久很久；等呀、望呀，大约过了一两个时辰，凶恶的饿鹰才飞走了，这时老猴高悬着的心方才平静下来。

它喘息了好一会儿，然后才慢慢将"宝宝"拿出水面，那只小猴早已被淹死了！

老猴发觉"小宝贝"不会动弹，于是抱起小猴"啪！啪！"一连几个耳光，可是那小猴仍不会动，老猴这才明白它心爱的"宝贝"已经死了。

动物也和人一样有喜怒哀乐，老猴怅然若失地凝望着小猴"吱吱"哀叫，眼泪簌簌滚落。

它抬起头来用仇恨的目光盯住那远去的老鹰呆呆看了很长时间，然后才缓缓将死去的小猴抱至沙滩上轻轻放下，非常伤感地在那块沙滩上刨了一个坑，依依不舍地将"宝宝"头朝下尾朝天埋下，最后含悲忍痛一步一回头地慢慢向丛林深处爬去。

一阵微风吹过，小猴露在坑外的尾巴随风摇摆，老猴掉转头来看见小猴的尾巴在动，以为猴儿还活着，于是扑将过去，几下把它从沙坑内刨出来抱在怀里，一阵摇晃，不见小猴动弹，接着又给它一阵耳光，那小猴儿还是"米汤煮鱼——不动"，老猴又第二次用原来的方法把它埋下。

就这样挖了又埋，埋了又挖，反复了若干次，直到风平浪静小猴儿的尾巴不动之时，老猴才忍痛离开沙滩远去。

故而民间留下"猴子埋儿尾朝天"的谚语。

人变石蚌（彝族支系他留人）

讲述：兰新发
记录：杨如刚
2003年4月采录于永胜六德乡营山村三板桥村

山箐里的石蚌①，也是人变出来的。从前赶马帮的人我们叫他"马锅头"，有一次，有一个马锅头出来赶马帮。他骑着一匹高头大马，路过一个山箐时，天下起了大雨，马受惊疯跑起来，一蹄一摔，就把这个马锅头摔进了深箐里。

这个马锅头跌进了深箐，再也爬不出来。他的马却不管他，跑远了。他就变成了石蚌，住在深箐里，在那里"嘟、嘟、嘟嘟、嘟嘟"地喊。他是在喊他的马呢。他的马跑开了，他是想喊他的马回来驮他。

可他的马再也喊不回来了，他只能成为石蚌。今天他留人喊马、管马、调教马的时候，也是"嘟、嘟"地喊的。而他留人路过箐边听到"嘟、嘟"的叫声，就知道那里有"喊马"的石蚌了，就可以去捉来做美味了。

---

① 石蚌：蛙类的一种，皮黑黄，爪有五趾，有蹼，常年生活在山箐、沟渠、河塘里，求偶季节爱发出"嘟、嘟"的叫声。肉质鲜美，营养丰富，是古代他留人喜食的野味之一。

机智人物故事

土锅换骑马（彝族支系他留人）

讲述：兰绍增 彝族 51岁 农民 初中
记录：杨如刚
2005年12月采录于永胜六德乡他留山

古时候，有个名叫亚邪的他留人，是个相当聪明的人。

亚邪爱骗人、哄人、爱戏弄人，但他很少骗穷人，专爱骗当官的人和大富人，还有那些自私刁蛮的人，不过亚邪身上也有点儿邪气。

有一段时间，他经常看见"习婆①"这个官员大人骑着一匹大白马，威风凛凛，得意扬扬地在村寨里走来走去，在他留城堡出出进进。

亚邪看上了这匹大白马，就想出了一个主意，用自己的土锅来换官员大人的坐骑，打击一下官员大人的傲气。

这一天，亚邪在路边事先挖好一个土坑，把石碓窝放进土坑中，把烧红的木炭放进石碓窝里，最后把土锅放在石碓窝上面，开始在路边煮起饭来。

亚邪远远看见官员大人要路过此地，就把土锅抬到路上，用泥灰石块把石碓窝埋藏好。

官员大人路过，看见土锅"哐嘟、哐嘟"在涨沸，却没有看见火，也没有闻到烟火味，觉得很奇怪。于是官员大人下马来问他：

"你在这儿干什么？"

---

① 习婆：他留语，有县官、乡官、官员等几种译法，此处译为乡官或官员。

亚邪回答：

"我正在这儿煮饭。"

"那怎么没看见你烧火呢？也不见有烟火。"

"我的这土锅不用火，是自涨锅，自己就能把饭煮沸，不信，你瞧。"

官员大人仔仔细细瞧了瞧，不明白其中的道理，带着满腹疑惑走开了。

后来，官员大人连续几天从这条路上经过，每次都看见亚邪用"自涨锅"煮饭。他不知道用土锅烧水煮饭，烧开煮沸之后即使离开火也能持续涨沸较长一段时间的道理，看中了亚邪的"自涨锅"，以为是个宝贝。他对亚邪说：

"你的土锅卖给我吧，我给你银子。"亚邪回答说：

"你给我多少银子我也不卖，我的土锅是个宝贝，除非用你的马来交换，我还可以考虑考虑。"

最后官员大人就用他的坐骑换了亚邪的土锅，还以为如获至宝。亚邪临别时吩咐官员大人说：

"我这土锅刚到你手里，它有可能不听你的话，不会自己涨沸。那么你就用棍子教训它两下，它就听话了。"

亚邪骑着官员大人的大白马走了。官员大人高兴地拎着亚邪的土锅回家，走了一段路程，官员大人觉得肚子饿了，就拿出土锅准备煮饭吃。他在土锅里放进米加上水，但是土锅怎么弄也涨沸不起来。

这时，官员大人想起了亚邪的吩咐，就找来一根棍子敲土锅，一边敲一边说："看你还敢不听我的话，看你还敢不自涨。"

只听"咔嚓"一声，土锅被敲成了碎片。

亚邪偷马（彝族支系他留人）

讲述：兰云德 彝族 68岁 农民 不识字
记录：杨如刚
2005年12月采录于永胜六德乡他留山

亚邪有一次跟"习婆"打赌，县官老爷说，只要你有本事将我的坐骑——银河马偷走，这匹骏马就永远归你所有，并且我特别准许你以后可以行窃行骗为生。

亚邪说："很好，那您得把马看好了，我今天晚上就来取。"

县官老爷将马拴在县衙大院里，两边的石柱上每边拴上一条恶狗，院子中间烧起一堆火，秘密睡满了守马的差役。县官老爷自以为万无一失，安安稳稳地睡在楼上。

天快亮的时候亚邪来了。守马的人认为天都快要亮了，火堆里的火也熄灭下去了，亚邪今晚一定不会来了，守了一夜也很困，就放松警惕睡着了。

亚邪悄悄从房上下来，他事先杀了一只羊，用羊肉将狗哄乖了，然后弄来县官的两口大铁锅，分别把狗罩在锅下，狗发不出声音，失去了报信的作用。

亚邪来到火堆旁，找到吹火筒，在吹火筒的顶端安上一个唢呐。

亚邪又来到县官老爷睡的楼上，在楼梯口把羊皮铺上，在楼梯下面堆上羊肠肚和羊腰子。

一切布置好后，亚邪来到睡在院子里的差役中间，左边挤一下，右边挤一下，还不断地说：

"太挤了，睡过去一点点。"

那些差役睡迷糊了，认为是自己的伙伴在推挤自己就让开身子，让出了一条路来。

亚邪把马嘴扎上一根木棍，又用布把马的四个蹄子包起来。牵着马偷偷出了大门。出大门后，亚邪又在门楣上直直地拴上一排木棍，所有事情弄好后，骑在马上在门外大叫：

"感谢县官老爷送马，我骑着走了。"

县官老爷被叫醒了，知道亚邪偷走了马，起床一看，黑乎乎的，大叫道：

"快把火吹燃，亚邪偷马了。"

差役半梦半醒地爬起来，拿起吹火筒就吹火，一吹却吹响了唢呐。

大家就大骂他："都什么时候了还在这里吹唢呐，开什么玩笑！"差役们很气愤，想起狗来。

"这瘟狗怎么不叫呢？"

于是拿起棍子就去打狗，由于火吹不燃，没光亮，看不见，一下把县官的两口铁锅给打烂了，而狗却没被打着。

县官慌慌张张从楼上下来，踩到羊皮滑翻了滚下楼来，左手一摸摸到了羊肠肚，县官老爷大吃一惊，叫道：

"哎呀，不得了了，我的肠肚都跌出来了。"

右手一摸又摸到了羊腰子，县官老爷大叫起来："哎呀呀，不行了，今晚我要跌死了，连腰子都跌出来了！"

差役们推开大门去追亚邪，一跨门槛，碰到了挂在门楣上的木棍，接二连三地碰着，前面的人大叫道：

"不得了，门外有人用木棍抵着打进来，赶快退回去。"

最后等到弄清楚怎么回事时，亚邪早已经骑着县官老爷的骏马，唱着歌儿跑远了。从此，亚邪得到了县官老爷的允许，可以偷窃诈骗为生。但亚邪主要是偷那些有钱不仁的人，有时候也爱捉弄村寨里的人。

偷富人家（彝族支系他留人）

讲述：兰绍开
记录：杨如刚
2005年12月采录于永胜六德乡他留山

从前的一天，亚邪对几个朋友说："我知道一户富人家，他家银子很多。你们跟我一起去拿吧。"

这几个人就跟着亚邪去偷这户富人家。

到了门口，虽然是夜深人静，但他们不敢贸然爬进大门，就爬上了房顶，悄悄拆开瓦片，大伙儿先把亚邪一个人放了下去。这间屋子是正房的堂屋，亚邪进到屋子里偷银子，其他人在屋顶上接应他。

亚邪下去后，发现了很多银子，确信这家人很富有。

他转念一想，今晚偷取银子是不成问题的，可是那几个人也是爱骗人的人，不妨我今天也骗骗他们。

亚邪就不装银子，只在木柜里装了几个土基，叫他们从房顶上放下绳索，把柜子拉上去。亚邪说，你们几个快快把柜子抬到远远的地方去打开，里面装满了银子，我自有办法从后面出来跟上你们，你们快走，不然主人家发现会追上来的。

那几个伙伴，抬着木柜，哼哧哼哧喘着粗气，连跑带跳，越过了两道梁子，谁知把木柜打开一看，里面不是银子，而是几块土基。

他们知道今晚被亚邪骗了。

这几个伙伴又气，又恨，又好笑，只好原路返回，再次来到富人家的屋顶上。果然亚邪正得意扬扬地在下面等着他们。

亚邪说："伙伴们，弟兄们，这次不骗你们了，只因你们平时爱骗人我才跟你们开个小玩笑的，赶快把木柜放下来，装满银子抬到远方去打开。我自有办法，随后就到。"

几个伙伴怕被发觉，赶紧放下木柜装银子，而后抬着木柜像飞一般奔跑，翻越了两道山梁，气喘吁吁，汗流浃背，他们心想："这回的柜子比先前还沉，肯定银子不少。"

他们连忙打开柜子，只见亚邪笑嘻嘻地从柜子里面站了起来，说道：

"哟嗬，这么大个活元宝。"

大家知道又被亚邪骗了，真是气急败坏，但也拿他毫无办法，谁能想到亚邪竟敢骗他们第二次呢？最后，大家商量一番，决定趁天还没亮，第三次去偷富人家。

这一回亚邪坦白承认，自己其实并没有逃脱的办法，拉走银子之后就用柜子把亚邪拉上去，大伙一块儿逃走。

他们再次来到富人家，依旧是亚邪下到屋子里，伙伴们在房顶上接应。

亚邪装了满满一柜子银子，连忙叫伙伴们拉上屋顶，伙伴们打开柜子一看，这一回果然是白花花的银子。

"今晚亚邪叫咱们上了他两次当，我们也叫他上我们一回当，怎么样？"

有人这样提议，大家都赞同了，就收了正准备放下屋子去接亚邪的柜子悄悄溜走了。

亚邪在房子里左等右等都不见接他的柜子放下来，在屋子里低声叫了又叫，仔细一听，房屋上悄无声息，终于明白自己上了当，伙伴们把他一个人给独自留下了。

时间越过越快，转瞬间天就要亮了，亚邪心里很是着急，左摸摸，右摸摸，想开门出去，可屋门是从外面反锁着的，砸门窗出去是不行的，会吵醒主人被捉住。

有什么办法呢？亚邪正百思不得其解时，突然他的手摸到了一坛蜂蜜和一捆羊毛卷，这下他灵机一动计上心来。

亚邪脱光衣裤，一丝不挂，拿来羊毛，那是些白色的柔柔的绵羊毛，用蜂蜜粘在自己身上，弄得满头满脸满身都是，只留两个黑溜溜的眼珠在外，然后爬上堂屋的神桌，正襟危坐在神桌正中，坐在香炉、烛台、供品前一动也不动。

这一切刚刚就绪，天已大亮，只听"哐啷"一声，屋门打开，主人端着供品、火烛前来烧香，一看神桌大吃一惊，连忙跪下：

"哎呀呀，烧了这么多年的香，今天终于见到老祖宗了，老祖宗显灵了。"

主人大呼小叫把一家大小急急叫起来，到堂屋来给显灵的老祖宗磕头，一时间堂屋里跪满了人，偏是其中有个女孩儿天生漂亮，亚邪男性生殖器不觉间翘了翘，有个小孙子说道：

"我家老祖宗全身都好看，就是这里不好看。"用手指着亚邪胯间。

"不如拿把刀来，把这玩意儿割了。"

亚邪一听要拿刀割他，赶紧跳下神桌，慌不择路，夺门而逃，一口气跑出大门去，一眨眼工夫逃得无影无踪。富人一家人连忙追出大门，一面追一面磕头不止，一面大叫：

"老祖宗，您别走，老祖宗，您留下来，老祖宗，烧了这多年的香好不容易才见到您，您留下来……"

背石磨入海（彝族支系他留人）

讲述：兰云德
记录：杨如刚
2005年12月采录于永胜六德乡他留山

有一次，亚邪来到一个地方，这个地方的人虽然比较富有，但却愚昧残忍，他们视牛马财产高于生命，对外来的小偷毫不容情。

亚邪决心偷窃他们的牛马，却被逮了个正着。他们把亚邪装进一个牛皮袋子里，扎紧袋口，高高挂在一棵大树上。

恰逢中午，大伙商量说，反正现在他也跑不了，肚子也饿了，不如先做午饭吃，吃过午饭后把他拴上一扇磨，沉到大海里就完事了。

于是大家纷纷离开去做午饭吃，把亚邪一个人拴在海边路旁的大树上。

过了许久，有一个外地人赶着一群猪路过，这是个专门做牲畜生意的人，眼睛有点毛病，他"咻咻"地吆喝着猪走，来到树下。亚邪一听就在口袋里叫：

"费力扎，捂眼睛，妙乎①。"这个生意人一听说是捂眼睛，不知道是怎么回事，就不自觉地停下来打探。亚邪乘机骗他说：

"我眼睛有点毛病，这几天老是有点疼，就专门装在这个皮袋里治眼病叫作捂眼睛。帮我捂眼睛的那个人回去吃午饭了，到现在还不来。这个药方还真灵，现在我的眼睛全好了，一点都不疼了。"

生意人一听就说道："我的眼睛也有点疼，影响视力。"

古时候，常年在海边生活的人容易得沙眼，风吹流眼泪，有点眼疼是很平常的。

亚邪说："现在我的眼睛捂好了，你把我放下来，我把你装进去，也可以治好你的眼睛，时间不会很长，我可以照看你的猪。"

生意人上了他的当，被装进皮袋里挂在大树上，亚邪赶着猪远远躲了起来。

午饭过后，那些人来了，拿来一扇磨拴好，全然不顾这个生意人如何说、如何辩解、如何叫骂，他们诅咒着这个该死的外地来的贼，就把皮袋沉进了大海。

这些人欢欢喜喜地回到了村寨里。

生意人因自己的愚蠢、轻信而去海底喂了鱼。

亚邪到海边弄了一些湿淋淋的青苔、海藻之类，绕在猪的头上、身上，然后赶着猪群大摇大摆地进到村寨里来。

大家一看，大吃一惊，这不是那个淹死在海里的人吗？连忙围上来，看个明白，问个究竟。

亚邪说："你们有谁去过海底？"回答说，谁也没去过。

亚邪大声说道："哎呀，海底世界可是神奇了，分为好几层呢，可惜你们只给我拴了一扇磨，要是你们给我拴上两扇的一盘磨，我就能给你们赶上来一大群羊，要是你们给我拴上三盘磨，我堕得更深些，我就能给你们赶上来大群大群的牛和马了。由于拴得轻，我漂在半海里，只好赶回来一群猪，也算没有白到海底一趟。"

这些人看看这群猪的确不是村子里的，而且猪身上缠绕着青苔、海藻水淋淋的，真的像从海里出来的一样。

他们就相信了亚邪，纷纷跑回家，拿来皮袋和石磨，把自己装进皮袋

---

① 妙乎：他留语，意为"瞎子"。此处亚邪这样叫是有意让过路的汉人和他留人都能听到他叫。

里，扎紧袋口，有的拴了一盘石磨，有的拴了两三盘石磨自己滚进大海里去了，有的大石磨拴得太重滚不动，就苦苦请求亚邪帮忙把他们滚到海里去，他们要去海底赶成群的牛马。他们急急地高声叫道：

"喂，快过来推我一把，快把我的皮口袋推进海里去。"亚邪就把他们推进了大海。

结古的故事（彝族支系他留人）

讲述：王荣升 彝族 70岁 工人 小学
记录：杨如刚
2005年12月采录于永胜六德乡他留山

村寨里有一个刁蛮强悍的女人，做什么事都不爱找别的女人帮忙，当然她也不帮助别的女人，认为自己什么事都能做，什么都行，还常常嘲笑别的女人不行。她的"能干"是远近出名的，就连男人都畏惧她三分。

亚邪听说后，暗下决心要戏弄她一番。

这一天亚邪来到这个村寨，恰巧这个女人独自一个人在用碓舂米。只见她把一撮箕稻谷粒倒进石碓窝里，然后转身来到碓尾，一边用脚高高地踩碓舂米，一边哄背在背上还在吃奶的孩子。亚邪主动靠上前来搭腔：

"这位大嫂您真能干，看你一个人又带孩子又舂米的，我走过十里八湾就数您最能干了。"

这个女人一听十分高兴，喜形于色，心里对亚邪生出了几分好感。

亚邪又说道："大嫂您的孩子又漂亮又聪明，十里八湾就数您的孩子第一了。"

这个女人听后更加高兴了，脸上堆满了笑，心里对亚邪更有好感了。亚邪接着说道：

"我从没见过这么乖巧的孩子，你能不能借我哄他玩一会儿。"

这个女人听后说道："看在你很会说话的份儿上，我就把儿子借你哄一会儿。"

女人解开背带，把孩子递给了亚邪，自己头也不回地舂米了。亚邪在碓首一边的地上哄着她的孩子玩，玩得很开心。舂米的女人问亚邪叫什么名字，亚邪骗她说：

"我的名字不好听，叫作结古。"

米粒舂好了，亚邪对女人说："看，大嫂您舂的米粒是最白最饱满的了，呀！我走过十里八湾真的从来没有见到过有别的女人能舂出来这样的米粒，即使她们几个人一齐舂也没有您一个人舂得好。"

这个女人听后，高兴得合不拢嘴，亚邪趁机说道："大嫂请让我把这些米粒扫起来，让我好好地见识见识吧。"

女人犹豫了一下，最后说道："这位兄弟，本来我是十分不情愿让你扫米粒的，但是看在你从没有见过这样的米粒的份儿上，我就破例让你扫一回。"

"那好，请大嫂您好好踩住碓。"

亚邪迅速从石碓窝里扫取米粒装进一个皮口袋里，然后迅速把这个女人的孩子放进了石碓窝里。

那边，女人紧紧用脚使劲踩住碓尾，这是一个木头做的杠杆装置，由于亚邪没有用木棍撑住碓头，挎着米口袋扬长而去，高悬在小孩头上的是很沉的石头做的碓嘴，只要女人一松脚，石碓嘴砸下来，一定会砸坏她的孩子，女人眼睁睁看着亚邪挎着米口袋扬长而去，不禁急得大叫：

"快来人哪，快快来人，我舂的米被人抢走了。"

大伙在远处听到她的呼叫就高声反问道："是谁抢了你的米？"

"是结古，结古，结古。"

女人大声回答。大家一听是结古就没有及时赶来救她，因为"结古"他留语是"哄人的，骗人的"意思，大家还以为她在开玩笑呢。

直到后来这个女人呼天抢地地哭着喊叫，大家才赶拢来，这时候亚邪挎着她的米口袋已消失得无影无踪了。

从此以后，这个女人再也不敢逞能了。从这以后他留妇女做事，无论大小事都讲究互相帮助了。

亲吻姑娘们（彝族支系他留人）

讲述：兰新华 彝族 55岁 农民 不识字
记录：杨如刚
2005年12月采录于永胜六德乡他留山

"习婆"大人牵着马，穿着绸缎衣服，戴着高帽站在高高的山梁上，看

一群穿着短裙的十六七岁的他留少女在山脚的稻田里插秧。这群青春靓丽的少女十分美丽迷人,"习婆"大人不禁发出感叹:

"唉,要是能让我亲一亲这些姑娘的脸,吻一吻她们,那真是幸福死了!"

恰巧亚邪骑着毛驴路过,听到了官员大人的感叹,就对"习婆"大人说道:"这有什么难的,我轻而易举就能办到。"

官员大人说:"我都办不到,你臭小子吹牛!你是谁,我还不知道?你臭小子是个下三烂的角色,真是癞蛤蟆想吃天鹅肉。"

亚邪说:"不是我癞蛤蟆打呵欠——口气大得很,实在是举手之劳。"

官员大人说:"你办到,我赌你五十两银子。你办不到,赌你一辈子给我当长工。"

亚邪说:"好!"

亚邪对官员老爷说,你先把五十两银子拿给我,我这就下山坡去办,如果我办不到,你就把银子收回去,反正我也跑不出你的手掌心。官员老爷把五十两银子拿给了亚邪。

亚邪怀揣银子牵着毛驴下山来,边走边想,他心里一点底都没有。快到田边时,亚邪眉头一皱,计上心来。他来到田边,对两个姑娘说:

"今天早晨,我家园子里的蒜苗和葱苗被人偷吃了,谁偷吃的快承认出来,不然我就去告官。看"习婆"大人就站在上面,他肯定会重罚你们的。你们连一点蒜苗和葱苗都偷,真是羞死人了。"姑娘们都辩白说没有偷。

亚邪说道:"我明明是顺着脚印查来的,而且半路上还有漏掉的葱苗,就是你们偷来吃的。"姑娘们感到十分委屈,高声辩白不清。

亚邪说:"你们感到冤枉,这好办,你们都吃过饭了,我只要在她的嘴上一闻,就知道是谁偷的,一闻就出来了。"

姑娘们最害怕冤枉了自己,坏了自己的名声,自己受委屈,有理讲不清,纷纷说:

"闻就闻,你来闻吧,反正我没偷。"

这样亚邪就逐一去姑娘的嘴唇上用鼻子闻,他一边抓住姑娘的手,面带笑容,一边做出亲密的样子,一边说:

"别动,我要仔细地闻,噢,没有葱蒜味,不是你偷的。"

旁边田里的姑娘也纷纷跑上前来,高声要求道:"来闻闻我,来闻闻我,快来闻闻我。"

亚邪回答道："好，好，就来吻你，就来亲你。"

亚邪一边闻姑娘的嘴唇，忙中偷闲，一边也给了姑娘们一个火辣的甜蜜的吻。

等到姑娘们发觉上了当，脸发红时，亚邪已经吻过了她们，而远处依然有姑娘在喊：

"亚邪，快来闻闻我。"

官员大人站在山梁上，不明就里，只见亚邪非常亲密地亲吻每个姑娘，有的姑娘甚至还从远处跑来让亚邪亲吻，官员大人看得目瞪口呆，惊奇不已，佩服得五体投地。等到官员大人回过神来，亚邪早揣着银两，骑着毛驴，满心欢喜地走远了。

我是你爹（一）（彝族支系他留人）

讲述：海庆高　王新荣
记录：杨如刚
2006年4月采录于永胜六德乡他留山

从前的一段时间里，亚邪专门去偷一户上等的富贵人家，去了好几次。这一次这户富贵人家有了防备，亚邪被当场逮了个正着。

富贵人家有好几个儿子，他们把亚邪装在一个长皮袋里，扎紧袋口，把他挂在大门外大路边的一棵大树上，然后得意扬扬地说：

"这一回把你逮住了，看你还往哪里逃？先让他在这里受受活罪再说！"于是儿子们就暂时离开了。

不久，这户人家的父亲从外面回来，他是个瞎子看不见，一头撞在皮口袋上，头上撞起了包，老瞎子嚷道：

"是哪个瞎了眼的背时鬼，把什么东西挂在这里撞我，是不是存心欺负我眼瞎人老？"

亚邪一听，灵机一动，骗他说："老大爷，我会医眼睛，专门会医您这样的眼病，黑诗（他留人常用人名）的老爷、固止（他留人常用人名）的父亲的眼病就是我医好的，这些事您也早就听说了吧，那个医生就是我。您把我放下来，我马上就能治好您的眼病。"

老瞎子一听能治好他的眼病，也不仔细想想，就顺手解开绳子放下了亚邪。

亚邪一出来就把老瞎子装进皮袋里挂在树上，然后哼着"拉告飘"小调扬长而去。

不一会儿，富贵人家的儿子们全都到齐了，就聚拢过来，拳打脚踢皮袋。

皮袋里的人大叫道："别打了，我是你爹！"

老瞎子闷在皮袋里瓮声瓮气的，儿子们听不出他的声音，一听更是气愤，大叫道："你来做贼，还说是我的爹，不要脸，打死你！"

就狠劲儿地打，越打那人越叫："我是你爹，别打了，我是你们的爹，我真是你们的爹！"

儿子们越听越气愤："你这个死贼，还敢称是我爹，看不打死你！"

他们找来木棍打得更厉害了，老瞎子却叫得更凶了："别打了！我是你爹！别打了，我是你爹……"

"还敢称我爹，打！使劲打……"

最后，打得不行了，放下皮袋解开一看，果然是他家的爹。

我是你爹（二）（彝族支系他留人）

讲述：兰云德
记录：杨如刚
2006年4月采录于永胜六德乡他留山

县官老爷和亚邪打赌输了以后，没办法只好允许亚邪可以偷窃行骗为生，但他主要是偷那些有钱有势又为富不仁的人家，饿极了也偷村寨里的东西吃。

亚邪喜欢捉弄官员老爷，时间长了他还和一位官员老爷交上了朋友。

有一次，他竟然把这位官员老爷邀约着一同去偷一户大富人家。

他俩从一扇小窗户里爬了进去，在一所大房子的楼上找到了一大坛子好酒，两个人就盘腿坐在那里吃起酒来，吃着吃着，两个人划起了拳，一开始声音很低，划了好大一阵子，突然亚邪高声划了一拳："好哇呀！"

正是夜深人静之时，这一声很响，把这一户人家给惊醒了。这户人家有八个儿子，全都跑上楼来捉贼。亚邪比较灵敏，一下子就跳楼逃脱了，可是官员老爷却被捉住了。

亚邪并没有走远，他躲藏在屋外，悄悄看见官员老爷被装进一个长皮袋里倒挂起来。怎么救他呢？亚邪灵机一动，想出办法来。

亚邪赶紧来到这户人家的圈房外，顺着风势放起一把火来，圈房马上烧着了，亚邪大叫道："着火了，快来救火！"

八兄弟听见有人喊救火，一看圈房烧着了，全都慌忙跑去救火。亚邪趁机溜进去，从容放走了官员老爷。亚邪看见这户人家的老父亲是一个瘫子，就顺手把他套进了皮袋，像原先一样挂起来，然后一溜烟逃走了。

八兄弟很快扑灭了火，转回来就开始打皮袋，皮袋里的人大叫道："别打了，我是你爹！"

老父亲闷在皮袋里瓮声瓮气的，儿子们听不出他的声音，非常气愤，大叫道："你来做贼，还说是我的爹，不要脸，打死你！"

就狠劲儿地打，越打那人越叫："我是你爹，别打了，我是你们的爹，我真是你们的爹！"

儿子们越听越气愤："你这个死贼，还敢称是我爹，看不打死你！"

他们找来木棍打得更厉害了，老父亲却叫得更凶了："别打了，我是你爹！别打了，我是你爹……"

最后，打得不行了，放下皮袋解开一看，果然是他家的爹。

干事抬轿（彝族支系他留人）

讲述：兰新华　兰新平
记录：杨如刚
2006年4月采录于永胜六德乡他留山

习婆老爷有两个非常漂亮的女儿，刷姿（他留语：大女儿）正值二八年华，婀娜多姿，可谓百里挑一；刷止（他留语：二女儿）豆蔻初开，亭亭玉立，远近闻名。

官员老爷自认为自己有钱有势又识字，比别人儒雅，就不再遵守他留人成年男女青年走串青春棚自由恋爱、青年男女成双成对睡在床上谈婚论嫁的古老传统习俗。

习婆老爷把每晚翻山越岭远道而来串青春棚的小伙子们统统赶走，还放出恶狗来咬那些穷小子们，这在他留人看来是十分不礼貌的行为。小伙子们愤愤不平，但也无可奈何。

他还不顾传统把两个女儿的青春棚分别建在自家的深宅大院后院里紧挨着自己住，两个女儿也是有怨不敢言。

　　一天，亚邪恰巧路过这里，听说了这件事，决心想个法子收拾收拾这位官员老爷。

　　过了两天，习婆老爷骑着马去山里打猎，经过一个集市口，亚邪突然从人丛中钻出来拦住他的马头，高声对他说：

　　"我是一个光棍，要娶你的女儿为妻。我看大姑娘比二姑娘还娇嫩，我今晚就去串刷姿的青春棚。"

　　习婆老爷低头一看，是一个蓬头垢面、骨瘦如柴、破衣烂衫、邋遢不堪的人，就从鼻孔里哼声说：

　　"哼，你这叫花子连我家的猪狗都不如，别说是娶我家的女儿了。只要你能进了她的门，我就赌给你一千两银子！"

　　"好，赌就赌。你以为我不敢？你大老爷说出的话是吐出的口水收不回，到时候你可不许要赖。"

　　"小杂种，我是要赖的人吗？这么多人听见，他们可以作证。你这猪仔也不撒泡尿自己照照是个什么乌龟王八蛋样的人！还想攀我家姑娘，痴心妄想！""你别骂人，别说是进她的门，我还要睡了她。我不睡了你家姑娘，我誓不罢休！亚邪我就连人也不算，你等着好戏瞧。"亚邪大声回答道。

　　过了几天，亚邪打死了一只斑鸠，路过习婆老爷的家故意把斑鸠扔进了后院，然后前去敲门说："我打的斑鸠掉进了你家的院子里，开开门，让我进来找一找。"

　　亚邪不停地敲着门，恰巧这一天习婆老爷不在家，他的两个女儿在家，听见有人叫门叫得很辛苦，就忘记了习婆老爷"我不在时，不要让任何男人进家来"的告诫，打开门把亚邪放进了家里。

　　亚邪身穿一套崭新的洁白的火草麻布上衣，下穿黑色苎麻肥脚裤，头戴黑棉汉布头帕，五彩丝绦垂于额前，脚穿自制皮马鞋，腰扎黑棉带，挎着三尺顺刀，背着硬木大弩，带着羽箭，一副剽悍猎人的行囊打扮，显得英俊帅气而又聪明机智，与前几天遇到习婆老爷时截然不同，判若两人。习婆的女儿不禁从心里暗暗喜欢他。

　　亚邪在院子里东找找西找找，真找到了一只斑鸠。亚邪骗姑娘们说，自己在猎神面前许了愿，如果打着斑鸠，在哪里打着的就一定要在哪里烧吃掉，否则他以后就再也打不着任何猎物了，还会被老虎、老熊那些野兽吃掉，请两位美丽善良的姑娘行行好，允许他在院子里烧斑鸠吃。

两位姑娘见他说得很动情，像真的一样，就同意了他的请求。

亚邪剥掉斑鸠的皮和羽毛，找来柴火在那里慢吞吞地烧，姑娘催他赶快烧吃。他说，别忙别忙，你们不知道斑鸠还不熟。

到习婆老爷回家的时间了，亚邪开门一看，习婆老爷已到了家门前。亚邪连忙退进屋来，两个姑娘只好把亚邪藏起来，可是藏在哪里呢？亚邪就跑进了刷姿姑娘的青春棚里藏在床下。

夜晚降临了，没有月亮漆黑一团。深夜后，刷姿姑娘上床休息入睡了。

睡到半夜，亚邪突然在床下叫起来："太冷了，虫子太咬了。"

姑娘一惊，忙告诉亚邪不要声张，让她的父亲习婆老爷听见就坏了。可是亚邪一点也不听，继续大喊大叫，还弄出很大的声响。

姑娘拿他没办法就问他要怎么办？亚邪说："除非你让我上床来和你搭脚睡，我才不叫。"

姑娘想了想，只好同意了。这样亚邪就上床来和刷姿姑娘搭脚睡。没睡多久，亚邪又故意大叫道：

"你的脚太臭了，我睡不着，我要和你一头睡。"

"我的脚不臭嘛，你瞎说。求求你别再大叫了，让我爹在隔壁听见就完蛋了。"刷姿恳求他。

"臭臭臭，就是臭，臭得不得了。"亚邪声音越来越大，姑娘毫无办法，只好叫亚邪转身过来和她一头睡。

睡了不一会儿，亚邪又找碴儿大叫道："你的垫毡太刺人了，睡不成，一点也睡不成。我要到你的身上来睡一会儿，否则我一定要叫醒你的爹，看你爹怎么收拾你。"

刷姿姑娘实在没法，心里痒痒的，糊里糊涂就同意了他的要求，叫亚邪来自己的身上睡。这样亚邪就睡了习婆老爷的大女儿。两人颠鸾倒凤，一夜风流，好不快活。

天亮了，姑娘叫亚邪早早起来赶快溜走，昨晚的事情就算了。

可是亚邪不知是忘不了儿女情长，还是贪恋刷姿姑娘的温柔，就是死赖着不走。

太阳出来了，刷姿找来妹妹刷止商量，两姐妹拿来一个筐，把亚邪藏在筐里，然后把房间和院子里的垃圾扫拢来，用垃圾盖住亚邪，两姐妹用一根木棍把筐抬出门去，假装去倒垃圾。

一到院子里，亚邪就大叫起来："干事抬轿，干事抬轿。"

两姐妹一边抬，亚邪一边大叫："好笑好笑真好笑，又得做爱又坐轿！"

习婆老爷听见觉得很奇怪就跟出门来，垃圾一倒，果然亚邪从垃圾堆里站了起来。

习婆老爷打输了赌，输了一千两银子输了女儿。

从此以后，习婆老爷家的两个千金小姐也恢复了传统习俗，敞开门户欢迎小伙子前来串青春棚，过上了自由的婚恋生活。

交换耕牛的故事（彝族支系他留人）

讲述：兰新华
记录：杨如刚
2006年4月采录于永胜六德乡他留山

他留人的"亚邪务玉"（即聪明人亚邪的故事）一开始是这样讲的：

亚邪说："我家有的是——房子天星出，老母鸡会扫地，老母猪会吹箫。"

意思是亚邪很穷，住的房子有许多漏洞，看得见星星；他养的老母鸡没有粮食喂，到处乱扇翅膀，就像在扫地；老母猪没有猪食喂，饿得乱叫，就像吹箫一样。

古时候他留人讲"亚邪务玉"时，听的人问："你家有什么？"

讲故事的人就会答："亚邪说房子天星出，老母鸡会扫地，老母猪会吹箫。"

"亚邪务玉"就开始讲了：

有一阵子，亚邪穷得实在没办法，就去给人家打工，帮地主大富人家犁田。

地主家的田靠近小学堂，亚邪犁田很是辛苦。他一边犁田一边骂那头地主家的大耕牛："你这死牛再不走快一点，就把你拉出去和女人交换做爱。"

这样连续骂了三天，被小学堂的师母听到了。这个师母是个天生贪财好利的人，她不知道这是亚邪劳累之后，开玩笑的气话，信以为真。

这天早晨，她真的跑来和亚邪商量，要和他用做爱来交换耕牛。他俩做了三次爱，翻云覆雨，累得大汗淋漓。事后，亚邪把耕牛牵给了师母。

亚邪心里想：要是让地主老财知道没了耕牛还不要了我的小命，怎么办呢？

黄昏的时候老师要回来了，师母把牛拴在院子里，逮了一只公鸡罩在院子里，准备做一顿美餐迎接老师。

老师刚一进门，还没跟师母搭上话，亚邪就脚跟脚闯进来对老师说："哎呀，实在对不起了，我的牛不小心吃了你的一点儿庄稼，被师母牵了来拴在这里。我今天特意抱了个大公鸡来向你赔礼道歉，请老师放了我的牛吧。"

说完亚邪用手指着罩在墙角边的大公鸡。老师一听，十分客气地对亚邪说，都是相处多年的老朋友了，为这么点小事又何必呢？就把耕牛还给了亚邪，还让他把公鸡也一块抱走了。

亚邪假装推辞，一定要老师把公鸡留下，老师是坚决不收。最后亚邪牵着牛，抱着公鸡笑眯眯地离开了。

一出门，亚邪就自言自语地说："还是老师救命，否则才三次做爱，差一点就搞脱了一头大耕牛。"

师母在一旁是哑巴吃黄连——有苦说不出，心里干着急，可也没法，只好眼睁睁看着亚邪把牛牵走。

亚邪走后，师母回到自己的房里唉声叹气说："白白地让他做了三次爱，干得老娘我腰酸背疼，还贴了老娘一只大公鸡。"

十男九闻　罐子滚偏坡（彝族支系他留人）

讲述：海金华　彝族　44岁　农民　小学
记录：杨如刚
2006年4月采录于永胜六德乡他留山

在很久很久以前，亚邪十分喜欢捉弄村寨里的人和他的伙伴们。

有一次亚邪和他的九个伙伴进到山里去干活，他们带着被子、衣服等行李，还有粮食和油盐茶这些吃的，背着铁锅罗锅、坛坛罐罐等炊具用具和其他许多生产劳动工具。一行人像出远门似的弄得很隆重，向深山开拔。

亚邪在大山深处发现了一棵奇怪的树，树上天生有个大洞。亚邪事先在洞里屙了一泡屎，然后告诉他的伙伴们说，那棵怪树的洞里住着一个非常奇妙的动物，毛茸茸的很温柔很漂亮。它从不攻击人，专门住在洞里，谁也没有见过这个神秘的小东西。如果你们不相信我说的话，可以爬上树去，把头伸进树洞去看一看，闻一闻就知道是不是真的了。我也是这样做才知道的。

那些伙伴们谁也不相信，纷纷说："我们天天生活在这大山里，就连毒蛇、毒蝙蝠、老虎、黑熊这些猛兽都见过遇到过猎捕过，什么小不点一样的东西我们没有捕获过吃过玩耍过呢？别在这里瞎吹牛了，还说我们谁也没有看见过，谁也没有听说过呢！"

"吹牛不吹牛你们爬上树去看一看，闻一闻不就知道了吗？而且要仔细地看一看，闻一闻才弄得清楚。"亚邪回答。

于是伙伴们决定爬上树去弄个明白。

亚邪的九个伙伴一个接着一个依次爬上树去，把那棵树都爬得摇晃不止了，他们把头用力伸进树洞，认真地看，仔细地闻，结果除了都闻到了十分臭的亚邪的屎之外什么也没看到。

第一个人下来就知道自己上了当，吃了亏，可是他不说明真相，还说真的里面有一个稀奇的小动物。

这样，第二个人又爬上去，下来后也知道自己上当了，他也不说，还说："里面真有一个我们谁也不认识的小动物。"

这样一来，第三个、第四个人又相继爬上去……结果亚邪除外，九个男人都去闻了臭屎，故事讲到这里叫作："闻臭树洞，十男九闻。"

九个男人都知道上了亚邪的当，受了他的骗，不怨恨亚邪却在那里互相埋怨，第二个男人埋怨第一个男人说：

"你明明知道自己上了当吃了亏，既然是好伙伴好朋友就应该一下来就告诉我真相，揭穿他的把戏。你这不等于是在帮着亚邪骗我吗？"

第一个男人回答说："说得对，既然大家是好伙伴好朋友就不能让我一个人吃亏，不是说有福同享，有难同当吗？要吃亏当然也要同吃。"

第三个男人抱怨前两位说："你们两个也太不讲义气、太不够朋友了。一点亏也吃不得，反而要看着朋友弟兄吃亏才高兴，像你们这样的人不值得深交！"

第四个男人说第三个男人："你也是的，王一别说王二了，像你们这种人就是俗话说的，看见老虎来了，不喊一声，撇下朋友就走的人。"

"你才是那种人呢！前次遇到老虎不就是你先跑开的吗？"

九个男人互相埋怨，纠缠不清，争吵起来，以致到后来竟然发展到打起架来。他们在山坡上扭打作一团，把随身带的铁锅家什坛坛罐罐都撒了一地，许多坛坛罐罐滚下了山坡，打得粉碎。

这就叫作"四人四闹，罐子滚偏坡"。

捅蜂包的故事（彝族支系他留人）

讲述：兰云德
记录：杨如刚
2006年4月采录于永胜六德乡他留山

有一次，亚邪看见习婆大人穿着一件漂亮的绸缎长袍来到村寨里，亚邪非常羡慕，就想骗习婆大人的长袍穿。

亚邪跑去讨好习婆大人说："您住在城里吃过许多山珍海味和时鲜蔬菜，可是您可能还没有吃过葫芦包蜂（野生毒蜂，蜂蛹又名蜂仔子，可食可入药，营养极高），味道好极了，吃了还能滋补身体，延年益寿。您看来很有口福，现在我刚好发现了一窝葫芦包蜂，很大，正是可以打来吃的时候。如果您不介意，我们两个一块儿去把它打来吃，吃不完还可以卖点钱。"

习婆大人同意了，亚邪就领着习婆大人前去打葫芦包蜂。

亚邪事先在一个山岩上挂了一个破麻布口袋，口袋里装满了干的秕谷（一说是用猪尿泡装满豆糠、谷糠或空谷壳），两个人来到山岩下，站在下面拿石块打蜂包，打着打着，亚邪一石头打破了口袋，秕谷粒像下雪般纷纷扬扬飘洒起来，亚邪一看大叫道：

"不好，包蜂满天飞了，人只要被它蛰上七针，那么就连一口鸡蛋汤都喝不上就死了。划不来，划不来，赶快跑，我们赶快跑吧！"

习婆大人一听，赶紧跟着亚邪跑起来，亚邪带着习婆大人故意尽往粘草丛中乱钻乱窜，过了半天，终于安全地躲避了"蜂灾"，可是习婆大人好端端的一件绸缎长袍上却沾满了密密麻麻的蚂蚁一般的粘草籽粒。

两个人来到村口大树下，坐在石板上只好一颗一颗地抬，可是怎么抬也抬不完。太阳要落坡了，亚邪就对习婆大人说：

"您当那么大的官何必在乎这么一件衣服，再说现在沾满了草籽抬也抬不完，穿在身上太丢人了，太有损您的尊严和威信了，不如脱下来送我算了。我穿还可以，我还可以给您传个好名声，您看怎么样？"

习婆大人听了，想了想，觉得有理，自认倒霉，就脱下衣服给了亚邪。亚邪很便宜地就得到了一件上好的绸缎长袍，拿回家里抬干净了草籽穿在身上，远远看去俨然习婆大人一般。

另一说是，亚邪对习婆大人说：

"您当着这么大的官，何必再要这样的衣服，干脆脱下来丢了算了。"

习婆大人一听自认倒霉，真的脱下衣服丢了。等习婆大人走后，亚邪把衣服捡了回来，拈掉草籽打整干净，便便宜宜就得到了一件漂亮的绸缎长袍。他穿在身上，远远看去就像习婆大人又到村寨来一样。

石洞逃生（彝族支系他留人）

讲述：兰云德
记录：杨如刚
2006年4月采录于永胜六德乡他留山

亚邪相当聪明，但也好吃懒做，以偷东西谋生。

有一次，他来到一个地方，专门偷人家的牛羊吃，这个地方有三个"塞处"（天然形成的石洞，就像今天他留山上的石洞一样）。亚邪心想，我恐怕总有一天会被他们给逮住的。按照他们惩罚小偷的规矩，我可能会被他们扔进石洞活活摔死，我得早做准备。

他就悄悄在其中的一个石洞里做了手脚。他把那些他偷吃了的牛羊的皮厚厚地垫在石洞底下，又事先挖好了一条逃跑的通道。

果然有一天，亚邪又去偷牛马被逮住了。

亚邪就对那些人说："拿木棒柴棍打，我一点都不怕。我最怕用马屎坨坨和麻秆秆打了。"

村寨里的人就用木棒和柴棍用劲儿地打他，他装作没事人一样，连哼都不哼一声。

人们就以为他真的不怕木棒和柴棍打，就改用马屎和又细又轻的麻秆秆打他，一打，亚邪就大叫起来，假装很疼痛，疼痛得受不了的样子，连眼泪都流了下来。大家一看就相信了他的话，这样亚邪躲过了一顿毒打，几乎没受什么伤。

大家把亚邪五花大绑押着走，亚邪边走边说："反正今天我被你们抓住了，要杀要剐随你们。不过要是你们用刀子杀死我，我一点也不怕，我最怕被你们扔进石洞拿乱石块砸死了。"

有人就用刀架在亚邪的脖子上想杀死他，亚邪挺直脖子装作毫不畏惧，大家就按他的话把他押到了石洞面前。亚邪说："旁边的那两个石洞不深，如果把我丢进去，我一定可以逃出来。我最怕中间的那个石洞了，反正我也死定了，就死痛快些。"

人们谁也没有进到过石洞里，不了解石洞的真实情况，又听信了亚邪的话，就把他扔进了中间的那个石洞，并用乱石砸下去，他们确信这一回亚邪是死定了，再也无法活了。

可是他们不知道又上了亚邪的当。他们把亚邪扔进了他事先布置好牛羊皮的石洞里，亚邪落到洞底，毫发无损，就从暗道中逃走了。

村寨里的人认为，这回可恨的亚邪终于死了，从此平安无事了，很高兴。大家一起在村子里杀羊打牙祭吃酒，大摆宴席庆贺。

刚吃不久，一个人影子飘过来，很像亚邪，有个人忍不住说道："那个人很像亚邪啊！"

立即有人大声反驳道："不可能，绝对不可能，亚邪早被我们活活打死了，哪里会是他呢？别说了，快吃酒吃肉。"

过了一会儿，人影越来越近，大家仔细一看真的是亚邪。他显得更年轻了，唱着歌走过来："老了老了又年轻，返老还童；死了死了又活回，死而复生。"

人们不明白真相，大吃一惊，全都吓蒙了，还以为亚邪真能像神仙一样死而复生返老还童呢！从此，人们再也拿他没办法了。

梅花公鸡（彝族支系他留人）

讲述：海崇高 彝族 49岁 教师 本科
记录：杨如刚
2006年4月采录于永胜六德乡他留山

亚邪穷得没办法，就把自己卖给土财主当三年的长工。土财主过着花天酒地的生活。

有一天晚上，土财主和另一个土财主喝酒吃肉，寻欢作乐，一直闹得很晚也不收场。

天快亮了，公鸡开始叫了，土财主听到鸡叫，醉醺醺地叫起来："把那个梅花公鸡逮来杀，逮来杀了下酒。"

家仆睡得沉，土财主就把他的小老婆叫起来去捉鸡。他的小老婆半梦半醒地从床上爬起来，赤裸着身体，一丝不挂地跑去捉鸡。她把头和手伸进鸡舍里，露出一个又大又肥的光屁股在外面，很是诱惑人。

亚邪恰巧起夜，路过看见了，就从后面抱住土财主的小老婆，来了一个后园栽花、老汉推车，把她给干了。

小老婆的头伸在门很窄的鸡舍里，无法回头，看不见是谁。她情急之下大叫起来："是哪个？是哪个？哪一个？"

土财主听见了，误以为是问他要捉哪一个公鸡，便气呼呼地大声回答："那一个梅花公鸡。那一个梅花公鸡。我早就说了，你这瘟婆娘还问什么？是梅花公鸡！"

过后，小老婆哭着把事情真相告诉了土财主，土财主气得暴跳如雷，酒也醒了，说道："肯定是那些长工干的，我去一查就知道了。"

土财主连夜把家里的长工叫起来，让他们赤裸着身体排成一排，七八个男人站在那里，土财主逐个地去检查他们的生殖器。亚邪事先就把一些灶灰抹在生殖器上，检查到他的时候，土财主认真看了看，说道：

"这个都上冬瓜灰了，不是他，肯定不是他。看，灰都很厚了，肯定好长时间没用了，不是他！"

亚邪偷羊（彝族支系他留人）

讲述：兰恒发　兰兴旺　王俊国
记录：杨如刚
2006年4月采录于永胜六德乡他留山

从前，习婆老爷听到了亚邪的名声，对他很不服气，想整整他，就派人把他找到县衙里对他说："听说你很聪明，我和你打个赌看看，你是不是真的像人们所说的那样聪明，传得神乎其神？"

"好，你要赌什么？"

"现在我正好有一只羊，很肥，如果你能十天内把它偷走，羊就归你。我不但不抓你，还证明了你真的很聪明。如果你偷不走，就罚你一辈子给我做长工。"

亚邪说："很好，不过我不要十天，只要四天就足够了。我还要吹着唢呐来偷你的羊。"

亚邪走后,县官老爷把羊拴在县衙大院内,在大门口拴了两条恶狗,把衙役和兵士安排在大门口,晚上让他们并排睡在大门和院子里。

头天晚上,亚邪吹起唢呐,衙役和兵士一听赶紧爬起来,可是亚邪并没有来。

第二天、第三天晚上,每当他们要睡觉的时候,亚邪就来吹唢呐,弄得他们三天三夜都没有睡觉。

第四天,亚邪到山上采了许多的"阿摇"(罗汉松结的一种籽,可以做很强的黏合剂),他用玉米面和阿摇做成粑粑,带上工具和一些物品就出发了。

下半夜后,几天没睡觉的衙役和兵士早已睡得如同死猪一般。亚邪来了,他先把阿摇做的粑粑扔给狗吃,狗的脖子和嘴巴被粘住了,发不出声音来,不能叫了。

然后亚邪睡到衙役和兵士的中间,左边挤挤右边推推:"睡过去点儿,太挤了。"他们认为是自己的同伴,就让出一条路来。

于是亚邪捂着羊嘴杀了肥羊。他剥了羊皮,取出羊肠和羊腰子,割下羊头。

县官老爷住在楼上,亚邪在最上的台阶上铺上羊皮,中间摆上羊肠,最下的台阶上放上羊腰子,把羊头放在县官老爷家的火塘里,在吹火筒的头上安上一个泥哨。

亚邪把县官老爷的马拉出来,用布把马的四蹄包好,扎上马嘴,在大门的门楣上挂上一排大木棍,然后背着羊肉,骑上马,吹着唢呐走了。

县官老爷听见唢呐声,爬起来就往楼下跑,边跑边喊:"亚邪偷羊了,亚邪偷羊了!"

他一脚踩在羊皮上滑翻了,伸手一摸,摸到了羊肠大叫起来:"不好了!我的肠子跌出来了,快把火吹燃。"

县官老爷滚下楼来,伸手又一摸,摸到了羊腰子,喊到:"不得了啦!我的腰子都跌出来啦!"

县官老爷的妻子赶紧去吹火,拿吹火筒一吹,却把泥哨吹响了。县官老爷大骂起来:"我都要跌死了,你还在这里吹哨子,该死的臭婆娘!"

县官老爷的婆娘赶忙用嘴把火吹燃,一看,火塘里有个张牙舞爪的羊头,便大喊起来:"妈呀!灶神老爷出来了。"吓得昏倒在一旁。

那些衙役和兵士听到喊叫，赶紧爬起来往大门外跑，准备去追亚邪，一头撞在木棍上，个个头上都撞起了大包。

亚邪逍遥而去，从此名声更大了。

十二个婆娘（彝族支系他留人）

讲述：兰有清
记录：杨如刚
2003年5月采录于永胜六德乡营山村下朗者村

从前，亚邪到处流浪，可是他的口才相当好，人相当聪明，大概是那个时候世界上最聪明的人了。他装作脚勤手快去讨好人，很受那些姑娘、婆娘和七大姨、八大妈喜欢。

亚邪每到一个省，就说得着一个媳妇，讨得着一个婆娘。他连续到了十二个省，讨到了十二个婆娘。他在每个婆娘那里只待一个月，吃饭睡觉不花钱，还吃得很好，睡得很好，穿得很好。人家拿出鸡蛋、火腿煮给他吃，杀鸡、杀羊、杀猪给他吃。他睡在新房里，被子很新很干净，他睡得很香。他穿着新衣服，当着新姑爷，整天活也不消干什么，就在那里闲着，真像度蜜月一样，比当官、当皇帝的还安逸。

一个月满了，亚邪就说，他要出门去做副业去了，他要出去找钱去，他要找钱回来养家。一家人怎么拦也拦不住，亚邪坚决要出门。人家只好给他备好行李盘缠，还要拿给他许多钱，担心他挨饿受冻。新娘还哭着送他走，要他早去早回。"老岳母"还追出来，拿出钱袋子说："乖姑爷，出门不比在家，这点钱，你也拿去预备着用。"

这样亚邪背着新行李，拿着更多的钱到了另一个省。亚邪到了另一个省又讨到了另一个婆娘，又在那里度过了一个月的神仙日子。一个月满了之后，他又出发到另一个省，又讨一个婆娘，又可以过一个月的神仙日子。就这样亚邪到了十二个省，讨到了十二个婆娘。一年十二个月，亚邪月月讨婆娘，月月当新郎，每天吃香的喝辣的，花天酒地，过着赛过神仙、帝王的日子。

第二年春天来了，他转了回来，回到了第一个婆娘那里，一家人见亚邪行李也背着新的回来，钱也拿着很多回来，高兴得不得了，皆大欢喜，认为姑爷很有本事，很有出息。亚邪照样过起了他幸福无比的日子。一个月过后，亚邪又出发了，开始了他第二轮的神仙日子。就这样不知道亚邪过了多少天的好日子，过了多少年的好日子。

二百八（彝族支系他留人）

讲述：兰有清
记录：杨如刚
2003年5月采录于永胜六德乡营山村下朗者村

亚邪喜欢骗人是出了名的，他喜欢骗吃骗喝。

古时候，他留人常常用木碓将稻谷舂成米做饭吃。有一次，亚邪来到一个村子里，看见一个妇女正独自一人把稻谷放在碓窝里用碓舂米。这种舂米的木碓用杠杆的原理制成，碓首有个石碓窝，石碓窝上是石碓嘴，中间是一根株木做的横梁，像跷跷板一样，人站在碓尾一下一上地踩横梁，碓嘴就会一上一下重重地落下去，捣碎放在碓窝里的谷物等东西。这名妇女一边舂米，一边把她的婴儿放在碓旁的背带上，让他坐着玩，这是个刚会爬的婴儿。

亚邪来了，就和妇女在那里说话，妇女问亚邪叫什么名字，亚邪回答说："我叫二百八。"妇女觉得奇怪，可也不好多问。

等妇女把米舂好了，亚邪主动提出要为妇女扫米，妇女就同意了。亚邪叫妇女紧紧踩住碓尾巴，不让石碓嘴落下来。他快速扫起了碓窝里已经舂好的米，倒进了羊皮口袋里，然后顺手迅速把妇女的婴儿抱起放进了碓窝里。

亚邪挎着米口袋扬长而去，妇女知道上了当，可是却毫无办法，因为她不敢放开手脚去追，否则的话石碓嘴落下来，就会砸坏她的孩子，妇女眼睁睁看着自己的一羊皮口袋米被亚邪背着跑了，急得大叫起来："爸爸、妈妈，米被二百八拿走了，米被二百八拿走了！"她的父母亲听到了，知道她在那里舂米，还以为是有人来买米，她将米卖了，就回答说："昨天才卖了二百七，今天又卖了二百八，好啊，好啊，好得很。"

妇女一听更急了："不是二百八，不是，不是……是二百八，是二百八……""什么是不是的，二百八，好啊，卖了好啊，昨天才二百七呢。"父母回答说。妇女急得哭了。等到父母亲弄清楚是怎么回事，赶过来帮助妇女，去追亚邪的时候，亚邪早已跑得无影无踪了。

赌摸姑娘（彝族支系他留人）

讲述：兰有清
记录：杨如刚
2003年5月采录于永胜六德乡营山村下朗者村

亚邪是个专门靠哄骗人来找饭吃，以行骗为生的人。他姓什么也不知道，不知道是姓陈、姓王、姓海，还是姓罗，也不知道他是什么时代的人，只知道他很会骗人。

有一次，亚邪来到一座山里，看到有一个人在放羊。亚邪看到这个人放牧的羊群很肥壮，就想骗他一只山羊杀来吃，他就故意上前去和那人搭话。亚邪回头一看，见山坡下的水田里，有一群年轻漂亮的姑娘正在插秧，他就对这个放羊的人说："我摸得着这些漂亮姑娘的奶子，你信不信？"

放羊人说："鬼才相信你，在光天化日下，我才不相信呢。""我们来打赌，就赌你一只羊子怎么样？""赌就赌，谁会怕你。"这样亚邪挑出来一只最肥壮的山羊拴在那里当赌注，叫放羊人站在山坡上看着，他走下山坡来到了姑娘们身边。

亚邪装作急急地来到姑娘们身边，板着脸说，他的一块美丽的玉石丢了，被贼给偷了，他是顺着贼的脚印追到这里来的，贼就在她们中间。姑娘们都说不是她们偷的，可是亚邪就是装作不相信，说："肯定是你们中的一个偷的，不是你们偷的，难道它会飞了吗？"姑娘们急了，为了证明自己的清白，就对亚邪道："你不相信，你干脆就来搜身。"亚邪说："我那么金贵的东西，实在舍不得丢了，好，不好意思了，姑娘们，你们说搜身就搜身。"

就这样，亚邪逐一地掀开姑娘们的衣裙去搜身，一边搜一边说："哦，我摸过了，看来不是你拿的。"远处的姑娘一边跑来一边高喊："亚邪，你快来摸摸我，快快来摸摸我。"亚邪边搜身，边趁姑娘不注意，捏了一把姑娘的美丽可爱的小东西，趁机揩油吃姑娘的豆腐，被捏的姑娘惊叫了起来，骂一声："二流子，不要脸，讨厌！"但也不是很生气，其他姑娘则在那里嘻嘻哈哈大笑，而远处还不断有姑娘在喊："快来摸我，快来摸我。"

放羊人站在远处的山冈上，不明就里，只见亚邪拉着姑娘掀开衣裙在一个接一个地摸，只好自叹倒霉，把一只活生生的肥羊赌输给了亚邪。亚邪拉着肥羊唱着小调飞快地溜了。

打县太爷（彝族支系他留人）

讲述：兰有清
记录：杨如刚
2003年5月采录于永胜六德乡营山村下朗者村

从前的一段时间里，习婆大人，也就是县太爷和亚邪成了好朋友。有一天晚上，亚邪对县太爷说，今晚天黑后，我带你去偷一户大富人家，那家人有很多的金银财宝，还有很多保证你没见过的稀奇古怪，很好玩、很好吃的东西。县太爷心动了，也想冒险找点刺激，就问："不会被抓住吧？"亚邪说："你哪回看见我被抓住了？你跟着我是不会被抓住的，你放心好了。"就这样他们决定去偷大富人家。

天黑后，亚邪和县太爷悄悄翻过围墙进入了大富人家，亚邪叫县太爷在楼下等着，他先上楼去侦察侦察。亚邪来到楼上，摸到了富人家的一羊皮口袋豌豆，就把豌豆偷偷洒在楼板上，洒了一地，然后才叫县太爷上来，县太爷来到楼上，踩着豌豆，"扑通"一声就栽倒了，弄出了很大的声音，亚邪说："不好了，我们被发现了，赶紧跑吧。"

亚邪穿着草鞋，踩着豌豆不是很滑，他就拆开了两片屋瓦逃了出去。县太爷穿着皮鞋，踩着豌豆很滑，他站起来又被滑翻了，站起来又被滑翻了，弄出很大的声音来。主人发现有贼，就爬起来，拿着木棒来打，黑夜里看不清人，"噼里啪啦"一顿乱棍打下来，县太爷挨不住了，大声叫起来："别打了，别打了，我是县太爷，我是你们的县太爷。"

主人家一听大声骂起来："你来做贼，还说是我们的县太爷，连哄人也不会，给我狠狠地打！"县太爷求饶说："我真是你们的县太爷，别打了，别打了，我真的是。"可是棍子却打得更猛了，直到有人找来火把一看，果真是他们的县太爷。

恰在这时候，亚邪在外面点燃了富人家的猪圈房，"快救火！"亚邪一喊救火，大家纷纷丢下县太爷去救火，亚邪趁机溜进来救走了县太爷。可是县太爷谁也怪不成，白白被狠狠地打了一顿。

中国民间故事丛书

云南 丽江 永胜卷 笑话

夹舌子

讲述：沙玛
记录：李红菊
2005年10月采录于永胜永北镇

有一天，一位母亲带着儿子上山去砍柴，走着走着……突然间，儿子扔掉斧头，惊叫着朝母亲跑去，边跑边喊：

"妈，熊（虫）熊！"

母亲来不及多想，拉着儿子便跑，跑得筋疲力尽，边跑边回头看，熊没有追来，母亲上气不接下气地问：

"多大的一只熊？"

儿子张开大拇指和食指比画着：

"这么长。"

母亲这才反应过来是怎么回事。儿子天生夹舌子[①]。

我还在这里

讲述：卢志华 彝族 46岁 教师 大专
记录：邱继成
2005年10月采录于永胜羊坪乡

有一个傻子背柴去卖，他把柴背起来，走了几步就被树桩卡住。他使劲儿往前挣，还是无法通过。

他只好站在那里。快到吃午饭时，他儿子哭了，他妻子就哄儿子说：

"宝宝别哭，等一下你爸爸回来，会买糖来给你吃。"

傻子听到后说："我还在这里。"

---

① 夹舌子：意指大舌头。

地里长出马鹿

讲述：卢志华
记录：邱继成
2005年10月采录于永胜羊坪乡

有一个傻子，他妻子叫他去种荞子。

他来到地里，挖了一个很深的坑，把种子全部倒在坑里。一只马鹿看见后，跳下去吃荞子，吃完以后无法上来。

过了几天，傻子到地里去看，看见了那只马鹿，回家告诉他妻子说："地里长出了一只马鹿。"

懒汉的故事

讲述：洪瑞
记录：单思梅
2007年3月采录于永胜程海镇一带

一个出了名的懒汉，妻子有事要出门几天，便烙了几块饼，挂在懒汉胸前颈后，让懒汉充饥。等妻子几天后回家，懒汉还是饿死了。

原来，懒汉就把胸前嘴能够吃到的饼吃了，嘴够不到的饼却还好好地挂在颈上。

俩老庚

讲述：赵尚琴 女 60岁 农民 小学
记录：杨慧菊
2005年10月采录于永胜片角乡

有两个男孩子，自小就很要好，双方父母都很喜欢他们，就给这两个孩子打老庚①。其中一个有文化，另一个虽没有文化，但也不失聪明。他的妈妈觉得：我儿子虽没文化，却也不比他老庚差。

有一天，两老庚出去后，她就想等他们回来考考两老庚，看看有文化和无文化到底有没有区别。但她绞尽脑汁，总是想不出什么好的点子。

估计两老庚快要回来了，想来想去，她急中生智，故意把自己穿着的裤子裤裆剪了长长的一个口，两腿排排地坐在凳子上，等两老庚回来看他们都会说些什么。

不一会儿，两老庚回来了，同时迈进门槛，儿子的老庚进门就说：

"好朵梅花就地开，不怕门外有人来？"

儿子说："妈，你给害羞，给我势利点（收拾好点），裤子都渣大口了。"

妈说："还是要学你老庚，要有点文化。"

儿子说："见都见不得，还闻哈。"

他妈从此就气了，唉！有文化和无文化就是不同啊！你看，儿子的老庚知道我裤子开口了，但说出的话一点也不给我为难，还好像作诗一样好听。我这个没文化的儿子就不同了，他羞死老娘了，看来还是要有文化才好，于是，就请了先生给她儿子教学。

皮匠娶公主

讲述：秦志高
记录：王秀梅
2005 年 12 月采录于永胜程海镇海腰村

古时有个国王，只有一个独生女，叫吾同公主。她十八岁时，不少豪门子弟向她求婚，她不中意，一等就到了三十岁。

这时，上门求婚的人少了，国王很着急。又过了十年，公主年近四十，仍未选中合意的人，国王问她：

"你到底要许配何人？"

吾同公主说："我出个上联，谁能对上就嫁谁吧。"

国王同意了，公主就将择偶联写在皇榜上贴出去：累累结就梧桐子。

---

① 打老庚：做结拜弟兄。

公主把自己的名字"吾同"加了偏旁"木"，要求应对的人也是如此。

事有凑巧，村里有个皮匠，是个四十四岁的光棍，名叫鸟皇，每日给人修补鞋子，识不得几个字。

一天，有个和尚寻他说："公主招亲了，我看你去揭榜最好。"

皮匠不高兴地说："开什么玩笑，我又不会对对子。"

和尚说："你拿我写的下联去，管保如意。"皮匠想去试试，于是大着胆子去揭榜。

来到宫里，公主看看皮匠的下联，写的是：单单只待凤凰求。

一问他的名字，正是"鸟皇"，恰与她的上联成对，于是禀报国王，与他成亲。

皮匠想不到这等好事会这么顺利，又惊又喜，如在梦中。入得洞房，公主为试驸马文才，又出一个上联：何时金莲开？

皮匠想，这对对子的事还得靠和尚帮忙，于是说：要等和尚来。

哪知这句话正好对上了：原来公主用的是三圣母与凡人刘彦昌爱慕成婚的典故，皮匠一句话对了故事的下半：三圣母的儿子被和尚救去，长成后劈山救母，使金莲重开。

公主自以为得计，殊不知闹了个笑话。

无病呻吟

讲述：秦志高
记录：王秀梅
2005年12月采录于永胜程海镇秦家铺

某县官十分爱才，到职后，当地文人纷纷送诗词、对联让他鉴赏。

有个秀才送了副"舍弟江南殁，家兄塞北亡"的对联。县官见后深表同情，特召见秀才，拿钱资助他。

秀才说："我生计并不艰难。"

县官说："那你怎么说'舍弟江南殁，家兄塞北亡'呢？"

秀才说："那不过是为作对联罢了。"

县官说："既然如此，我送你'爱妾眠僧舍，娇妻宿道旁'如何？"

秀才窘得面红耳赤，无言以对。

馋媳妇

讲述：洪瑞
记录：单思梅
2007年3月采录于永胜程海镇一带

很久以前，讨过门的媳妇在公公在家时不能上桌吃饭，媳妇只能在旁边给全家人添汤加饭，趁闲站在门边吃。身强力壮的媳妇时常吃不饱。

一天，一个大富人家刚讨的媳妇，在公公不在家时，想尝尝土锅里的芋头是否熟透，顺便想多吃两个。新媳妇刚把芋头送进嘴里，忽然听见公公进门的声音。新媳妇一惊，又烫又滑的芋头卡在喉咙里堵住了气管，新媳妇就这样气绝身亡。

大富人家爱面子，让新媳妇穿金戴银披锦罗，再加上一些值钱的陪葬品加以埋葬。夜晚，一个盗墓人知道新媳妇墓里有值钱的东西便来盗墓。他掀开棺材，先取下新媳妇身上佩戴的金银，然后把新媳妇扶坐起来，好取新媳妇身下的东西，可新媳妇的尸体却是软软的，刚扶起来又倒下去，一连几次都是如此，盗墓人很生气，扶住新媳妇后背，猛击了两掌，心想这样总该坐稳了吧。

谁知新媳妇"哇"地一声，吐出了喉咙里的芋头，活转过来。盗墓人以为遇到了鬼，吓得魂飞魄散，顾不得拿偷盗的东西就逃走了。

猎人和他的儿子（傈僳族）

讲述：王菊芬 女 彝族 45岁 公务员 大专
记录：李春芳
2006年4月采录于永胜东风乡

从前，闷龙河村住着父子二人。

父亲是个猎手，他看到儿子一年年长大，得把自己的本事传授给他。

一天，他带儿子去支扣子，"听着，到山上支扣子不能讲话。狐狸、獐子是有灵性的，若一边讲话一边支扣子，它们老远就闻得出来。我怎么做，你就怎么做，不听话要挨打。"儿子眨巴眨巴眼睛，使劲地点着头，表示记住了。

父子俩到了目的地，父亲在刨陷阱时，沙粒溅进眼里，他眯着一只眼睛看着儿子。

儿子一见，心想：要学着做，就赶紧也眯着一只眼睛瞅着他。

父亲急了，就只好自己掰起眼睛凑拢儿子，意思是要儿子给他吹吹沙粒。

哪想到儿子也掰起眼睛凑拢他，还为自己不能像父亲一样淌泪水而发急。

猎人生气了，沉下脸来，儿子也照样沉下脸来。

猎人忍无可忍，捡起一根松枝向儿子劈头盖脸打过去。

儿子受不住打，哭叫起来："你说，不听话要打我，怎么我一切都照你说的做了，也打我？唔唔唔……"

"今天白来了。"猎人丢下松枝，无可奈何地叹了一口气。

"叫我别讲话，你倒大声嚷嚷，这狐狸、獐子怎下得着呢？"

涂嘴用的肥肉（傈僳族）

讲述：毕文俊　傈僳族　48岁　公务员　大专
记录：李淑云
2006年4月采录于永胜东风乡

从前，在傈僳族山寨里有一个特别爱慕虚荣的人，家里穷得揭不开锅，但他哪怕只有一粒米都要在外显耀。

有一天，他到集市上赶集，买了一两肥肉，拿回家后把肉切成三片，选最小的一片煮汤给全家人喝，另外两片用竹筷穿好插在茅草屋檐下，然后他就到地里干活。

刚过不久，他家小孩就来喊："爹，家里的肉被猫叼走了。"

他看看周围的人多就说："五斤的那一块，还是八斤的那一块？"

小孩说："是我们全家人涂嘴用的那两片。"

他急了就说："那你妈妈为什么不去追呢？"

小孩接着就回答："你把咱家唯一的一条裤子都穿走了，妈妈怎么出得了门呢？"听了这话周围干活的人个个捧腹大笑。

四姊妹

讲述：李玉珍
记录：王秀梅
2006年4月采录于永胜永北镇

从前有一家人要给自己的女儿们找婆家。

有一天，他们家中来了一位媒婆，说是给几位姑娘找对象的。

媒婆看了几个闺女，长相蛮清秀的，问话，她们也笑而不答，挺招人喜爱，就替她们去物色小伙子去了。

母亲把闺女们叫到房屋中，一遍一遍地交代着，不让乱说话，最好不要说话。

这天媒婆带着小伙子到家中来了，小伙子刚坐下，她们的母亲便端上一些准备好的甜点，招呼着小伙子。小伙看看周围，便也招呼着姑娘们一同入座。姑娘们便含羞坐了下来，妈妈也坐在一旁观看小伙子。

小伙子吃了一些甜点，便与姑娘们搭腔，问大闺女："今年有几岁了？"

大闺女答道："更林一尺答。"（今年一十八）

二闺女忍不住搭腔："阿麽告倪卜涝夺。"（阿妈叫你不要说）

三闺女急了："夺毒夺腊姆达垛等。"（说都说了么咋过整）

四闺女悠悠地说："逮丝五卜夺灯刀跌。"（还是我不说的高级）

小伙子一阵哑然，出于礼貌坐了一会儿便离开了。她们的母亲看着四姊妹瘫坐在了地上。

洪先生打蛇

讲述：洪瑞
记录：单思梅
2007年3月采录于永胜程海镇季官村

很早以前，农村还没有农药，山野农田或房前屋后时常有蛇出入，屡屡发生毒蛇伤人事件。因此，人们见蛇便打。

一日，一条蛇爬进学校正要伤及一个学生时，学校里的洪先生眼疾手快，捡起地上的石块击中蛇的要害，蛇应声死亡，学生幸免于难。从此，洪先生是打蛇能手的名声传遍整个村子，村里每遇到蛇，时常请洪先生去打。洪先生时常在不同的地方采用不同的方法，屡屡得手。

一日，村里一老妇人急匆匆赶到学校，请洪先生去看家里豆糠竹箩①里的一条大蛇。洪先生边走边想打蛇的方法，他首先想用大石块打，可是怕豆糠松软，石块不着力打不死大蛇。其次，洪先生想用一盆燃烧的炭火倒进竹箩，烫死大蛇，可是又怕炭火燃烧引发火灾。最后，洪先生想到把豆糠箩用大筛子盖住后涨开水倒下，烫死大蛇。此法万无一失，而且最安全。

洪先生迅速地用筛子将一人多高的大糠箩盖紧，并压上重物，把老妇人烧好的两大桶涨开水快速往里倒，霎时，开水的水蒸气弥漫了整个屋子。半小时后，等水汽散开，洪先生想大蛇必死无疑，便掀开大筛子，站在小凳子上，用长火钳夹起大蛇。令洪先生啼笑皆非的是，大蛇原来是老妇人的丈夫从山里砍回来给耕牛拉犁用的粗树藤子。

从此，洪先生打蛇的故事成了村里人茶余饭后传诵的笑话。

鹦鹉学舌

讲述：屈绍江 42 岁 工人 大专
记录：王秀梅
2006 年 4 月采录于永胜永北镇

一个女人有个毛病，总是打破砂锅问到底。

一天她到别人家里去做客，主人家门口挂着一只鹦鹉，这鹦鹉在杆上挂着，一只脚拴着红线，另一只脚拴着绿线，她就问主人。

主人告诉她："拉红线，它会说你好。拉绿线，它会说下次再来。"

于是她便拉了红线，这鹦鹉就说："你好。客来了，请端烟倒茶。客来了，请端烟倒茶。"

哟，真的会说人话，于是她又拉了绿线，鹦鹉又说："欢迎你下次再来，不送。欢迎你下次再来，不送。"

---

① 豆糠竹箩：旧时人们用来装蚕豆料梗糠的箩，大的有一人多高，要几人才能合抱。

她一听乐了，这打破砂锅问到底的劲儿又上来了，她说："唉，如果，我两根线一起拉，它会说什么？"

她刚说完，鹦鹉就说了："我会掉下来，你是笨蛋！"

净重五十斤

讲述：沙玛
记录：李红菊
2006年4月采录于永胜永北镇

张三家里很穷，吃饭穿衣都很困难，所以张三从小到大没有穿过一条短裤（内裤）。

在张三的心里有一个愿望，就是结婚的那天一定要穿上一条短裤。

时间过得很快，一转眼就到了结婚的日子，但是张三还是没有钱买短裤。

他的家里人想来想去，想出一个办法，用装五十斤面粉的口袋给他缝了一条短裤，结婚的当天叫张三穿上。

到了晚上，该是新人入睡的时间了，张三脱去外裤准备上床，新娘一眼看到张三穿着的短裤："呀！净重五十斤！"当场就被吓晕了。

放屁王

讲述：王吉珍
记录：单思梅
2007年3月采录于永胜程海镇

放屁王的女儿做了忍屁王家的小儿媳妇后，从此过上了忍屁的生活，忍屁的日子真是难受。忍屁王看到小儿媳妇自从过了门便日渐消瘦下来，便询问小儿媳妇消瘦的原因。知道是忍屁的原因后，忍屁王便要小儿媳妇以后不要再忍屁了，想放就放。

小儿媳妇很高兴，便把长时间忍的屁放了出来。可没想到小儿媳妇也是放屁王，屁似一阵狂风把忍屁王的帽子吹上了天，屋里的箩筐吹到了屋外。忍屁王只好叫小儿媳妇马上忍住屁，并骂小儿媳妇：哪有这样放屁的？

小儿媳妇很伤心，便跑到门前河对面的大河边上躲着哭泣。这时，路过的一个挑着一担锦缎的商人，知道了小儿媳妇哭泣的原因，不相信小儿媳妇的屁有那么大的威力，便要看小儿媳妇的屁，能不能把一担锦缎吹过河，如果能吹过河，所有的锦缎将送给她。小儿媳妇一放屁，果然把锦缎吹过了河，小儿媳妇便高兴地把锦缎挑回了家，忍屁王一家都很高兴。

　　忍屁王家的大儿媳妇，看到小儿媳妇放屁能带回锦缎，很是羡慕，便猛吃了一些烧豆子，坐在河对面效仿。一卖铁的商人经过河边，知道了大儿媳妇是放屁王，便答应只要大儿媳妇把铁吹过河，就把所有的铁送给大儿媳妇。大儿媳妇高兴地放起了豆子屁，没想到大儿媳妇不但没有把铁吹过河，反被屁的臭味熏到了河里。

李老汉买布（傈僳族）

讲述：陈啸天　28 岁　教师　大专
记录：李春芳
2006 年 4 月采录于永胜东风乡

　　村里会讲汉话的人很少，李老汉便能算上一个。

　　受傈僳语影响的缘故，李老汉讲汉话时总是颠倒着将"吃饭"说成"饭吃"，"喝酒"说成"酒喝"。

　　这天，李老汉来到城里，他是帮邻村王二麻子买黑布的，他来到供销社，探头探脑地站了半天。

　　"大爹，你要买什么？"售货员问道。

　　"不买（布买）。"李老汉答道。

　　听到李老汉不买，售货员便忙自己的事去了。到吃午饭时间了，售货员要回家，李老汉还在商店徘徊。

　　"大爹，你到底要买什么？"售货员问。

　　"不买（布买）。"李老汉答道。

　　"不买，你来干啥？"

　　"不买，还是不买（布买，黑布买）。"

　　……

　　李老汉急得满头大汗，最终却只能空手而归。

买酒和火柴（傈僳族）

讲述：王菊芬
记录：李春芳
2006年4月采录于永胜东风乡

解放初期，东风傈僳族乡有位它谷[①]老人，到供销社买酒和火柴，这位它谷老人不太懂汉话。

站在铺台前，售货员问他要买什么？当时他不懂酒和火柴用汉话怎么说，他考虑了一下才说："我滴滴溜溜的半斤，擦的一个要，才是。"

这位售货员纳闷了半晌，左想右想了一阵，又经旁人一起猜测，才知道他原来要买半斤酒和一盒火柴。

挖水趣事

讲述：洪瑞
记录：单思梅
2007年3月采录于永胜程海镇季官村

季官村本是个好地方，出产的庄稼样样都有，不足之处是水利条件差，庄稼正是用水时却缺水，村民们为扒水吵嘴打架的事时有发生，也因为水闹出许多奇事和笑话。

一个漆黑的深夜，家住村边的吴小昌，听到水沟里大水流淌的哗哗声，便点上松柴火把，出门想将水截往自家稻田里，只顾挖水，手中火把突然熄灭。吴小昌眼前立刻漆黑一片，只见火把头上的火星一闪一闪的。吴小昌突然想到老人闲聊时曾说过，火把熄灭是有鬼把火接走了，要想使火把重新燃起来，必须吹火把尾部（手握的一头）。吴小昌抬头看山脚乱坟岗处不时闪动的鬼火（磷火），便认定是真有鬼把火接走了。

吴小昌心里一怕，便拼命朝火把尾处猛吹，这一吹，火把没有燃，却听

[①] 它谷：傈僳族支系。

到"嘿嘿嘿"的笑声。抬眼一看,下田埂一个黑大汉站在那里,原来,鬼就在这里。吴小昌闭上眼,抡起火把一阵猛打,只听鬼连声叫:"不要打,不要打!"

吴小昌听声音耳熟,停了手,仔细辨认,才知是堂哥吴大昌。原来吴大昌也是来截水的,他来时见已有人截水,便躲在田埂暗处,想等那人走后再把水挖到自家田里,不曾想看到挖水人火熄了不吹火头却吹火尾,便忍不住笑出声来。

没有这玩意儿

讲述:周开祥
记录:周天云
2006年4月采录于永胜永北镇

传说从前有一个憨姑爷,要过年了,婆娘叫他去街上买两样东西:一张叫"门神"另一张叫"灶君"的年画和一把水瓢。

婆娘怕他记性不好把东西买不全,为此待他临走时还特别又把三件东西的名目一一反复告之。并让他照背了几遍,然后才叫他出门上路。

憨姑爷办事也十分稳妥,为了不把东西买漏,他想了一个既方便又好记的法子:他把"门神"、水瓢、"灶君"三件东西连接起编成一个五字词儿,一路上反复不停地背诵。

到了街上,憨姑爷凡见大小店铺都问:"老板,有没有'门神瓢(嫖)灶君'?"

老板们听后一个个都哈哈大笑说:"没有,没有这玩意儿!"

丈母娘考女婿

讲述:关汝翠
记录:周天云
2006年4月采录于永胜永北镇

一日女婿到丈母娘家去,丈母娘见到女婿便想考考他,于是不客气地拿一碗白开水给女婿喝。女婿看了一眼道:"一池好水可惜无鱼哪!"

丈母娘见女婿有点文采就抓了一把炒米泡到碗里,就是不给茶匙。女婿没办法吃,心想是在故意戏弄他,但也不好发作。

女婿吟道:"一池好鱼可惜无渔网啊!"

丈母娘见女婿果然机灵,便大喜,连忙给女婿递茶匙,乐得是合不拢嘴,两颗门牙都露在外面。

不想女婿又丢出一句:"母狗,母狗,你别露牙,小心老子给你一钉耙!"

少管闲事

讲述:王保国 54 岁 农民 初中
记录:王立家
2006 年 4 月采录于永胜永北镇

有一天爷爷带着孙子去放牛,有一匹马在吃别人地里的庄稼,孙子急忙去赶马,爷爷叫住孙子说:"马吃别人的庄稼,你去赶它干什么?少管闲事。"

几天过去了,有一天有匹马在自己的地里吃庄稼,别人看见老远就叫小孩快去赶走,小孩说:"我爷爷叫我少管闲事。"

就这样一片庄稼被马吃的吃、踩的踩,多数都踩坏了。

别人将此事告诉老汉,老汉便问孙子:"别人的马吃我家地里的庄稼,你怎么不赶走啊?"

孙子说:"爷爷我听您的话,您叫我少管闲事!"气得老汉头冒金火。

如此教导

讲述:唐正尧
记录:姬惠
1982 年采录于永胜三川镇

两个学生打了架。其中一个是老师的儿子,负了伤,跑到老师那里去告状:

"他蛮不讲理，把我的头脸打成了这样子！"

老师连连点头，非常同情地说：

"是啊，头破血流了。唉，那你怎么好好站着让他把你打成这样呢？"

孩子委屈地说："你不是常教导我们学生要学会忍字，骂不还口，打不还手吗？"

老师大怒："我那是要求学生的，而你是我的儿子！"

翻手之间

讲述：唐正尧
记录：姬惠
1982年采录于永胜三川镇

馋老师正伸着巴掌向一个小学生要炒黄豆吃，突然看见校长走进大门来，慌得连忙把手掌一翻，原先摊开的五指顿时变成一个尖尖的指头，直戳着那个学生的鼻子，原先的嬉皮笑脸也在翻手之间换成横眉立目，只听见他大声呵斥道：

"你昨天旷课，今天不来，明天还想缺席，学习怎么跟得上？"

校长从他们身边走过，只见那个小学生嘟着嘴，囔囔地说：

"我这会儿不是在学校吗？你怎么说我今天没来？"

老师斜睨了校长一眼，有些尴尬，不过他很快就说：

"我是说你昨天和明天。"

小学生也急了，申辩道：

"昨天是星期天，老师你当然没见到我；明天还没到，你怎么知道我不想上学呢？"

校长笑道："老师，你手里的炒黄豆漏出来了！"

生怕后悔

讲述：唐正尧
记录：姬惠
1982年采录于永胜三川镇

姑娘来到他家，把他母亲忙得够呛。

饭后姑娘争着去洗碗盏。

母亲满意地瞟瞟未来的儿媳，揩揩手，抱起儿子丢下的脏衣臭袜，到井边去了。

他正靠在椅子上，高高地跷着二郎腿，叼着烟，吞云吐雾当"活神仙"，嘴里还不时地打着酒嗝。

姑娘掉头瞥了他一眼。

精灵透顶的他，随口喷出一串烟圈，笑着说：

"你莫嫌我懒。趁老人健在，有福不享，后悔莫及。"

附录一　故事家小档案

和江全

纳西族，1957年生，现为永胜县文化馆馆长。长期从事群众文化和民族民间文化、民间故事收集等工作，有作品《民族民间文化与民族美术》《云南美术的精神底蕴——民间艺术》等曾在省级获奖，并于2002年获省民间艺术调查先进个人，2005年获省民族民间文化普查先进个人等。

杨如刚

他留人，1969年生，现在永胜县六德乡文化站工作。因土生土长于他留山，属彝族支系他留人后裔，自幼接触并受到他留文化的熏陶，对他留民族民间文化和民间故事有一定兴趣和研究，曾发表《神神秘秘过七关》《他留人坟陵雕刻艺术》《他留人民居艺术》《他留人祭司》和民间故事等作品计8万多字。

后记

永胜县是一个多民族和谐共处，民族文化底蕴丰厚的历史名邦，自然景观优美，民族风情浓郁，民间艺人众多，创造了富有地方民族特色的灿烂文化，构成了独具特色的边地文化色彩。永胜民间故事，作为永胜民间文化百花园中的一朵奇葩，一代代口耳相传，不但丰富了人民群众千百年来的生活，更是记录了永胜县各民族最本质的地方民族精神。

民间故事的活动早在2000多年前就开始了，今天讲故事的活动仍然十分流行。讲故事是民众的重要民俗活动，在民间俗称为"讲古话""讲瞎话""摆龙门阵""讲经"等。永胜民间故事粗略分为传奇故事、生活故事、寓言故事和民间笑话等。围绕客观实在物，运用虚构表现手法和历史表达方式构建出来，具有审美意味的民间传说，在永胜县流传十分广泛，如人物传说、动物传说、地名传说，等等。这些传说故事披着神秘的色彩，包含着民众对历史人物、自然风景以及神仙道化的评说，也是广大民众关于山川名胜、土特产品、风俗习惯的由来和命名的审美解释。人物传说：以颂扬机智、善良、勤劳、勇敢的人物形象为主要内容的故事，表达了人们对假丑恶的鞭挞，对真善美的讴歌，这一类的故事有：《背架》《马鞍山的由来》

《月亮石的传说》《竹子做的灵位》《阿依楚屏》《诸天寺》《老变婆》《重男轻女》《长工巧治刁财主》等。动物传说：这类故事中，动物和人一样，有各种各样的品性，有恃强凌弱的，有温驯胆小的，有多谋善断的，也有诡谲狡诈的。在它们中间，互助互爱、团结御敌，贪而无信、以邻为壑，不同品性，构成多种多样的矛盾和复杂的关系，从而产生了许多有趣的故事。动物拟人化的描述，更加形象易懂，更能给人一种哲理，从中汲取智慧和力量，激起人们为正义而斗争的勇气，如《简单与复杂》《公鸡喝水》《青蛙和老虎》《虱子与跳蚤》《戴头套的狼和狐狸》等。地名传说：这类故事，表达了人们对自然风光的崇拜和对神仙道化的评说，内容有：《灵源箐的传说》《热河"大石头"的传说》《梓里江桥的传说》《"马鞍山"的由来》《金牛洞的传说》《鸡叫山的由来》《程海的传说》等。另一类的笑话内容有：《夹舌子》《我在这里》《地里长出了马鹿》《俩老庚》等。过去，由于社会、经济等方面的制约，流传于民间的故事、歌谣、顺口溜等，不能使用文字等工具记录，许多文化的传播，一般都靠行动、语言来继承。风俗习惯如此，民间故事也是如此。这种群众集体所传承的文化，也许没有文献或古物那样能够经久保存，但是，它的生命力也不可低估。尤其是地处永胜六德他留山一带彝族支系他留人的他留文化，更具地域特色。那里有6300多座雕刻精美、排列整齐的古墓，静卧在0.32平方千米的土地上，有他留人特有的"青春棚"恋爱遗存，有"粑粑节"及饮食、服饰、民居别具一格。在古墓群中和饱经战火的古城堡徘徊，探索民间故事更具传奇色彩。

《中国民间故事丛书·云南丽江·永胜卷》共收集到民间故事204篇，永胜县区域，所属乡（镇）18个，村委会147个，村民小组1000多个。本卷涉及乡镇14个，占全县乡镇数的87.5%。

在故事的收集工作中，县、乡群众文化工作者，在各种条件制约的情况下，深入村寨寻访民间故事讲述人和业余民间故事收集爱好者，实地采访、记录、获取资料。由于老一辈民间故事讲述人在世者已不多，给民间故事的收集工作带来了极大的困难。为了抢救和保护民族民间文化遗产，和江全等同志以一种高度负责的责任心采用了两种方式获取资料：一是走访能讲述完整故事的讲述人，听取讲述、实地记录；二是走访故事零星讲述者，经过走访多人，听取零星讲述和记录。

特别值得记住的是：永胜县长江勇同志、县委宣传部部长张建华同志一直关心这项工作并多次具体指导，从而保障了此项工作的顺利进行；而文化馆馆长和江全同志则是全力以赴，为此项工作立下了汗马功劳。多年从事他留文化研究的杨如刚和群众文化工作者杨学韬、单思梅，以及六德乡、板桥乡政府等积极配合，特此感谢！

编者
2006 年 8 月 16 日

图书在版编目（CIP）数据

中国民间故事丛书·云南丽江·永胜卷/罗杨总主编．—北京：知识产权出版社，2016.1
ISBN 978-7-5130-4031-0

Ⅰ.①中… Ⅱ.①罗… Ⅲ.①民间故事—作品集—永胜县 Ⅳ.①I277.3

中国版本图书馆CIP数据核字（2016）第017785号

责任编辑：孙 昕　　　　　　　　　装帧设计：研美设计
文字编辑：门书文　　　　　　　　　责任出版：刘译文

中国民间故事丛书·云南丽江·永胜卷

中国民间文艺家协会　组织编写

总 主 编　罗　杨
本卷主编　沙　蠡

出版发行：知识产权出版社有限责任公司	网　　　址：http://www.ipph.cn
社　　址：北京市海淀区西外太平庄55号（邮编：100081）	天猫旗舰店：http://zscqcbs.tmall.com
责编电话：010-82000860 转 8111	责编邮箱：sunxinmlxq@126.com
发行电话：010-82000860 转 8101/8102	发行传真：010-82000893/82005070/82000270
印　　刷：北京科信印刷有限公司	经　　销：各大网上书店、新华书店及相关专业书店
开　　本：720mm×1000mm　1/16	印　　张：18.5
版　　次：2016年1月第1版	印　　次：2016年1月第1次印刷
字　　数：317千字	
ISBN 978-7-5130-4031-0	定　　价：49.00元

版权专有　侵权必究
如有印装质量问题，本社负责调换。